La femme des rêves

La femme des rêves

Véronika Garmach

ISBN : 979-10-96396-01-6

À ma mère, en gratitude

Table des matières

Chapitre I : LE PAPILLON DU CAFÉ ERNEST

Mardi 14 mai 2013, début de soirée, Café Ernest

Sasha s'adonnait à l'indolence, savourant un cognac au café Ernest. Le liquide ambré irriguait grassement son palais et, au fur et à mesure que l'alcool affluait dans ses veines, Sasha avait l'impression de prendre de plus en plus de place dans le fauteuil moelleux. Cette conquête de l'espace était certainement due à la diminution de la tension dans ses muscles. Son corps, débarrassé de la posture groupée nécessaire à l'action, recouvrait sa liberté.

Ernest était l'endroit favori de Sasha pour se retrouver avec lui-même et laisser vagabonder ses pensées. Le décor s'y prêtait bien : les tons pastel des murs, les miroirs du plafond pour voir le monde à l'envers, de grandes fenêtres ornées de rideaux en velours vert et or, la lumière tamisée.

Sasha s'était presque égaré dans ses songes, lorsque ses yeux se posèrent sur une jeune femme. Elle était assise à un mètre de lui. Sasha s'étonna même de ne pas l'avoir remarquée plus tôt. L'inconnue était vêtue d'une jupe bleue et d'un chemisier rose pâle avec une cravate assortie. Sa main droite agrippait cet accessoire de virilité d'un geste inconscient, comme si elle voulait l'arracher et se débarrasser d'un poids trop lourd à porter. Sasha fixa quelques instants la poigne exsangue, refermée sur le bout de tissu. Il s'en dégageait une tension intense, étonnante pour un être à l'aspect si délicat. Quel secret était emprisonné entre ses doigts crispés ?

Le corps de l'inconnue paraissait figé. Elle observait le flot des passants à travers la fenêtre. Sasha aurait parié qu'elle ne les voyait pas vraiment, trop concentrée à scruter le lointain de son monde intérieur.

Soudain, les lèvres de la jeune femme se murent, animées par une discussion imaginaire. Sasha sourit, cette spontanéité lui plaisait. L'inconnue sortit un épais carnet de son sac et se mit à écrire.

Et tandis que les pages se remplissaient, la fille à la cravate fronçait les sourcils, happée par une émotion douloureuse qu'elle cherchait à coucher sur le papier. Sasha connaissait bien cet état de transe, lorsqu'on ose se séparer de sa peine en la sublimant par des mots qui la rendent moins dévastatrice. Merveilleuse illusion d'avoir apprivoisé son chagrin pour le retrouver dans son lit quand minuit reprend son dû.

Pendant que l'inconnue se confiait aux feuilles blanches, Sasha l'analysait selon son système de classification consistant à associer chaque femme à un élément ou un phénomène de la nature. Un classement très sérieux et fort utile, du moins pour Sasha. Il avait ainsi, parmi ses connaissances, une Souris, une Panthère, une Soleil d'hiver, une Étoile éteinte, une Tempête des mers, une Terre jonchée de feuilles d'automne et bien d'autres représentantes de la flore et de la faune.

La fille à la cravate résistait aux différentes appellations que Sasha énumérait dans sa tête. Son énergie n'était pas de la substance solaire, comme pouvaient en projeter certaines femmes, irradiant l'espace autour d'elles. Non, sa lumière ne venait pas du feu, elle était diffuse, secrète, un brin glacée et scintillante par moments. Un phénomène qui captait l'attention.

Intrigué, Sasha examina son sujet en détail. Ses yeux remontèrent la courbe de son nez, redescendirent le long de sa joue pleine et tendre, redessinèrent le contour ciselé de son menton, puis glissèrent sur la cascade de cheveux blonds et lisses. Une beauté fragile et très douce, prise dans l'étau de la pesanteur…

Un genou joliment arrondi s'offrit à sa vue, la jeune femme ayant remué ses jambes. L'œil de Sasha s'y attarda. Il fixa ce pan de peau laiteuse, comme si celui-ci allait lui fournir un indice pour réussir sa classification. L'épiderme blême le mit effectivement sur la voie. La jeune femme avait quelque chose de lunaire sans être toutefois apparentée à l'astre nocturne.

Elle posa son stylo, sa silhouette se statufia, son rayonnement miroitant se replia. Sasha perdit le fil de ses pensées tandis que son sujet d'observation perdait son abstraction. Sasha eut envie de lui parler. Cependant, il n'osait pas interrompre l'introspection à laquelle la jeune femme se livrait. En de pareils cas, l'être humain est peu réceptif et considère toute tentative de contact comme une intrusion dans son espace privé.

Sasha finit son cognac et en commanda un autre. La fille à la cravate sortit enfin de sa transe et se mit à feuilleter son épais carnet aux coins usés. Sasha se surprit à essayer d'en saisir quelques mots. Les journaux intimes ne l'attiraient pourtant pas. Ces petits exutoires d'émotions devaient rester, comme leurs noms l'indiquent, intimes. Le déballage public de la vie privée, devenu incontournable, heurtait la sensibilité de Sasha. C'était un avortement collectif de la beauté dont la maturation avait besoin d'ombre. Néanmoins, les yeux de Sasha revenaient sans cesse vers les lignes du carnet ouvert. Un attrait qui le préoccupa, car, ces dernières années, il se limitait aux lignes de l'anatomie féminine…

Son regard glissa de nouveau vers les pages densément remplies. Elles étaient organisées d'après l'ordre alphabétique. Y avait-il de la place pour Sasha ? À la lettre S ? Ou E ? Ou C ? À moins que l'inconnue ne le classe dans X…

…Perdue dans ces pensées, Victoria rentra machinalement dans son café préféré et s'installa face à une grande fenêtre. En attendant sa commande, son regard se focalisa sur le mouvement de la rue. L'artère fourmillait de passants mais Victoria ne les voyait pas, trop concentrée sur les images qui défilaient dans sa tête. Ce moment de bilan la guettait depuis longtemps, mais elle repoussait son échéance, appréhendant les émotions qu'il allait lui faire revivre. Elle sortit un épais carnet de son sac et l'ouvrit à la lettre E. Il ne restait plus beaucoup de pages libres, mais elle décida de se lancer. Enfin.

« E comme Esthète

Les vents soufflent sur mon cœur qui lutte, relâche, accélère, s'envole…

Un dimanche ensoleillé, les vents paressent dans mon âme, se languissent au soleil, resserrant, de temps à autre, mon plexus solaire pour me faire sentir leur cruelle compagnie. Mes chaussures vertes foulent les pavés anciens d'une rue de Paris. Mon visage doit esquisser un sourire parce que je songe à la croûte bien dorée du pain que je vais acheter dans la boulangerie du coin. Soudain, deux amis se matérialisent devant moi. Sortie de ma rêverie gustative par leur joyeux badinage, je souris de plus en plus fort. Nous allons dans un bar rejoindre des personnes de leur connaissance.

Dès que je franchis le seuil de la porte, mon regard est captivé par lui. Nous nous sommes déjà croisés un an auparavant, dans une soirée où j'avais été accompagnée... Cette brève rencontre avait été suffisante pour qu'une violente irruption du désir ouvre une porte dans mon subconscient.

Depuis ce premier et éphémère contact, le temps a passé, superposant une multitude d'impressions, de pensées, d'émotions, entassant le présent dans des souvenirs... Mais voilà que je le revois et que j'éprouve cette délicieuse sensation de faiblesse physique qui me transporte dans un rêve. Mes yeux voilés par les vents éclosent, ma perception s'aiguise, le souffle de la vie s'engouffre dans les pores de ma peau donnant le tournis aux vents qui battent en retraite. Ils se retirent et me déposent aux pieds de mon prince charmant.

Il parle d'amour, d'une récente rupture qui le peine. Il dit avoir aimé la femme qui l'a quitté... Au fond de mon âme, je sais qu'il se trompe. Il y était attaché, il la désirait, mais il ne l'aimait pas. C'est peut-être pour ça qu'elle est partie... Une sensation alarmante m'effleure. Je la chasse aussitôt.

Le soir suivant, il vient me chercher chez moi, habillé simplement, pas rasé. Les traits de son visage s'animent harmonieusement, sans réserve ou malice. Son regard ne cherche pas le mien, il s'y accroche, avide, assoiffé, prêt à se jeter dans mon précipice.

La conversation, fluide, coule au gré des envies. Il me demande ma main pour lire les lignes de ma vie. Je la lui présente, sans grande conviction. Combien d'hommes font cela lors d'un premier rendez-vous ? Il la contemple, l'entoure de sa main virile, l'embrasse, nos énergies s'entremêlent. Il n'est pas devin, mais divin. Nous allons chez lui. Son appartement est à son image : sans fioritures. J'aime le goût de sa langue. Il s'excuse de ne pas être rasé. Il avait négligé son apparence pour échapper à l'étiquette du "beau, riche et jeune mâle".

Sa bouche couvre mon visage et mon cou de baisers. Il veut me déshabiller, je l'arrête sans savoir pourquoi... Il n'insiste pas et se blottit dans mes bras comme un félin apaisé. Je l'aime. Mes narines ont déjà mémorisé son odeur : musc, piment, café, brise marine iodée. Je pourrais le flairer dans une foule d'êtres humains parce qu'il est unique, il est mien.

Il me ramène chez moi. Avant que je ne sorte de la voiture, il me regarde et me dit "Merci, tu m'as libéré". Son visage laisse échapper une douleur non feinte. Je lui réponds : "De quoi ? De toi-même ?" Il me sourit, m'attire vers lui et ses lèvres me donnent une promesse "oui".

Je survole les escaliers, irradie d'énergie mon appartement.

Quelques soirées suivent si tendres. « Je t'aime ». Ça lui a échappé. Il ne s'en doute pas, mais sa déclaration me bouleverse. Elle sonne vraie et scelle notre amour. Pourtant, mon corps se dérobe de nouveau, m'envoie des messages que je n'arrive pas à interpréter.

Mon amoureux est patient. Allongé la tête contre mes seins, il me dit que je suis irréelle... Une onde inquiétante et dangereuse traverse douloureusement ma chair. Je l'ignore.

Il doit s'absenter pendant une semaine pour son travail. Il est musicien et compositeur. Durant ces sept jours, je reçois plein de messages si simplement heureux. Sa dernière missive, laconique, me dit de nouveau "Je t'aime...".

C'était un adieu.

Mon cœur refuse de croire à cette chute, mes lèvres sentent encore le goût des siennes, mes narines hument désespérément l'air pour retrouver l'odeur unique. En vain.

Son silence devient tumulte. Je suis comme un spectateur qui applaudit dans une salle désertée, devant une scène vide. Voilà que les lumières faiblissent, mais moi, je suis toujours en ovation. Je continue à croire que mon étoile va réapparaître sur les planches inondant mon espace de sa substance vitale. Le dernier projecteur s'éteint, j'applaudis encore et encore, de plus en plus fort, je tambourine le sol avec mes pieds pour ne pas entendre le bruit des vents qui s'approchent.

Il fait froid, les fenêtres s'ouvrent, les rafales des vents envahissent la salle et m'emportent dans leur sarcasme déchaîné.

Cette séparation silencieuse, il ne me l'a pas expliquée, il n'a pas rompu le lien affectif qui nous unissait, aucune autre femme ne s'était immiscée entre nous...

Pourquoi tant d'efforts pour me persuader de son amour, conquérir le mien et y renoncer lorsqu'il était prêt à éclore ? La réponse s'impose d'elle-même, comme si elle avait toujours été là, attendant craintivement que je formule la question : il préfère me garder irréelle...

Jamais il n'embrassera mon corps, ses reins ne s'abandonneront jamais dans l'alcôve de mes hanches, il ne goûtera pas à la fraîcheur de mes tétons et mes formes resteront à jamais mystère. Il pourra les redessiner à loisir. Je suis irréelle... et je demeurerai fantasme.

Il a taillé mon cœur comme une pierre précieuse pour l'arracher, à maturité, gorgé d'amour, dans l'éternité de sa jeunesse. Cela nourrira son inspiration. Les arrondis de ses notes suivront le spectre de mes courbes imaginaires, et, au détour de ses vers, vous entendrez un murmure qui vous procurera de délicieux frissons "V... I... C... T... O... R... I... A..."

Qu'importe mes sanglots, ma sueur froide au milieu de la nuit, dont chaque gouttelette tombée à terre fait résonner les lettres de son prénom "TH... E... O... PH... I... L...E..." lentement, très lentement, pour rendre indicible la douleur.

Un salaud ? Non, c'est un Esthète.

14 mai 2013, 18 h 12 »

Victoria finit d'écrire et resta prostrée dans le vide. Puis, feuilleta son carnet, essayant de se raccrocher à un souvenir joyeux.

D'un mouvement inconscient, comme attirée par un appel muet, elle tourna la tête. Ses yeux plongèrent dans le regard d'un homme d'une trentaine d'années. Ils restèrent ainsi une minute, à se fixer, sans oser bouger. Submergée par une émotion dont elle n'a pas su distinguer la couleur, Victoria se détourna la première, revêtant sur son visage le masque de l'indifférence. L'homme, assis à la table voisine, l'avait surprise alors qu'elle était dans un état de souffrance. Partager cet instant avec un inconnu la mettait mal à l'aise. Elle finit rapidement son thé, laissa des pièces sur la table et se leva pour partir.

Le regard de l'homme accompagnait chacun de ses gestes, pénétrait chaque trait de son visage, se faufilait dans le moindre pli de ses vêtements, atteignait le cœur de chaque atome de son corps qui se scindait déjà en milliers de particules indépendantes. Les mouvements de Victoria perdirent leur naturel et le sang afflua vers ses joues, trahissant son embarras. Elle vérifia pour la énième fois le contenu de son sac, examina avec inquiétude le sol comme s'il était jonché d'obstacles invisibles. Cette confusion inattendue rendit la traversée des quelques mètres qui la séparaient de la sortie extrêmement pénible.

Une fois dehors, avalant avidement une bouffée d'air frais, Victoria redevint maîtresse d'elle-même. Elle descendit la rue à grandes enjambées et s'engouffra dans la bouche du métro. Le rythme familier des battements des roues sur les rails finit par la rasséréner. Durant tout le trajet, Victoria égrena les souvenirs de sa surprenante panique. Elle était devenue si vulnérable... Et aucune excuse ne put la consoler de ce constat accablant. Oui, cacher ses sentiments intimes à autrui était un instinct défensif normal. Oui, les autres, aussi bienveillants soient-ils, nous perçoivent, nous analysent et posent sur nous une appréciation à laquelle nous nous réduisons. Oui, cette réduction, même flatteuse, nous aplatit, nous extirpe de l'immensité de notre conscient — inconscient. Oui... Mais ce n'est pas une raison pour se sauver comme un chat ébouillanté !

Elle décida de garder les sensations de cette rencontre dans un coin de son âme pour y revenir plus tard. Elle faisait confiance à ce ressenti, qu'elle surnommait « papillon ». Victoria percevait la vie comme un gigantesque champ de fleurs sauvages, abritant des centaines de papillons différents, qui se posaient délicatement sur sa main pour lui révéler la subtilité de leurs dessins. Ce soir de mai, Victoria ramena chez elle le papillon du café Ernest.

... La fille à la cravate partit de manière précipitée, comme si elle fuyait un danger. Sasha leva involontairement la tête pour vérifier son reflet dans le miroir du plafond. Non, il n'avait rien d'effrayant, bien au contraire... Alors pourquoi son regard avait-il fait déguerpir l'inconnue ?

Il regrettait de ne pas avoir osé la déranger dans l'exploration de son monde intérieur. Il aurait pu essayer de la distraire… Que risquait-il en allant lui parler ? Un refus ? Une piqûre dans son amour-propre ? Une déception ? Celle de voir les mystérieuses lueurs se dissiper dès les premiers mots et découvrir l'éclairage taciturne de la banalité ? Sasha contempla le siège vide de la fugitive et crut deviner des reflets lumineux planer encore quelques instants avant de s'évanouir l'un après l'autre. C'est alors que le terme qu'il cherchait s'énonça à lui. L'inconnue trouva enfin une place dans son tableau de classification à la rubrique des « phénomènes naturels », sous-rubrique « Aurore boréale », totalement inoccupée jusque-là.

Sasha secoua la tête. La fuite de l'Aurore boréale avait amplifié l'inconfortable sentiment qu'il ressentait depuis plusieurs jours. Une complainte intérieure qui l'avait poussé à venir à l'Ernest. Il s'était résolu à l'écouter en sirotant un bon cognac, persuadé qu'après quelques heures de libre parole, elle deviendrait aphone. Il était venu retrouver sa sérénité… Peine perdue. Quelque chose continuait à lui griffer les entrailles, de plus en plus fort, gémissant en son sein comme une chanson que personne ne voulait chanter.

… La solitude, s'avoua-t-il enfin, ce « sentiment inconfortable », qu'il n'avait jamais éprouvé, s'appelait la solitude. Cette prise de conscience le décontenança. Sasha connaissait le vide, le gouffre qui se forme lors d'une séparation et qui aspire toute la vie autour de lui. Cela n'avait rien à voir avec la solitude. Quand une personne déjà partie, mais encore aimée, nous manque, on n'est pas seul… On ne l'est pas non plus, quand le manque cesse, cédant la place au flottement libre, celui d'un cœur en jachère, extrêmement friand d'aventures sans lendemain. Sasha voulait continuer à flotter dans cette insouciance dont il n'avait pas eu le temps de profiter avant... Avant Lisa.

Lisa dont il était tombé fou amoureux à seize ans, Lisa qu'il avait épousée à dix-huit, Lisa qui lui avait donné, un mois après leur mariage, un fils, Lisa qui l'avait quitté le jour de ses vingt-huit ans. Et après Lisa...

Après Lisa, les secondes, les minutes, les heures, les jours, les mois s'étaient écoulés sans désirs, sans souvenirs. Son psychisme avait fait un blocage : « ni pensées, ni émotions ».

C'est ainsi qu'il avait vécu deux années, attendant le moment où son chagrin l'anéantirait dans un ultime soubresaut. Mais, à sa grande surprise, ce moment ne vint pas. Bien au contraire, un soir d'automne, Sasha répondit à l'invitation d'une femme, puis d'une autre, puis de beaucoup d'autres. L'automne s'épuisa, se fana et fit place à la fraîcheur givrée d'ardents baisers de l'hiver, qui, à leur tour, s'effacèrent devant la sève du printemps et l'incandescence de l'été. Un nouvel automne étancha la soif estivale, un autre hiver déploya sa blancheur onctueuse sur les conquêtes de Sasha et voilà qu'un nouveau printemps touchait presque à sa fin... L'image de son amour passé s'éloigna, s'obscurcit et s'éteignit enfin, comme un tableau abîmé par la lumière qu'on garde dans un débarras, sans avoir le courage de le jeter.

À défaut d'être heureuse, sa vie était devenue plaisante. Et Sasha n'avait aucune envie que cela change. Sauf qu'il était assis à l'Ernest, son troisième cognac terminé et la complainte de la solitude n'en était qu'au prélude. Il n'y avait plus d'avant ou d'après Lisa, il n'y avait personne. Même pas l'inconnue à la cravate qui préférait la compagnie de son journal intime...

Sasha régla l'addition, discuta un peu avec le serveur qu'il connaissait bien et quitta l'Ernest. Il traîna dans les rues, s'égarant exprès pour allonger le trajet jusqu'au restaurant où des amis l'attendaient pour dîner.

Paris apaisa sa mélancolie, lui procurant un état de béatitude muette dont cette ville avait le secret. Flâner dans ses rues était comme sauter d'une falaise en sachant qu'un bel oiseau vous rattrapera pour vous hisser au-dessus des nuages et vous redonner le vertige de la vie. Paris offrait l'oubli de soi. Le promeneur pouvait s'abandonner à l'harmonie de la beauté sans risquer d'être ramené à la réalité de la laideur. L'énergie de millions d'admirateurs remplissait les rues, caressait les façades, envoûtait la Seine et finissait par charger l'atmosphère d'un message mystique que recevaient les nouveaux arrivants. Les yeux des Parisiens d'un soir ou d'une vie formaient ainsi un gigantesque miroir magique qui répondait à la question de la belle Paris « Suis-je la plus belle ? »

— « Oui ! Oui ! Oui… »

L'air de Paris était saturé de ces particules d'adoration collective et aucun humain n'avait le pouvoir d'y résister.

Chapitre II : M'DAME MÉDIOCRITÉ

Mardi 14 mai, fin de soirée, appartement de Victoria

L'eau ruisselait sur la peau de Victoria, la délassant de sa soirée mouvementée. Elle écoutait le rythme de sa respiration saccadée. Le chagrin mutait en colère, l'inondant d'une énergie dévastatrice. La destruction n'était pas vraiment son élément, Victoria s'y sentait à l'étroit. Cependant, ses ongles, animés par la puissance de ce sentiment inexploré, s'enfoncèrent dans sa chair, y laissant des croissants rougeoyants. La douleur physique ne procura aucun soulagement. Victoria pressa plus fort, jusqu'à ce que le sang exsude… Son ire ne fit que gagner en intensité.

Elle ferma le robinet et voulut s'appliquer une huile de massage pour se relaxer. Mais le flacon lui échappa des mains. Le supplice du verre fut retentissant, froid et brutal. Les tessons parfumés se répandirent sur le sol. Victoria attrapa son peignoir et se faufila sur la pointe des pieds hors de la salle de bains. Tremblante de rage, elle augmenta le son de la radio et obligea son esprit enflammé à se focaliser sur les paroles de la chanson qui passait à ce moment.

...Du haut de son trône
Sourit la N'velle Madone
Aspirant nos neurones
Dans sa masse monotone

Des opinions formatées,
Des refrains simplets,
Des pas bien usés
Des recueils de vulgarité

Mesdames et Messieurs,
Accueillez SVP
M'dame Médiocrité

Heyheyheeey,
Heyheyheeey
M'dame Médiocrité

Une dame bien gonflée
Mais hélas très rusée
Pour asservir nos pensées,
Et assombrir nos idées,

Heyheyheeey,
Heyheyheeey
M'dame Médiocrité

Tapis dans l'obscurité
Elle profite des fébrilités
Enfonce dans la velléité
Nos cerveaux fatigués

Heyheyheeey,
Heyheyheeey

M'dame Médiocrité
Mais je me suis réveillé
Et je l'ai empalée
Sur mon verbe affûté
Perfide invitée
Elle a longtemps hurlé
Mais je l'ai momifiée
Avec la sève de la Beauté !!!

Heyheyheeey,
Heyheyheeey
M'dame Médiocrité

Elle a ressuscité
Voulait m'hypnotiser
De ses yeux délavés
Elle a mon cœur dardé

Heyheyheeey,
Heyheyheeey
M'dame Médiocrité

Dis-pa-raît dans ton ina-ni-té !!!!!
Dis-pa-raît dans ton ina-ni-té !!!!!
Dis-pa-raît dans ton ina-ni-té !!!!!

Empaler, momifier, hurler. Victoria était d'accord. Tout de suite, sans attendre que ses neurones soient aspirés dans une masse monotone. Elle était aussi prête à griffer, à écorcher, à gifler… Enfin, ça, c'était plutôt destiné à l'Esthète.

Elle tapa « M'dame Médiocrité » dans son navigateur internet et tomba sur le site du groupe « Ah ! Le Chat ! ». La photographie de quatre rockers aux cheveux follets et d'un gros chat au poil endurci par la bière et les bagarres apparut sur son écran d'ordinateur. Les frimousses pleines de fougue des adolescents et la gueule canaille du félin irradiaient la joie de vivre. Victoria téléchargea leur album, composé par un certain Sasha Darov, et réécouta la chanson entendue quelques minutes plus tôt à la radio. Ses pensées délaissèrent le sujet douloureux pour se pencher sur le sens du mot médiocrité. Le terme, couramment utilisé, était empreint d'une forte symbolique, mais Victoria ne lui trouva pas de définition positive. Elle énuméra mentalement ses antonymes : exigence, qualité, recherche. La médiocrité était donc leur absence. Un bouche-trou, en somme. Celui qui comble le vide que le manque d'effort pour atteindre « exigence, qualité, recherche » forme inéluctablement.

Victoria grimaça. Il y a un an, M'dame Médiocrité avait posé ses valises dans sa vie et semblait vouloir y rester.

...Le Cabinet Berglot, rebaptisé l'Enclos par Victoria, était son premier travail d'avocate, un travail difficile à trouver. La jolie plaque dorée de l'entrée annonçait avec sobriété « Cabinet Berglot – Avocats ». En poussant la porte de la respectable institution, on apercevait du mobilier austère, des couloirs et des bureaux au parquet bien ciré et des étagères remplies de volumineux dossiers. L'ambiance y était studieuse, excepté la nonchalance des particules de poussière qui tournoyaient lentement dans l'air. L'odeur du Cabinet Berglot était rassurante et banale : papier, ordinateurs, parfums des employés et café. Humant ce mélange, le néophyte pouvait penser que le travail y était intéressant et les collègues sympathiques. Toutefois, ce décor de normalité s'évanouissait dès l'instant où le novice fermait la porte et prenait possession de son bureau. C'est alors que se découvrait à lui un monde étrange, peuplé de personnages déconcertants.

Le gardien de l'Enclos et aussi son fondateur était Maître Berglot. Mais cette formule honorifique ne pouvait passer que pour les gens de l'extérieur, car au sein de l'Enclos, Maître Berglot ressemblait à un être « Sans Issue ». Cet homme n'avait en effet pas d'issue à son grand faible : les femmes.

La gent féminine était la seule motivation de sa réussite sociale et l'unique raison qui allait en causer la perte. Le secrétariat était exclusivement composé de ses anciennes maîtresses, sureffectif incompétent. Le poids de ce harem sur le budget du cabinet était équivalent à celui de l'influence que ces dames exerçaient sur les décisions du Sans Issue. Sans oublier, les quelques kilos de sa compagne officielle. Astrologue à ses heures perdues, Madame faisait des apparitions bien calculées dans l'Enclos, jaugeant chaque employée d'un regard peu amène.

Trois semaines après avoir intégré la structure, Victoria était apte à déceler dans les paroles du Sans Issue l'emprise de telle ou telle de « ses » femmes. Parfois, l'intuition de Victoria y palpait l'empreinte d'esprits féminins étrangers au cercle déjà connu… À l'évidence, le Sans Issue courait derrière tout jupon qui offrait la perspective de se soulever devant ses yeux ébahis.

De temps à autre, le chef se mettait à travailler, c'est-à-dire à vérifier la facturation et à jeter de la poussière aux yeux des clients pour cacher la péremption de ses connaissances juridiques. C'était chose courante dans le métier : les anciens ramenaient les dossiers tandis que les jeunes exécutaient le travail intellectuel. Tout le monde y trouvait son compte, à part le client bien sûr, qui payait le charisme d'un vieux loup du Barreau pour la prestation, aussi correcte soit-elle, d'un louveteau. Hélas, c'est ainsi que cela fonctionnait et Victoria dut apprendre à sauver les apparences.

Soucieux de maintenir un esprit familial au sein du cabinet, le Sans Issue exigeait que tous les employés déjeunassent ensemble. Une très grande table en chêne massif et de longs bancs en bois brut étaient installés à cet effet dans la cuisine. La première fois que Victoria pénétra en ce lieu, elle eut l'impression d'être dans la scène d'ouverture d'un film d'horreur : des meubles rustiques, de l'électroménager démodé, une fenêtre de forme ogivale avec un vitrage semblable à celui d'une église, une légère odeur de nourriture périmée... Tout le kitsch propice à une effusion sanguinaire y était présent. Il ne manquait plus qu'une jeune et jolie blonde en guise d'offrande aux forces obscures. Et Victoria était la seule à pouvoir prétendre au rôle.

Bien que l'endroit l'horripilât, les prises collectives de repas lui permirent de cerner les rapports qu'entretenaient les Enclosiens entre eux. À sa grande surprise, le Sans Issue ne mettait presque jamais les pieds dans la cuisine. Ressentait-il comme Victoria une répulsion pour le lieu ou fuyait-il simplement l'esprit familial qu'il avait prescrit à son équipe ? Elle n'aurait pas su répondre. Quoi qu'il en soit, en l'absence du Pater, Simon, le deuxième associé masculin du cabinet, s'était arrogé la fonction de Président des grandes tablées.

Âgé de trente-quatre ans, fraîchement divorcé, Simon initiait et menait toutes les conversations, combattant avec verve toutes les opinions contraires à la sienne. L'assemblée, essentiellement féminine, se laissait docilement diriger. L'entrée et le plat de résistance étaient toujours consacrés à l'actualité juridique, politique et sportive que Simon souhaitait aborder. Le dessert, en revanche, était dédié au très attendu « tête-à-tête public ». Dégustant lentement les douceurs sucrées, Simon esquissait un sourire de conspirateur et se tournait à moitié vers sa meilleure amie, Amélie, jeune associée comme lui. Entre deux bouchées, Simon lui contait ses amours, ses amis et ses loisirs. En théorie, ces informations capitales n'étaient destinées qu'à Amélie. En pratique, dès que ces confessions débutaient, un silence religieux se faisait dans la cuisine afin que chacun puisse en profiter. Il faut reconnaître que le garçon savait tenir ses spectateurs en haleine. Il modulait sa voix selon le degré de croustillant qu'il s'apprêtait à livrer, passant parfois au chuchotement pour frustrer son auditoire. En ces moments-là, d'un mouvement synchronisé et inconscient, les autres collègues avançaient leur buste en direction de Simon, pour ne pas rater une miette de son récit.

Victoria fut un peu déroutée par ce parfum d'adolescence attardée et d'œstrogène insatisfait. D'autant qu'elle voyait Simon sous un aspect très différent, celui du garçon Granny…

Granny avait été le surnom de la grand-mère des enfants que Victoria avait gardés pendant ses études. Il y avait dans ce petit nom une plaisante dissonance entre la pomme verte gorgée de fraîcheur vitaminée et la vieille dame toujours vêtue de blanc. Les deux images étaient solidement reliées par l'amour d'adorables bouts de chou, remplissant Mamie Granny d'une sereine harmonie.

Le garçon Granny était un contraste tout autre. Il y avait en lui une contradiction entre la personne âgée qui hantait prématurément son âme et la jeunesse débordante de ses trente-quatre ans. Granny avait les joues roses et les yeux bleus, mais il courbait sans cesse ses épaules comme sous le poids de l'âge. Son style vestimentaire laissait percer une inquiétante opposition entre des costumes dernier cri et des chaussures tout droit sorties des boutiques d'outre-tombe.

Le vieillissement planait telle une ombre derrière Granny, car il confinait son existence aux situations rassurantes pour son amour-propre. La peur du risque l'empêchait d'accéder à l'onctuosité dorée de la maturité et, dans l'attente de sa retraite, Granny demeurait adolescent.

Pour amuser la galerie, il pouvait, par exemple, se moquer des gens dans la rue. Les femmes plus âgées, les gros, les maigres, les moches, les trop blancs, les trop bronzés, les mal habillés, les mal garés, les trop ou pas assez coiffés, les étrangers, les incultes, les érudits passaient sous le joug de sa langue. Lorsque Granny croisait une personne au physique ingrat, il s'ébrouait pour souligner son dégoût.

Un mois après l'arrivée de Victoria au Cabinet Berglot, Granny fit savoir au moyen de son jeu de confidence publique qu'il éprouvait de l'attirance envers la nouvelle recrue. Sa franche révélation, qui avait eu lieu en dehors de la présence de Victoria, déclencha de l'envie chez la majorité des femmes du cabinet. Victoria n'eut même pas le temps de réaliser ce qui se tramait. Le lendemain de l'annonce, elle dut faire face à une véritable meute de sept furies.

Cette meute s'était organisée autour d'une jeune avocate de vingt-cinq ans, répondant au doux prénom d'Annie.

Annie aurait pu être très belle, mais un impressionnant complexe d'infériorité avait coupé toutes les connexions entre son âme et son visage. En apercevant Annie, on avait devant soi, un faciès « SAF » (Sans Ame Fixe), appartenant à tout le monde et à personne à la fois, beau et laid en un seul regard, prêt à plaquer sa propriétaire et à épouser n'importe quel être qui le singulariserait enfin. Témoin silencieux des intentions séparatistes de la physionomie d'Annie, Victoria finit par la surnommer « le Minois Séparatiste ».

Annie aurait pu être une avocate brillante. Ses talents professionnels étaient évidents. Malheureusement, elle n'inspirait pas confiance, car elle était la première à se refuser son bénéfice. De ce fait, Annie manquait cruellement de charisme, principale arme d'un avocat.

Annie aurait pu être une bonne copine. Toutefois, la sympathie que Victoria avait ressentie de prime abord à son égard fit progressivement place à la méfiance, puis au dégoût. Annie pratiquait la flatterie automatique avec presque tous les membres du cabinet. En caressant la vanité des autres, elle les privait de la possibilité de se faire une opinion objective sur sa personnalité. Et ce vide d'appréciation résonnait douloureusement dans la tête de la jeune femme.

Pour toutes ces raisons, le Minois Séparatiste perçut l'attirance de Granny envers Victoria comme un défi personnel. Détrôner Victoria de sa place d'élue devint une question de vie ou de mort. La meute ne songea pas à vérifier si leur rivale éprouvait de la réciprocité envers le Céladon du cabinet. C'était un fait acquis. Le garçon était l'incarnation de la réussite sociale, sans mentionner son titre de Président des Grandes Tablées.

De son côté, Granny fut extrêmement flatté par toute cette agitation féminine. Il croyait que la concurrence entre les femmes constituait une preuve d'amour irréfutable. Et ce noble sentiment excusait, à ses yeux, les coups bas infligés auxdites concurrentes. Une réaction prévisible de la part d'un garçon qui, lui-même, ne se serait jamais risqué à livrer une quelconque bataille. Il était donc vain d'essayer de le convaincre que dans les compétitions des filles, les garçons n'étaient que des trophées. Tout comme il était vain d'expliquer au Minois Séparatiste la nuance entre « être préférée à quelqu'un » et « être appréciée pour sa propre personnalité ». Victoria se contenta de prendre ses distances avec tous les protagonistes, ce qui fut une regrettable erreur.

Ignorant sa piètre condition de récompense de la vanité féminine, Granny se mit à alimenter la jalousie du Minois Séparatiste et à titiller ses nervis. Il distilla une quantité incroyable de sous-entendus sur l'existence d'une relation amoureuse très secrète entre lui et Victoria. Et la froideur que Victoria affichait à son égard fut interprétée comme une façon de préserver ce secret. La clique fut convaincue de la réalité de l'idylle cachée. Cette pincée de mystère rendit le défi encore plus palpitant.

Après quelques mois d'opérations anti-Victoria, le Minois Séparatiste parvint à ses fins et passa une nuit avec Granny ou, plutôt, avec le copain présumé de son ennemie jurée, idée nettement plus excitante.

Le lendemain de cette aventure, toute la meute défila dans le bureau de Victoria, l'assommant de remarques sur sa mauvaise mine, ses yeux un peu rouges et son air triste. Des visages triomphants se délectèrent, des heures durant, de sa supposée douleur et sa prétendue humiliation. Et même s'il ne s'agissait que du fruit d'imaginations maladives, les envieuses réussirent à lui donner la nausée, ce qui leur valut de sa part le surnom de « Sauve-qui-puent ».

Cet épisode haut-le-cœur eut le mérite de libérer Victoria de la violence quotidienne du mensonge. Le fictif triangle amoureux s'était en effet délité grâce à la fabuleuse victoire du Minois Séparatiste. Savourant son émancipation, Victoria retrouva sa bonne humeur et son entrain habituels. Ce fut de nouveau une regrettable erreur.

Granny n'avait fait que jouir de la soudaine docilité d'Annie et avait expédié la jeune femme de manière précoce. Pire, il était revenu à l'idée de courtiser Victoria.

Ce tragique revirement avait réveillé la soif de sang de toute la meute. La bonne humeur de Victoria, qu'on tint pour seule responsable du drame, fut accueillie comme une provocation. D'autant qu'elle n'avait engagé aucune mesure de vengeance envers le camp adverse. Or une si grave entorse aux règles de concurrence déloyale ne pouvait se justifier que par l'assurance d'avoir gagné la partie. Les Sauve-qui-puent ne doutaient plus : Victoria avait obligé Simon à rompre avec Annie et sortait de nouveau « en cachette » avec le garçon ! Devant un tel affront, le Minois Séparatiste décréta que la fin du monde était proche pour sa rivale.

Naturellement, Granny rajouta de l'huile sur le feu en renouant avec son jeu de sous-entendus. Il puisait un plaisir particulier à entretenir la confusion sur ses rapports avec Victoria. Trop craintif pour lui faire la cour, il tirait une authentique satisfaction de l'apparence d'une relation qu'il simulait devant les autres. Ce simulacre le flattait, nourrissait son côté adolescent-rêveur et était inoffensif pour son amour-propre. Victoria n'était d'ailleurs pas la première à subir le rôle de l'apparente copine.

Au cours des déjeuners, Granny évoquait souvent des demoiselles de son passé, qui auraient été éprises de lui, mais avec lesquelles « cela ne s'était pas fait ». À l'évidence, le garçon était un expert dans l'art de se mentir à soi-même. Et quand il ne se remémorait pas ces prétendues occasions manquées, il parlait de Victoria sans jamais la nommer directement afin qu'elle ne puisse pas contester des phrases qui, a priori, ne la visaient pas : « Elle m'a fait entendre qu'elle souhaitait me présenter ses amis » – rien que ça ! – « Elle aime beaucoup l'Italie… Elle m'aurait bien accompagné au colloque organisé par la société… »

Ce style épuré n'empêchait nullement les Sauve-qui-puent de déchiffrer qui était la « elle » en question et de la haïr de plus belle.

De temps à autre, le Minois Séparatiste effectuait un audit de compétitivité et tentait de pousser Granny à admettre qu'il était en couple avec Victoria. Toutefois, le garçon persistait à nier, s'arrangeant pour que ses « non » sonnent comme des « oui, oui, oui ».

L'énigme créée par le Président des Grandes Tablées dévorait littéralement l'imagination farfelue des Sauve-qui-puent, introduisant l'ingrédient indispensable à toute intrigue : la fascination. La supposée emprise de Victoria sur le mâle dominant du cabinet lui valut le statut d'idole, c'est-à-dire d'une personne déchue de son droit à la vie privée. Les Sauve-qui-puent s'étaient mises à l'espionner. Chaque jour, de laborieuses investigations transformaient Victoria en personnage public. On inventait des prétextes pour l'éloigner en urgence de son bureau dans le but de consulter l'historique de son portable et de fouiller ses affaires. On concluait des accords avec des tiers pour la filer après son travail ou pendant les week-ends. On écoutait sans vergogne sa ligne professionnelle. On l'avait même envoyée à une fausse audience la réunissant avec Simon à la même heure au Palais de justice. À la grande déception des sentinelles qui suivaient ses pas, Victoria n'avait fait que saluer Granny.

Les mois s'écoulaient, mais la fièvre de l'espionnage ne faiblissait pas. L'absence de preuves tangibles n'était pas un obstacle à la continuité du combat. La jouissance du processus en lui-même l'emportait sur sa finalité. D'autant qu'il était trop tard pour se raviser. Cela aurait entraîné des remises en cause douloureuses. Il aurait fallu accepter que Victoria ne fût jamais une rivale potentielle. Or cette dure vérité était trop insultante pour l'intelligence de la meute. Et comme le Minois Séparatiste et sa clique refusaient d'insulter leur intelligence, elles s'obstinaient à remuer l'intimité de leur idole…

…Victoria délaissa ses souvenirs et revint à la réalité. Elle était toujours assise face à son ordinateur. L'horloge indiquait minuit et demi, mais Victoria n'avait pas sommeil. Elle entra le nom de l'auteur-compositeur de M'dame Médiocrité dans son navigateur internet et parcourut rapidement les résultats. Sasha Darov n'avait aucun site dédié, ni profil personnel sur un réseau social. En revanche, Victoria dénicha de nombreuses chansons de son cru, interprétées par des artistes féminins et masculins. Elle téléchargea celles qui lui plaisaient, imprima leurs paroles et se plongea dans l'univers de l'homme qui avait mis les mots justes sur ce qui se passait dans son quotidien, lui faisant sentir l'urgence de chasser la « perfide invitée ». Sasha Darov était incontestablement une compagnie de choix pour sa nuit blanche.

Trois semaines plus tard, lundi 3 juin, Sasha au café Ernest

Sasha était assis au café Ernest devant une bière fraîche. Le mois de juin venait de commencer, mais les températures estivales n'étaient pas au rendez-vous. On avait l'impression d'être encore au mois de mars. Son regard se posa involontairement sur la table près de la grande fenêtre où, trois semaines auparavant, avait été assise l'Aurore boréale. Le souvenir de l'inconnue lui rappela les préludes de l'inconfortable sentiment…

Depuis, la solitude avait pleinement investi son sein et pétrissait son âme avec subtilité et sadisme. Elle actionnait des mécanismes affectifs enroués depuis quatre ans, régénérait des terminaisons nerveuses ankylosées, envoyait le courant sur des parcelles de son être que Sasha pensait atrophiées. Ses neurones engourdis s'agitaient dans tous les sens pour retrouver leur agilité. Tout cela accompagné de vives protestations de son cerveau.

Sasha n'avait pas envie de redevenir poreux, comme dans le passé, lorsque le monde pouvait pénétrer en lui, passer au travers sa chair pour lui apporter mille sensations contradictoires, aiguiser sa curiosité, soulever le frénétique désir de tout conserver, de tout apprivoiser, de participer à chaque battement de l'univers sans savoir comment s'y prendre…

Il but une gorgée de bière et adressa un sourire narquois à sa propre personne. Il s'était trompé. La solitude n'était pas la cause de tout ce remue-ménage intérieur. C'était, au contraire, la conséquence de sa renaissance affective. Ses armures étaient tombées, le laissant dangereusement dénudé, après une longue période d'abstinence sentimentale.

Pourtant, Sasha n'avait rien demandé, rien vu venir. Il ne connaissait que trop bien son point faible. Sa capacité à donner, à protéger était une denrée appréciée par la confédération des garces de la Terre entière. Ces femmes savaient offrir comme personne, le leurre d'un amour envoûtant, vibrant, épuisant. Et Sasha avait besoin d'être épuisé pour se reconstituer chaque jour, un processus qui lui procurait une plénitude grisante. Comparé à ce trépident sentiment, les rapports avec les autres représentantes de la gent féminine lui paraissaient un peu fades. Les femmes qui avaient elles-mêmes quelque chose à donner, qui savaient elles aussi protéger n'avaient pas besoin de dresser le mirage de l'Amour absolu. Elles aspiraient à l'amour tout court. Celui où chacun sonde ses propres sentiments afin de s'assurer d'être au diapason de l'autre, celui où chacun construit la relation en trouvant des passerelles entre sa personnalité et celle de l'autre…

Une différence d'approche notable. Sasha, lui, n'avait jamais rien bâti. Il avait été le ciment, les briques, la toiture… mais Lisa avait été son architecte.

Malgré sa lucidité, Sasha se savait vulnérable à la promesse d'un étourdissement amoureux où l'unique étourdi serait lui. Cela le mettait en rage contre lui-même, cela l'inhibait. Il n'aimait plus Lisa, mais le souvenir de leur brutale séparation s'était gravé dans chaque atome de son corps…

Un jour, Lisa lui avait annoncé qu'elle était enceinte de leur deuxième enfant. Leur fils, Aleksy, était, à l'époque, âgé de neuf ans, et Sasha était fou de joie de devenir à nouveau père. Neuf mois avaient filé à toute allure dans les préparatifs heureux de l'agrandissement familial. Sasha avait assisté à l'accouchement, il avait bercé sa fille dans ses bras, l'avait aimée durant quelques semaines… Le temps que Lisa effectue un test ADN et lui apprenne que la petite n'était pas de lui. Prudente, sa femme avait préféré obtenir une certitude scientifique, car le risque que la paternité revienne à Sasha avait existé.

Il s'était souvent interrogé sur la réaction de Lisa, si la génétique avait parlé en sa faveur. Elle serait sûrement restée à ses côtés et aurait continué à le tromper. En envisageant cette hypothèse, il était soulagé que le dénouement fût aussi abrupt. Une fois les résultats du test révélés, Lisa s'était dépêchée de fuir la colère et la douleur de son mari. Une après-midi lui avait suffi pour déménager chez son amant et emmener le bébé.

Ils ne s'étaient revus que trois fois, pour les formalités du divorce. Aleksy avait choisi d'habiter avec Sasha et organisait lui-même ses visites chez sa mère. Aujourd'hui, c'était un jeune homme épanoui de quatorze ans, à qui tous ses amis enviaient son « vieux » de trente-deux…

Le regard de Sasha revint vers la table près de la grande fenêtre. Deux jeunes filles y avaient pris place, en échangeant bruyamment des commentaires sur un garçon. L'une d'elles était incontestablement aussi fluide et légère qu'une ondée d'été. Sa copine, en revanche, ressemblait à la terre aride du sud. Leur amitié avait quelque chose d'inégal. La pluie comblait le déséquilibre du sol asséché n'obtenant en retour que la sensation de ne pas s'être déversée pour rien. Est-ce que l'Ondée d'été savait qu'en étanchant la soif de son amie, elle se faisait consommer ? Quel mirage avait dressé la Terre aride pour l'aveugler ?

Sasha, lui, ne s'était pas rendu compte que le « aimer » de Lisa avait été si dissemblable du sien. Elle avait aimé Sasha de tout son cœur. Simplement, son cœur limité n'était pas capable de beaucoup. Et Sasha avait ignoré cette différence douze années durant. Une crédulité impardonnable, plus douloureuse que toutes les trahisons de sa femme réunies.

Les yeux de Sasha quittèrent les jeunes filles pour se perdre dans le vide. Bien qu'agréables à regarder, les deux copines ne l'intéressaient pas, elles étaient trop jeunes à son goût, une vingtaine d'années à peine. Quoique, la fille à la cravate n'avait guère l'air d'être plus âgée… Un tel écart d'âge constituait un obstacle de taille. Sasha secoua la tête. Voilà qu'il raisonnait sur sa compatibilité générationnelle avec une inconnue… Une fille irréelle. Une chimère.

Une heure et quatre bières plus tard, la main de Sasha esquissa quelques lignes sur une serviette en papier :

Dans les mystères du soir, je voudrais te rencontrer
T'apercevoir dans ce café que j'ai appris à aimer,
À l'instant où ta silhouette apparaît,

La matière s'évanouit sous mes pieds,

Paralysé par la palpitation des sens,
Tu t'approches de moi et mon cœur s'élance,
Prends de la hauteur, arc-en-ciel de bonheur
Et puis la chute, ce n'était qu'une lueur

Dans l'ombre de la nuit, transi de regrets
Je pleure un amour que je ne saurai combler...

Il se leva et sortit dans la rue abandonnant la serviette sur la table.

Chapitre III : LE MOUVEMENT DE LA VIE

Dix jours plus tard, vendredi 14 juin, Victoria au Cabinet Berglot

On était vendredi, la cadence effrénée du labeur quotidien ralentissait à l'approche du week-end. Victoria profitait de sa pause-déjeuner pour écrire un mail à ses amis contant les aventures satiriques de Granny, du Minois Séparatiste et des Sauve-qui-puent. L'humour était une condition de survie dans l'antre de M'dame Médiocrité. Il procurait le recul nécessaire pour échapper à l'oppression de la bêtise.

Le bruissement des touches de l'ordinateur sur lesquelles couraient ses doigts était accompagné des « oh ! » et des « ah ! » d'Amélie, qui parvenaient du couloir. La jeune femme était très affectée par la procédure de chasse au passé, prescrite par son psychanalyste. Amélie devait, en effet, jeter son impressionnante collection de mini-figurines afin de rompre avec ses malheurs anciens et commencer une vie nouvelle.

Ses jérémiades furent bientôt couvertes par la voix de Granny, qui défila devant le bureau de Victoria en chantant « Oh Natacha ! Natachatte ! Oh Natacha !

Natachatte ! Oh Natacha ! Natachatte ! ». Invoquait-il une déesse nommée par ce diminutif russe de Natalia ou adressait-il un message codé à Victoria ? Elle préférait ne pas le savoir.

Peu après la sérénade de Granny, Victoria vit arriver l'À Moitié Vierge qui avait été absente toute la matinée. Elle s'apprêtait à la saluer, mais sa collègue continua son chemin sans s'arrêter.

L'À Moitié Vierge était l'avocate la plus expérimentée et la plus ancienne du cabinet. Naturellement, il est difficile de concevoir que quelqu'un puisse être à moitié vierge ; il est tout à fait sensé de considérer que la vertu ne se plie à aucune unité de mesure, mais voilà, l'À Moitié Vierge n'avait été qu'à demi déflorée.

Cette dame avait, malgré ses cinquante-trois ans, la combativité de la pucelle et l'apparence immaculée de celle qui n'a jamais goûté au plaisir. Les hommes, à commencer par le Sans Issue, passèrent dans sa vie sans y laisser de traces, abandonnant les draps froissés, vierges de larmes de bonheur, de tout désir de procréer, du sentiment d'amour. L'A Moitié Vierge n'avait ni mari, ni enfants et n'avait pas été aimée comme son âme l'aurait voulu.

Victoria avait instinctivement capté les cris de détresse muets qui émanaient de sa collègue. Ils ressemblaient aux appels d'amitié émis par les humains à l'intention des intelligences extraterrestres. Les deux s'évanouissaient dans le vacuum sans obtenir de réponse. Interpellée par une souffrance aussi contenue et cruelle, Victoria s'était mise à complimenter Danielle sur sa féminité. Ce n'était pas de la lèche ou de la flatterie, mais de réels encouragements qui s'avérèrent fructueux. Au bout de quelques mois, l'À Moitié Vierge avait réhabilité le maquillage et les tenues soignées.

Victoria termina son mail et se dirigea vers le coin café. Dès que Danielle l'aperçut, elle s'empressa de la gratifier d'un « Ah ! Je ne vous ai pas vue ! » piètrement interprété. C'était la première fois que l'À Moitié Vierge participait au « spectacle » monté par Granny. Victoria maîtrisa rapidement sa déception et s'enquit :

— Bonjour, peut-être ? Et comment savez-vous que j'étais là si vous ne m'aviez pas vue ?

La femme s'empourpra, bafouilla quelques mots et quitta le coin café d'un pas pressé. À l'évidence, « le sauvetage » de Victoria orchestré par Granny était devenu un jeu savoureux pour tout le cabinet.

Depuis deux semaines, en effet, le harcèlement des Sauve-qui-puent fit place à une mise en scène absurde dirigée par Granny.

Après quelques gaffes du Minois Séparatiste, le garçon comprit soudain que les femmes du cabinet ne s'étaient pas battues pour lui, mais contre une rivale. Et que lui, le bras droit du chef, le Président des Grandes Tablées, n'avait été qu'un champ de bataille !

Il en voulut beaucoup à Victoria d'avoir su attiser autant d'envie. Dans l'esprit de Granny, l'importance de quelqu'un se mesurait au nombre de ses ennemis. Conventionnel et trop poli, Granny ne comptait, hélas, aucun ennemi. Victoria, en revanche, avait eu droit à des filatures, à des écoutes et même à un boycott de la part de sept personnes ! Il avait du mal à l'encaisser et décida de gommer l'effet de cette « attention collective » dans l'esprit de la coupable.

Pour y parvenir, il réussit à convaincre, à coups d'habiles mensonges, tout le cabinet de jouer un spectacle devant Victoria.

Dans le premier acte, tout le monde devait piquer Victoria dans son amour-propre en reproduisant les remarques venimeuses d'Annie et de sa meute. Le metteur en scène en herbe espérait créer ainsi une impression de banalité : si tous les membres du cabinet lançaient des méchancetés à Victoria, celles-ci sortiraient du domaine réservé des envieuses pour devenir la norme. Or une norme était une loi sociale acceptable et acceptée. Victoria finirait par trouver normal qu'on lui parle vertement et cesserait de considérer cela comme « un égard particulier ».

Du jour au lendemain, tout l'Enclos s'était mis à l'assommer d'allusions salaces, prononcées avec des sourires enjoués et ponctuées par des œillades entre collègues. Le Cabinet Berglot au complet mimait les Sauve-qui-puent !

Encouragé par l'excitation générale, Granny entama rapidement le deuxième acte s'inspirant du boycott auquel avait eu droit Victoria. Là, encore, Granny chercha à asseoir une nouvelle norme : si tout le monde omettait de saluer Victoria, prétextant de ne pas la voir, le boycott perdrait rétroactivement son caractère exceptionnel, reléguant Victoria au rang de la banalité.

C'est ainsi que depuis une dizaine de jours, la majorité des Enclosiens passait devant la porte ouverte du bureau de Victoria feignant de ne pas la voir. Mieux, Granny avait spécifié à ses acteurs de prononcer le « Bonjour, comment ça va ? » de façon anormalement forte aux avocats installés dans les bureaux voisins. Cette élévation de voix avait pour but d'attirer l'attention de Victoria – au cas où elle aurait le nez dans ses dossiers — pour qu'elle comprenne bien « qu'on ne l'a pas vue, qu'on ne l'a pas saluée par distraction ». Les oreilles de Victoria étaient équipées de détecteurs de mensonges et ces derniers temps, ils sonnaient à tout rompre.

Lorsque plus tard, elle croisait les conspirateurs dans les couloirs, ils s'exclamaient en surjouant terriblement « Ah ! Je ne vous ai pas vue ! ». Et depuis cet après-midi, même l'À Moitié Vierge participait au dérèglement collectif du bonjour au revoir.

Ce spectacle avait ressoudé les liens entre les Enclosiens. Chacun apportait sa petite contribution, modifiait un peu le scénario initial. Il eut des improvisations, des scènes complémentaires. Personne ne savait vraiment pourquoi on jouait, l'important étant de participer. Et ce, parce que Granny ignorait une vérité enfantine : l'envie est une vision dévalorisée de soi et non une vision valorisante de l'autre. Stupide est celui qui s'en croit grandi !

Victoria ne s'était jamais sentie flattée par des coups bas de femmes qui lui faisaient payer leurs propres incertitudes et frustrations.

M'dame Médiocrité était là, dans sa splendeur. Cette dame était en train de ternir les couleurs, de voiler les étoiles, d'écraser les papillons. Victoria craignait de se lever un matin et de considérer que M'dame Médiocrité était sa norme… Elle jeta un regard par la fenêtre. Ne méritait-elle pas autre chose qu'une existence mise en scène par un Granny ? Les paroles de la chanson qu'elle écoutait en boucle depuis un mois resurgirent dans son esprit :

Mais je me suis réveillée
Et je l'ai empalée
Sur mon verbe affûté
Perfide invitée
Elle a longtemps hurlé
Mais je l'ai momifiée
Avec la sève de la Beauté !!!

Heyheyheeey, Heyheyheeey
M'dame Médiocrité…

Bien qu'elle n'ait pas encore trouvé de nouveau poste, Victoria rédigea une lettre de démission. Elle s'accommoderait sans problème de petits boulots pendant la période estivale en attendant d'intégrer un cabinet où tout le monde serait sain d'esprit ! Son budget était, certes, très serré. Elle avait économisé tout juste assez d'argent pour faire un voyage rêvé depuis longtemps. Il n'était pas question d'y renoncer. Il lui fallait partir, retrouver le mouvement de la vie et quitter ce présent qui stagnait à la lettre E.

Le Sans Issue accueillit sa démission avec une nervosité qui dénotait un début de prise de conscience. Il accepta sans ciller que Victoria n'effectue pas son préavis de deux mois et quitte le cabinet à la fin de la semaine prochaine, le temps de transmettre les dossiers à une collègue.

Aussitôt la décision de démissionner exposée, la pesanteur de l'Enclos s'était évaporée. La matière grise avait vaincu la grisaille et Victoria avait envie de crier :

Heyheyheeey, Heyheyheeey
M'dame Médiocrité

Dis-pa-raît dans ton ina-ni-té !!!!!
Dis-pa-raît dans ton ina-ni-té !!!!!
Dis-pa-raît dans ton ina-ni-té !!!!!

Une semaine plus tard, vendredi 21 juin, Sasha

Sasha avait enfin réussi à se garer. Il marchait lentement dans la rue en respirant l'air humide et orageux.

Un ami lui avait demandé d'échanger ses dollars en euros et c'est dans le quartier de la Bourse que les taux étaient les plus attractifs. Le déjeuner venait de commencer et de nombreux employés se pressaient aux portes des restaurants. Soudain, un reflet glacé et scintillant glissa dans la foule. L'Aurore boréale du café Ernest passa à quelques mètres de lui, puis tourna dans une autre rue, encore plus fréquentée. Elle portait une robe verte avec une petite cravate assortie. Sasha sourit, ralentit, hésitant à la suivre. Cette petite cravate était tellement féminine, rien à voir avec le style garçonne des pages de mode. C'était comme un fil conducteur, un appel à… à quoi, Sasha ne le savait pas, mais il s'était senti appelé à… « N'y pense même pas, tu es ridicule » le sermonna sa voix intérieure. Sasha continua sa route jusqu'au bureau de change.

Le guichet qui l'intéressait était libre et la transaction fut rondement menée. Il sortit d'un pas alerte, comme si ses jambes se dérobaient à sa raison, et s'engagea dans la rue où avait disparu l'Aurore boréale. Une étrange sensation de nervosité s'empara de lui, il avait l'impression de commettre un acte répréhensible, en infraction avec son code personnel de conduite. Il parcourut rapidement la rue balayant des yeux les vitrines des boutiques et les fenêtres des maisons, puis jeta un coup d'œil dans les rues avoisinantes. D'Aurore boréale… point.

Désorienté, il s'arrêta. Qu'était-il en train de faire ? Pourquoi chercher une inconnue ? Pour lui dire quoi ? « Bonjour… C'est la première fois que j'ai une Aurore Boréale dans mon tableau de classification… ! Je vous ai vue, l'autre jour, chez Ernest et, en vous étudiant, j'ai compris à quel point j'étais seul ! Quand je dis seul, je ne parle pas de la solitude qui vous laisse rêveur aux prémices du printemps, non… Mais de celle qui vous écorche le plexus solaire, qui vous fait sentir insignifiant, inexistant… Vous voyez… Mais, rassurez-vous, c'est très nouveau tout ça ! Il y a encore un mois, je prenais du plaisir au sexe et cela remplissait ma vie et je me sentais bien et pas seul… » Sasha rit de lui-même. Sa voix intérieure avait raison, il était ridicule.

S'adossant au mur d'un immeuble, il médita sur son état. Sa renaissance affective était tel un fardeau qui lui rappelait la gravité terrestre. Il n'avait pas envie d'aimer, d'occulter sa raison, de devenir dépendant du désir. Il n'y arriverait plus, pas comme avec Lisa.

Pourtant, il venait de ratisser les alentours pour retrouver une parfaite inconnue. Sasha ferma les yeux, il était fatigué de résister. La fille à la cravate lui avait donné envie de se projeter dans l'avenir. Il lui importait peu, d'ailleurs, qu'elle en fasse partie ou non. Il devait sortir du « présent immédiat », son refuge si étroit, réintégrer le mouvement de la vie, apercevoir un devenir… Assez de jouer à cache-cache avec soi-même ! Cela ne sera peut-être pas comme avec Lisa, mais cela sera…

Tout à ses pensées, Sasha revenait sur ses pas, baladant distraitement le regard sur les façades des immeubles. Il s'arrêta devant l'enseigne d'une agence de voyages, poussa machinalement la porte du marchand de rêve, feuilleta quelques plaquettes et s'apprêtait à sortir, sans avoir compris le but de sa visite, lorsqu'une des employées dit à sa collègue :

— Elle avait les cheveux superbes la fille de tout à l'heure. Ça doit être chiant à entretenir !

— Ouais, longs comme ça, ils s'accrochent partout. C'est l'enfer ! Et puis, ça demande du temps de les laver, de les sécher, de les hydrater et que sais-je encore !

— C'est vrai que ça ne va pas avec la vie moderne, enfin, à son âge on peut se le permettre !

— Elle a quel âge ?

— Je n'ai pas fait attention, elle avait déjà payé sa croisière et venait juste retirer ses billets. Tu veux que je jette un œil à la base de données ?

— Non, elle n'a pas plus de vingt-deux ans. À cet âge, on peut rester des heures dans la salle de bains.

— Tu crois que c'est sa couleur naturelle ?

— Oui, elle a le teint et les sourcils qui vont avec…

—…. Excusez-moi…

Sasha s'arma de son plus charmant sourire et s'adressa aux deux employées sur un ton de confidence :

— Une jeune femme blonde en robe verte avec une petite cravate ne serait-elle pas venue chez vous par hasard ?

— Si, elle vient de partir, vous l'avez ratée de peu !

— C'est délicat à expliquer…, Sasha marqua une pause en fixant les femmes dans les yeux comme pour s'assurer qu'il pouvait leur faire confiance.

Intriguées, elles délaissèrent les écrans des ordinateurs et braquèrent leurs mirettes pleines de curiosité sur l'homme qui se tenait en face d'elles.

— C'est ma fiancée et on s'est disputé… Je voudrais lui offrir un voyage pour me faire pardonner… J'ai vu la plaquette de votre agence dans notre cuisine ce matin et je me suis dit qu'il fallait saisir l'occasion !

Sasha avait légèrement baissé la tête, jetant des regards très expressifs par en dessous, comme pour prouver sa culpabilité envers la prétendue fiancée et sa confusion de devoir avouer sa faute.

— Elle s'est déjà offert une croisière ! J'ai été étonnée qu'une jolie jeune femme parte seule. Je lui ai même demandé si elle allait rejoindre quelqu'un pour la placer dans une cabine voisine, mais elle m'avait affirmé qu'elle voyageait en solitaire. Je comprends mieux maintenant ! Elle a réservé il y a une semaine, vous en avez mis, du temps à réagir !

L'employée de l'agence entreprit, en bonne commerçante, de lui vendre le même circuit que celui de « sa fiancée ». Sasha fut soudain mal à l'aise. Il n'envisageait pas de partir en croisière.

—… Vous lui ferez une magnifique surprise en la retrouvant à l'aéroport ! Elle vous pardonnera tous vos petits écarts ! sourit la dame en faisant un petit clin d'œil complice à Sasha.

— C'est prévu pour quand ?

— Départ de Paris le dimanche 23 juin au soir. Nous sommes vendredi, cela vous laisse un peu plus de quarante-huit heures pour faire vos valises. Retour à Paris le vendredi 5 juillet au petit matin. Vous voguerez en amoureux autour de l'archipel des Îles Vierges, il n'y a pas meilleur décor pour une réconciliation ! Si vous voulez lui faire la vraie surprise, prenez la suite junior, la suite royale n'est malheureusement plus disponible ! De toute façon, la cabine de Mademoiselle Svetlechkova est beaucoup trop petite pour un couple !

— Vraiment trop petite la cabine de Mademoiselle Svetlechkova ? répéta-t-il exprès le nom qui semblait être russe. « Svet » signifiait « lumière », il ne s'était pas trompé dans sa classification.

— Oui, vraiment.

— Va pour la suite junior. Et… mettez-moi une assurance annulation, je ne suis pas sûr de pouvoir me libérer de mes engagements.

Sasha nota au passage que le manque de précaution des employées de cette agence frôlait l'indécence. Elles avaient renseigné Sasha sur le nom de famille de sa prétendue fiancée et s'étaient efforcées de lui attribuer une cabine pas trop éloignée de la sienne. Était-il si bon acteur ?

— Je suis persuadée que vous ferez le bon choix en rejoignant votre fiancée ! Aucune femme ne résisterait à un geste aussi attentionné.

Ces arguments de vente commençaient à agacer Sasha, il s'empressa de régler sa croisière et de quitter l'agence.

Voilà, il avait un « devenir », dans la suite junior d'un bateau affrété par un tour-opérateur de tourisme de masse. Oui, cela ne serait pas comme avec Lisa... Mais bon, il avait réintégré le mouvement de la vie.

« En mode croisière... », ricana sa voix intérieure.

Sasha avait beau ironiser, sans s'en rendre compte, il réfléchissait déjà au déroulement du voyage. Les dates n'étaient pas véritablement un obstacle, il pouvait déplacer ses rendez-vous. En revanche, il n'arrivait toujours pas à saisir le but de la manœuvre. La jeune femme partait seule, ça sentait le chagrin d'amour à plein nez, le besoin d'échapper à soi-même dans un décor propice à l'évasion. Il avait encore en mémoire l'expression douloureuse de son visage à l'Ernest, sa poigne exsangue, son épais carnet aux coins usés. Elle l'avait ouvert à la lettre E : E comme Ernest ? Eugène ? Éric ? Édouard ? Ou... Égoïste ?

Vendredi 21 juin, Victoria

Le dernier jour de travail arriva. Pendant le déjeuner, Victoria eut le temps de passer à l'agence de voyages et de retirer ses billets pour la croisière. Sentant son départ se concrétiser, son esprit embarqua pour les Caraïbes avant l'heure. Le soir, elle ne fit pas de pot de départ et passa simplement dans les bureaux pour s'acquitter de la politesse d'un adieu. Elle referma la porte du Cabinet Berglot pour la dernière fois et se retrouva dans la rue du quartier d'affaires surchargé de croisements de vies, d'énergies bonnes et mauvaises. La petite bruine se transforma en une pluie torrentielle. L'eau chassait la grisaille de tous les recoins de la cité : dans les jardins, sur les trottoirs et les chaussées, dans les rues, sur les pavés, dans les allées, sur les boulevards, dans les avenues, sur les toits, dans les fissures des immeubles et sur les mines des passants, remplissant les âmes d'une nouvelle fluidité.

Elle rejoignit quelques amis pour fêter le début des vacances. La soirée fut délicieuse. Victoria se sentait aérienne, ignorant la douleur laissée par l'Esthète qui, tel un fantôme, faisait de brèves apparitions sans jamais se laisser attraper. Vers minuit, elle quitta ses amis et décida de rentrer à pied en longeant les quais de Seine.

La température avait sensiblement baissé et une légère brume s'était formée au-dessus de la ville. Victoria humait avec avidité les minuscules particules d'eau qui liquéfiaient l'atmosphère. Arrivée à hauteur du Pont de l'Alma, elle s'arrêta pour admirer la Tour Eiffel. Les reflets de ses illuminations se diluaient dans la buée ambiante. La construction métallique donnait l'impression de chercher à s'affranchir de l'attraction terrestre et à échapper aux masses de gouttelettes d'eau qui brouillaient son existence.

Une voix familière lui parvint aux oreilles, elle tourna la tête. C'était l'Esthète… qui revenait vers sa voiture… avec une femme à son bras.

Victoria se figea.

Elle avait tant rêvé de se brûler une dernière fois à son regard pour atteindre le fond de sa douleur et s'y consumer… Elle ne savait pas que la douleur n'a pas de fond. L'image de la nouvelle compagne de l'homme aimé finit par l'anéantir. La dame sans âge et sans couleur ne pouvait se définir que par ce qu'elle n'était pas. Seul son cumul de signes ostentatoires de richesse portait un nom : un snobisme dénué de coquetterie. Apparemment, l'Esthète n'avait plus peur des étiquettes… Et ce constat était comme une gifle qui brûlait presque la joue de Victoria.

Peut-être qu'elle aurait dû se réjouir de l'insignifiance de sa remplaçante, du fait que l'Esthète n'avait pas renié son amour, mais l'amour tout court, qu'il avait opté pour la tranquillité, la médiocrité… Sauf que ce choix de vie était tout aussi dévastateur et blessant. Victoria se dit soudain que l'Esthète avait raison, que toute cette agitation émotionnelle était superflue et que l'amour n'existait pas. Mais si l'amour n'existait pas, pourquoi faisait-il si mal… ?

Le couple défila devant elle sans la voir. Et à travers ses larmes, Victoria aperçut enfin la bulle onirique qui nimbait la tête de l'Esthète. Au milieu des spectres fantasmagoriques se distinguait le sourire radieux de la Victoria irréelle…

Le temps s'était-il évanoui ou était-ce Victoria qui avait perdu connaissance ? Elle était demeurée courbée, appuyée contre la bordure du quai. Se redressant doucement, elle leva ses yeux rougis par la tempête lacrymale. La Tour Eiffel continuait toujours son ascension, pénétrant le ciel avec son sommet. Victoria désirait, elle aussi, pénétrer le ciel…

Sa main trouva son carnet dans le sac, l'ouvrit et déversa sur ces pages son océan de douleur :

…Quand le brouillard descend sur ma contrée,
La Tour Eiffel monte au ciel dans un anneau doré
Moi aussi, je voudrais m'envoler,
Défier la gravité, me sentir décoller
La Terre sourit de ses yeux fatigués
Une goutte de rosée bleue dans l'Éternité
Je repars dans le brouillard, brillant de mes yeux mouillés
Me serinant que la pesanteur n'empêche pas de rêver
Et que si ce soir j'ai la gorge nouée

Demain, j'aurai le Monde dans ma paume serrée...

21 juin 2013, nuit

La Tour Effel se mit à scintiller avant de s'éteindre pour la nuit.

Samedi 22 juin, Sasha

Pour la troisième fois depuis une demi-heure, la maquilleuse retouchait le visage de Sasha, lequel, révolté par un traitement aussi irrévérencieux, s'obstinait à rejeter le maquillage. Les spots du plateau de télévision éclairaient de toute leur puissance cette insurrection épidermique. Le régisseur parlait dans le microphone, on allait reprendre l'enregistrement.

C'était une première pour Sasha, il ne s'était jamais fait connaître du grand public auparavant. Il était devenu auteur-compositeur par hasard, sans même avoir conscience que son passe-temps favori puisse être un métier.

À quinze ans, une délicieuse créature, prénommée Chloé, lui avait inspiré une chanson. Vers l'âge de dix-sept ans, un nombre impressionnant de compositions s'entassait dans les tiroirs de la chambre de Sasha, noyée dans un désordre artistique permanent. Cependant, l'âme éthérée de sa babouchka [1]*ne partageait pas son engouement pour la force créatrice du chaos. Préoccupé par les envolées lyriques des pulsations cardiaques de sa mamie devant le « désastre apocalyptique », Sasha

---

[1] *Babouchka signifie grand-mère en russe

entreprit un rangement révolutionnaire afin de redonner à son espace vital un air civilisé.

À cette occasion, il sortit du fond d'une armoire la boîte à chaussures beige, contenant tous les objets qui lui restaient de Chloé. Parmi des affaires typiquement féminines que Chloé n'avait jamais récupérées, Sasha trouva une feuille de cahier froissée. C'était une chanson simple et joyeuse, qu'avec le recul, Sasha compara à l'élan d'un labrador accourant saluer son maître l'assommant de câlins et de léchouilles baveuses. Quand la chanson fut exhumée de l'oubli et divulguée à quelques amis, aucun d'eux n'avait voulu croire qu'elle relatait une intense déception amoureuse.

Chloé, sa jolie trentenaire avait utilisé Sasha en guise de distraction. Dépuceler un jeune homme de quinze ans, complètement envoûté par ses charmes de femme mûre, a dû, en effet, être très amusant. Sasha ne s'en était jamais plaint jusqu'au jour où il apprit que Chloé avait un mari…

Il décida alors d'agir en vrai homme, c'est-à-dire de noyer son chagrin dans une bouteille de vodka. Une fois que le liquide avait répandu sa chaleur dans ses veines, Sasha s'était mis à gribouiller des phrases peu intelligibles.

« *Vodka,*
Même si ta grasse texture n'apaise qu'un instant
La garce de mes peines saura traverser le temps »
avait-il commencé…

Au fil des verres, Chloé lui est apparue comme la sorcière Baba Yaga. Dans le folklore russe, il s'agissait d'une vieille acariâtre et méchante, vivant dans une maison qui tourne en rond sur de longues pattes de poulet. Mais l'imagination de Sasha, débridée par la boisson, peignit la sorcière sous un jour différent.

"Sexy Baba Yaga"

Il était une fois un gars
Il a rencontré une Sexy Baba Yaga
Elle était blonde, brune, rousse
Elle était féline, câline, douce
Elle changeait d'apparat
En claquant de doigts
C'était une sexy nana

AhhhhAhhhhhAhhhh
Sexy Baba Yaga
AhhhhAhhhhhAhhhh
Sexy Baba Yaga

Elle avait de gros seins blancs
Des tétons en forme de serpents
Elle avait des yeux ténébreux
Qui ne regardaient jamais les cieux
Sur ses lèvres, un baiser délicieux
Le fantasme de tous les vicieux

AhhhhAhhhhhAhhhh
Sexy Baba Yaga
AhhhhAhhhhhAhhhh
Sexy Baba Yaga

Mystère,
Magie,
Sorcellerie,
Ses compétences étaient sexy
AhhhhAhhhhhAhhhh
Sexy Baba Yaga
AhhhhAhhhhhAhhhh
Sexy Baba Yaga

Elle vivait dans le bois profond
Dans une drôle de maison
Qui tournait à chaque fois
Qu'un gars passait par là

AhhhhAhhhhhAhhhh
Sexy Baba Yaga
AhhhhAhhhhhAhhhh
Sexy Baba Yaga

Elle m'a encerclé
Pour mieux me dépuceler
Et une fois rassasiée
De ma naïveté
Elle m'a couillonnéééééééééé
Heyheyhey
Heyheyhey
Sexy Baba Yaga
AhhhhAhhhhhAhhhh
Sexy Baba Yaga

Camarade, si tu la vois
C'est que tu bois trop de vodka
AhhhhAhhhhhAhhhh
Trop de vodka !!!
AhhhhAhhhhhAhhhh
Trop de vodka !!!

Le matin Sasha s'était réveillé la joue collée au texte écrit dans l'inconscience alcoolique. « La garce de sa peine » avait surtout traversé toutes les canalisations de l'appartement de ses parents. Mais la chanson était restée, enfermée dans la boîte à chaussures beige, en souvenir de la première jouissance sexuelle, du premier chagrin et de la première cuite.

Un soir, Sasha joua sa « Sexy BabaYaga » à une amie, Céleste, qui voulait percer dans la musique. Elle demanda à Sasha l'autorisation de l'enregistrer et de la proposer à une maison de disques. Le succès fut immédiat, la voix très grave de Céleste avait rajouté une touche de piment à la composition. Sasha fut réquisitionné pour composer toutes les chansons de son album. L'argent ainsi gagné lui permit de réaliser qu'auteur-compositeur était un métier dont il pouvait vivre, lui et sa très jeune famille. À l'époque, Lisa était enceinte d'Aleksy.

À présent, Sasha avait derrière lui une expérience de quinze années. Toutefois, il n'avait aucune présence médiatique ou scénique, pas même un site internet. La gloire ne le tentait pas vraiment. Son mode d'expression n'était pas visuel : une partie très intime de son imaginaire composait des mélodies, écrivait des textes en s'adressant à l'imaginaire très intime des gens. Les interprètes étaient les intermédiaires qui acheminaient ses messages jusqu'aux oreilles du public. Et c'était bien ainsi.

Néanmoins, lorsqu'on lui proposa de participer à l'émission de télévision consacrée à « L'importance des paroles dans la chanson française », Sasha ne déclina pas l'invitation. Il faisait partie des principaux invités et devait rester jusqu'à la fin de l'enregistrement. Quoique, s'il avait su pour le maquillage, il aurait sûrement refusé.

Le tournage s'interrompait souvent pour des ajustements de détails. Pendant ces pauses, Sasha fermait les yeux afin d'échapper à l'agressivité des lumières et son esprit revenait à l'épineuse question de la croisière qu'il avait acquise la veille et n'avait toujours pas annulée.

Les arguments contre ce voyage ne manquaient pas. Premièrement, il s'agissait d'une croisière organisée, chose que Sasha détestait, préférant naviguer avec son propre bateau et en compagnie de quelques amis tout au plus. Les circuits de masse ne lui disaient rien. La mer, il la savourait libre, indomptable et vierge de toute autre sensation. Deuxièmement, la fille à la cravate était une parfaite inconnue, dont la compagnie pouvait se révéler décevante. Troisièmement, rien ne lui garantissait sa réciprocité au cas où Sasha la trouverait à son goût… D'ailleurs, il importait peu de savoir quel obstacle se dresserait sur son passage, car la conséquence en serait identique : passer onze jours seul, enfermé dans le train-train insipide d'une croisière plan-plan. L'investissement matériel et psychologique était exagéré pour une jeune femme qui… lui avait cruellement fait sentir sa solitude.

— Ça tourne !

— Monsieur Darov, on vous doit beaucoup de chansons humoristiques, mais vous avez également, à votre actif, quelques chansons d'amour très connues. Pourquoi en écrivez-vous si peu ?

— J'ai pour principe de ne pas accepter une commande si je ne suis pas en mesure d'offrir de la nouveauté. On a déjà tout chanté sur l'amour, sa perte, sa joie. Je n'ai pas envie d'assommer les gens avec une énième variation sur un sujet aussi important, mais que les chansons médiocres ont rendu mièvre, presque tabou.

— Et comment devrait être, selon vous, une bonne chanson d'amour ?

— Il n'y a pas de bonnes ou de mauvaises chansons d'amour. Il y a des chansons qui saisissent l'instant de l'amour et le transmettent au public. Cet « instant » a autant de facettes que d'êtres humains. Et puis, il y a des chansons qui vous plongent dans le décor amoureux sans en offrir « le ressenti ». Personnellement, les chansons qui me plaisent sont celles qui m'empoignent quelque part au niveau du plexus solaire et m'emportent dans cet « instant » que je n'ai pas vécu, mais que je ressens grâce à la musique. On y retrouve souvent une forme d'urgence, d'empressement à capturer avec des mots et des notes des nuances d'un sentiment unique et personnel pour le rendre universel. Si je n'éprouve pas cela en écoutant une chanson d'amour, je suis déçu.

— L'humour permanent, n'est-ce pas une façon de camoufler votre sensibilité ?

La présentatrice ne connaissait rien au sujet. C'était une question bateau, adressée maintes fois aux comiques. Sasha n'en était pas un, loin de là. D'ailleurs, il ne trouvait pas ses chansons « humoristiques ». Il évitait simplement de se lamenter dans sa musique. Et apparemment cela faisait de lui un mec drôle.

— « L'humour permanent » n'existe pas. Sauf chez les cinglés. Je ne cherche pas à faire rire, mais à amener de la légèreté dans les thèmes qui n'en ont pas. Ma sensibilité, je ne l'affiche pas, c'est indéniable. Toutefois, je ne la dissimule pas non plus. Je pense qu'une certaine retenue est nécessaire pour éviter de prendre le public en otage de ses douleurs, de ses craintes, de ses névroses. Les compositions et les voix pleurnicheuses ainsi que les incontinents émotionnels ont leur part du succès. Ce n'est pas ma tasse de thé.

C'était le tour d'un autre invité de répondre et Sasha revint à ses pensées sur la croisière autour des Iles Vierges. Sauf qu'il n'y avait rien de concret dans ces « pensées ». Il ne croyait pas au destin. L'achat de cette croisière était dû à une combinaison du hasard et de ses propres choix conscients. Vouloir aborder une inconnue dans une rue de Paris était une chose, suivre une inconnue à l'autre bout du monde en était une autre. Et même si la vendeuse lui avait un peu forcé la main, il s'était mis tout seul dans la position du faux fiancé…

— Monsieur Darov, que pensez-vous des textes de chansons écrits par les ordinateurs ? Vont-ils remplacer les auteurs ?

—… Les ordinateurs ?

— Oui, les ordinateurs, répéta la présentatrice avec un sourire de tigresse qu'elle n'était pas.

— Non… Tout dépend de la finalité. Si le but est purement commercial, il importe peu de savoir si c'est l'œuvre d'un homme ou d'une machine. Si l'objectif est artistique, ce qui n'exclut pas le désir de retombées financières, pourquoi ne pas s'aider d'un ordinateur ? Franchement, un assemblage de mots qui ne raconte aucune histoire, il y a des êtres humains qui le font très bien. Par exemple, le mot « fraternité » est en vogue actuellement. Habillez-le de termes accessoires comme « partage », « destins communs et lignes de vies » « moi et toi ou nous et ensemble… » etc. C'est là, un travail de psychologue social et non d'artiste. Ce psychologue flaire les tendances émotionnelles des masses pour insuffler à ses productions une apparence de justesse émotionnelle. En l'écoutant, les gens se disent « Oh, il a exprimé exactement ce que j'étais en train de me dire l'autre jour. La fraternité, une valeur en perdition… ». Et, bien qu'il ne s'agisse que d'une imbrication de mots, le texte déclenche chez vous une émotion programmée par un homme. Le tube en question ne rentrera pas dans les annales, mais donnera de la légitimité au psychologue social.

L'enregistrement fut enfin terminé et Sasha quitta le studio. La pluie tombait dru depuis la veille au soir et il faisait froid. Le bar à vin où Sasha rejoignit ses amis était l'un de ces endroits douillets, où il était jouissif d'entrer après un corps-à-corps avec le vent et l'humidité. Sasha sourit en songeant au thème de l'endroit : les nectars des vignes et la bonne cuisine y étaient dégustés avec humour. Les murs étaient recouverts d'ardoises où l'on inscrivait les blagues du jour, le menu était « d'excellente humeur », refermant dans chaque intitulé un heureux jeu de mots. Tous les clients étaient munis de petits papiers où ils pouvaient noter leurs histoires drôles et les faire circuler parmi les tables.

Les amis de Sasha étaient déjà aux apéritifs et il se joignit au mouvement en commandant une vodka. Leur bande se réunissait régulièrement pour dîner. Donatello, Serguei et Sasha se connaissaient depuis l'adolescence. Il y a quelques années, Monika, la fiancée de Donatello et Emma, la fiancée de Serguei intégrèrent le groupe. Ils avaient en commun le fait d'avoir une double culture et une passion pour la navigation et les bateaux.

Sasha fut assailli de questions sur son expérience télévisuelle. Il n'en était pas franchement content et fit rire tout le monde en racontant la dure réalité du maquillage. Puis, on passa aux blagues des petits papiers qui vaguaient entre les tables. Au dessert, Serguei évoqua leurs projets communs de vacances. Ils avaient prévu, encore en hiver, de partir avec le bateau de Sasha vers les îles italiennes. À l'évocation de leur escapade maritime, Sasha se désolidarisa de la conversation et replongea dans ses tergiversations sur le voyage aux Caraïbes dont le départ était prévu pour le lendemain soir…

— Elle s'appelle comment ?

— Hein ?

Sasha fut tiré de ses pensées par Donatello.

Serguei, Emma et Monika le fixaient également, des sourires malicieux aux lèvres.

— Comment elle s'appelle, la fille à laquelle tu penses ? précisa Donatello.

Un peu confus par la perspicacité de ses amis, Sasha répondit de manière évasive tout en disant la stricte vérité :

— Je ne sais pas. Il ne connaissait pas le prénom de « Mademoiselle Svetlichkova ».

— T'as oublié de lui demander ou elle a oublié de te le dire ?

Serguei fit un clin d'œil à Donatello.

— Non, je… n'ai personne en particulier en ce moment.

— Comme tous les moments depuis que je te connais, ironisa Monika, et ce moment d'absence que tu viens d'avoir, c'était pour qui ?

Elle souleva le sourcil gauche.

— Vas-y vieux, tu as drôlement changé depuis un mois. Passe aux aveux ! renchérit Serguei

Sasha rigola. L'attente de sa réponse était si palpable, presque matérialisée, ses amis retenaient leur souffle en attendant la bonne nouvelle. Ils savaient sonder parfaitement ses mouvements d'âme et avaient détecté les signaux de sa renaissance affective. Mais Sasha ne se voyait pas leur raconter l'anecdote : « J'ai suivi une fille dans la rue, mais avant, je l'ai vue au Ernest, bref, elle porte des cravates. Et de fil en aiguille, je me suis retrouvé à jouer ses faux fiancés dans une agence de voyages et, voilà, là, je crois que j'ai touché le fond… À tel point que j'ai envie de la suivre aux Caraïbes ! Une croisière organisée, rien que ça ! »

— Ce n'est pas à cause d'une femme précise. Je me sens bien, c'est tout, ça doit être le printemps, Sasha fronça les sourcils tâchant de contenir un éclat de rire intérieur.

— Hum. Et dans ton tableau de classification, la fille sans prénom, elle occupe quelle étagère ? On le saura de toute façon, j'ai mes sources !

Emma leva le doigt en l'air comme pour avertir Sasha qu'elle ne comptait pas en rester là.

Sasha adorait son accent irlandais, mais il n'allait pas se rendre. Sa folie était trop inavouable.

— Ouh, j'ai trop peur ! Notre fin limier est à mes trousses !

Sasha leva les mains, feignant d'être désarmé, hélas, je n'ai rien à déclarer.

— Eh bien, nous, Donatello leva son verre et parla au nom de toute la tablée, nous te déclarons officiellement de retour !

Ils trinquèrent. Sasha écouta avec surprise, qu'il avait perdu son air détaché, qu'il avait cessé de prendre tout avec raillerie comme pour fuir le monde entier (Aïe ! ça rappelait trop la question de la présentatrice et son « humour permanent ». Non pas qu'elle ait été fine psychologue, mais Sasha s'était apparemment renfermé dans un mécanisme d'autodéfense très « bateau ») et, le plus important, il était devenu encore plus « sexe » depuis qu'il avait arrêté sa boulimie de filles du « présent immédiat ».

Sasha se garda de demander comment ses amis savaient pour le « présent immédiat ». Lui, qui croyait n'avoir utilisé le terme que dans ses soliloques…

Chapitre IV : L'ALIBI

Dimanche 23 juin, Sasha

Sasha contemplait le mur de pluie qui se dressait devant les fenêtres de son appartement. Le temps était au diapason avec son humeur. De grosses gouttes martelaient le sol de sa véranda avec une férocité inouïe tandis que l'indécision le travaillait au corps comme un boxeur infatigable. Plus qu'une heure pour arrêter son choix sur la croisière autour des Iles Vierges.

Il se détacha du paysage diluvien et croisa le regard inquiet de Zora. Sa gouvernante les entourait, lui et son fils, de soins et d'affection maternelle. L'apathie de Sasha n'échappa pas à sa gentille protectrice. Elle soupira et secoua la tête, préoccupée. Afin de se donner de la contenance, il affecta de lire un magazine. Zora vint le lui arracher des mains, en renâclant comme un animal.

— T'apprends le serbe maintenant ?

Sasha la dévisagea d'un air perdu, puis ses yeux s'accrochèrent aux titres de la couverture du « Cosmopolitan » incriminé. Il sourit, penaud. La langue natale de Zora lui était tout aussi inaccessible que le jargon de la presse féminine.

Privé de son bouclier aux pages glossy, il appuya ses coudes sur ses genoux, posa la tête sur ses poings et se figea. La voix paniquée de Zora le tira de ses méditations.

— Alexandre[1], tu vas rater ton avion !!! Où sont tes paquets ?

Elle agita les billets de croisière sous son nez.

— Quels paquets ?

— Oh ! Les bagages ! Fais pas semblant de pas comprendre !

— Je ne suis pas certain de partir… avoua-t-il.

— C'est pour ça que t'as le visage comme une gargouille ?

— Une gargouille ?

— Triste comme celles de Notre-Dame. Une croisière aux Caraïbes et toi, tu es gargouille ?

— Je croyais que celles de Notre-Dame étaient effrayantes ?

— Non, elles ont mauvaise mine parce qu'elles sont coincées dans la pierre, dans l'éternité, elles sont malheureuses et pas belles.

— Je ne suis pas beau alors ?

— Ah, stop tes blagues ! Je fais ton paquet et tant pis pour toi si je n'y mets pas ce que tu veux ! Elle se dirigea vers les chambres, maugréant quelque chose en serbe.

— Merci ma Rose[2], lança Sasha dans son dos.

Cette femme admirable, qui ressentait de l'empathie pour les gargouilles, avait mis fin à ses hésitations. L'image de sombres monstres entravés dans la pesanteur lui rappela le piège du « présent immédiat », son éternité personnelle. Sasha ne voulait pas terminer comme eux, « malheureux et pas beau ».

---

[1] En russe, Sasha est le diminutif communément admis d'Alexandre. Officiellement, on s'appelle Alexandre, mais la plupart du temps on vous appelle par votre diminutif, Sasha.

[2] Rose est la signification en français du prénom serbe Zora.

Une heure et demie plus tard, il roulait en direction de l'aéroport Charles de Gaulle. Le portable d'Aleksy, qui séjournait chez un ami en Corse, ne répondait pas. Sasha réessayait toutes les cinq minutes. Un « Yo, Pap ! » résonna enfin dans son oreillette.

Curieusement, son fils accueillit la nouvelle avec tact et ne posa aucune question. « OK, Pap, t'inquiète, j'ai quatorze ans au cas où tu l'aurais oublié. Sinon, sympa une croisière organisée à l'autre bout du monde et à la dernière minute. Amuse-toi bien, Pap » Sa voix trahit, néanmoins, un énigmatique sourire qui sous-entendait qu'au retour, « Pap » aurait droit à un interrogatoire en bonne et due forme. Aleksy avait hérité de sa mère l'habitude de se mêler de ce qui ne le regardait pas.

Lundi 24 juin, Iles Vierges Britanniques

En sortant de l'aéroport Terrance B. Lettsome de Beef Island[1], Victoria sentit la tension des derniers jours tomber de ses épaules, glisser le long de ses bras, cheminer par ses cuisses et s'évaporer sous le soleil fécond des Caraïbes, soulevant légèrement sa robe dans un souffle d'adieu.

Pendant le transfert jusqu'au port de Road Town[2] où était amarré le bateau de la croisière du nom de « Lazy John », le guide détailla le programme de la journée consacrée à l'exploration de l'île de Tortola : visites du musée de l'histoire de l'archipel et du marché local, promenade dans la forêt recouvrant les pentes de brasiers volcaniques apaisés et enfin, baignade sur une plage de la côte nord. L'imminence des retrouvailles avec Mère

---

[1] Beef Island est une petite île des îles Vierges Britanniques. Elle est reliée par un pont à Tortola, principale île des îles Vierges Britanniques.

[2] Road Town est la capitaledes îles Vierges Britanniques située sur l'île de Tortola.

Nature plongea Victoria dans la béatitude, figeant ses lèvres dans un sourire permanent.

Le « Lazy John » l'accueillit par un mélange d'élégance à l'anglaise et de folklore local. Elle serra cordialement la main du mannequin pirate, suspendu à côté de sa cabine, déballa rapidement ses affaires, se doucha pour se délasser des quinze heures de voyage endurées depuis Paris – arpenter les allées d'un paradis terrestre, ça se mérite ! – et sortit flâner sur les ponts du bateau.

Elle ne regrettait pas d'avoir cassé sa tirelire. La croisière se limitait à une centaine de passagers et offrait des prestations de qualité. Ce n'était pas l'un de ces géants des mers avec une ville entière à bord, mais une maison flottante à l'esprit familial.

Dès que les excursions débutèrent, les sens de Victoria se mirent en éveil. La luminosité éblouissante intensifiait les couleurs, inondant l'œil d'une féerie visuelle : de petites cabanes en bois peintes en jaune, rose et bleu, de la végétation luxuriante, des bateaux par dizaines fendant les vagues des eaux turquoise. La brise marine mélangeait les arômes des fleurs et des épices, procurant un plaisir olfactif animal. Les caresses des rayons du soleil tropical sur les peaux encore pâlottes des vacanciers étaient hautement euphorisantes. Le monde n'était plus que sensation et Victoria s'oublia.

Elle s'oublia tellement bien, qu'elle faillit rater le départ de la navette qui devait conduire les vacanciers vers la plage, ultime étape des réjouissances de la journée. Le guide en charge de la balade dans la forêt, fut obligé d'appeler la brebis galeuse sur son portable. Victoria avait en effet préféré gambader seule dans la flore sauvage, s'attardant auprès des chutes d'eau et des plantes rares.

La sonnerie de son téléphone la ramena brutalement à la réalité et elle piqua un sprint jusqu'au car. En s'engouffrant, dégoulinante de sueur, dans l'habitacle, elle eut droit à des applaudissements et des hourras. Remerciant son public patient par deux révérences, Victoria s'effondra sur le premier siège disponible. Le moteur démarra et ses yeux se fermèrent automatiquement. Un sommeil réparateur l'emporta rapidement vers des songes bigarrés.

Une demi-heure plus tard, une légère pression sur son coude l'extirpa des bras de Morphée. Elle souleva à demi les paupières. Un homme, au visage étrangement familier, lui souriait. Ses yeux étaient dissimulés par des lunettes teintées et Victoria ne parvint pas à se souvenir des circonstances de leur rencontre. Elle bredouilla quelques mots d'usage en anglais. À sa grande surprise, l'inconnu lui répondit en russe et sans accent.

— Je ne voudrais pas vous brusquer, mais le chauffeur attend qu'on sorte pour repartir.

— Ah... Oui... Bien sûr. Je m'étais endormie.

— Alexandre, se présenta l'inconnu et lui tendit la main pour l'aider à se lever.

— Victoria, répondit-elle effleurant à peine sa paume, la lâchant dès qu'elle fut debout.

Ils quittèrent le car et s'engagèrent sur le sentier du jardin qui bordait la plage.

— Vous voyagez seule ? s'enquit son nouvel « accompagnateur ».

— Oui.

— Moi aussi.

Victoria jeta un regard circonspect à Alexandre. S'il croyait leur avoir trouvé un point commun, il se mettait le doigt dans l'œil.

— Vous ne voulez pas discuter, constata-t-il comme pour contredire ses pensées.

— Pas tellement...

— Alors, ne discutons pas.

Victoria espérait qu'Alexandre accélère le pas et aille rejoindre des personnes plus sociables, mais il continua à marcher à ses côtés, ménageant leurs espaces physiques respectifs par une distance appropriée. Elle se tendit. Ce n'était pas la première fois qu'un homme lui proposait de se dispenser de la conversation, simulant une certaine docilité de caractère. S'adapter à l'humeur de sa cible était une tactique rodée des manipulateurs. Ces derniers se manifestaient par dizaines lorsque Victoria était dans un état de fragilité affective. Et elle n'avait aucune envie de s'empêtrer dans leurs filets luisants.

Énervée, elle se planta face à Alexandre, lui barrant la route. Il recula adroitement, un sourire étonné aux lèvres. Les contours joliment fendus de ses yeux se dessinaient à peine derrière les verres anti-UV de ses lunettes. C'était bon signe, un séducteur ne se serait pas départi d'une arme aussi fatale qu'un regard émerveillé. Victoria toisa son sujet durant une minute, puis s'écarta de son chemin. Elle n'avait pas décelé chez Alexandre cette attente mâtinée d'excitation, caractéristique des dragueurs entraînés.

… Sasha avait établi un contact avec l'Aurore boréale et venait même de réussir un premier examen. Elle l'avait arrêté, sans crier gare, et l'avait jaugé avec la sévérité d'un lionceau qui défend son territoire. Il avait joué le jeu jusqu'au bout, s'abstenant de troubler le fauve par les commentaires hilarants qui fusaient dans son esprit. Un effort qui se révéla gratifiant, car Victoria avait sur lui un effet relaxant.

Elle tâtait son énergie, le parcourant de doigts invisibles, qui tout en étudiant son aura, le soulageaient de ses pressions. Une femme capable de fouiller intuitivement un homme avec autant de dextérité devait avoir un toucher exquis. Sasha se sentit prêt pour un vrai massage, lors duquel les mains expertes de Victoria le délieraient de tous les maux de l'existence…

Ils atteignirent la large bande de sable blanc où s'étaient égaillés les passagers de leur croisière. Victoria choisit un endroit calme, à l'ombre des palmiers. Sasha lança un « Je peux ? » purement formel, avant d'étaler sa serviette à un mètre de la sienne. Elle n'acquiesça, ni ne protesta, indécise quant à l'attitude à adopter.

Sa robe glissa comme une plume. Les courbes affirmées de sa plastique et la féminité de son maillot de bain prirent Sasha au dépourvu. Habillée, Victoria avait l'air d'une jeune personne pâle et un peu trop svelte. Déshabillée, c'était une femme sophistiquée, avec des formes rebondies. La métamorphose était déconcertante.

Une fois allongés, chacun sur son drap de plage, ils continuèrent à explorer avec adresse toutes les nuances du silence. Le bruit des vagues et le chant des oiseaux apportaient leur précieuse contribution à ce mutisme bienfaisant.

… Alexandre avait choisi de demeurer en sa compagnie. Victoria n'arrivait pas à le cerner, ce qui n'était pas pour lui déplaire. Si le concept « rester seuls ensemble » lui convenait, elle avait tout à y gagner. Cet homme lui servirait d'alibi, tenant les autres à l'écart. Ses co-vacanciers cesseraient de l'analyser, interloqués par sa solitude. Au cours du déjeuner, un couple l'avait même conviée à leur table « parce qu'ils ne supportaient pas la pénitence qu'elle s'imposait ». Elle avait poliment décliné l'invitation. Certains êtres ont tellement la trouille de se retrouver avec leur « je », qu'ils éprouvent un réel malaise devant ceux qui l'osent, préférant des duos ou des trios boiteux aux jolis solos. Victoria ne désirait pourtant qu'une chose : qu'on lui fiche la paix. Et Alexandre semblait s'accommoder de ce souhait.

Cependant, au fur et à mesure que les minutes s'égrenaient, le concept « rester seuls ensemble » s'effilochait. Un homme inconnu était couché à proximité et exigeait de l'attention par le fait même de sa présence. Victoria ne put s'empêcher de l'observer en catimini.

Il avait une très belle peau aussi bien par sa texture lisse et uniforme, que par son léger hâle de pêche. Ses cheveux châtain clair, épais et ondulés, avaient une longueur suffisante pour y enfouir une main, sans pour autant que ses mèches pendouillent de tous les côtés. Des taches de rousseur parsemaient ses pommettes, dessinant les ailes d'un aigle en plein envol. Victoria eut envie de lui ôter ses lunettes teintées, car le déjà-vu, qui l'avait effleurée dans le bus, se renforçait.

… Sasha se laissait détailler avec plaisir. Sentir la curiosité de l'Aurore boréale s'éveiller était agréable. Elle ne l'avait pas reconnu, lui donnant l'exceptionnelle opportunité de faire une deuxième première impression. Il enleva ses lunettes de soleil et tourna la tête dans sa direction. La jeune femme ferma les yeux dans la seconde, feignant de dormir. Amusé, Sasha bondit sur ses jambes et se précipita dans la mer en courant.

… Victoria contempla Alexandre s'enfoncer dans l'eau comme un gamin, patienta cinq minutes et fit de même.

Le toucher soyeux de l'eau limpide la subjugua. Des essaims de poissons multicolores fuyaient ses mouvements, puis revenaient chatouiller ses mollets de leurs corps agiles. Elle aurait voulu nager loin du rivage, mais sa peur irrationnelle des requins la paralysait. Bien que le guide ait certifié qu'aucune attaque de prédateurs n'était à déplorer sur cette île, Victoria dut fournir un effort titanesque pour surmonter sa terreur.

Elle atteignit prudemment le périmètre où Alexandre faisait ses longueurs. De temps à autre, il émergeait le torse et s'ébrouait comme un grand chien. Son insouciance fut contagieuse. Rassérénée, Victoria cessa de sonder les alentours, déploya ses membres en forme d'étoile et se laissa bercer par les vagues. Les vacances commencèrent réellement à cet instant-là, où tout son être s'abandonna à la mer. Elle n'avait plus peur de fendre les flots, de percer les profondeurs en retenant son souffle et de remonter à la surface telle une fusée. Le monde se réduisit aux embruns projetés par sa nage, aux éclats de lumière qui ricochaient sur l'écume et aux petits poissons qui faisaient la course avec lui.

De retour sur la plage, Victoria resta debout afin que son maillot de bain puisse sécher uniformément. Les différentes formes et les nuances nacrées des coquillages éparpillés sous ses pieds captivèrent son attention. Elle s'accroupit pour mieux les étudier. Soudain, des mains en coupelle contenant un poulpe gris et gluant pénétrèrent dans son champ de vision. Victoria toisa l'offrande d'une mine écœurée et leva la tête. Ses prunelles se plantèrent dans deux iris vert foncé…

Le papillon du café Ernest s'échappa de son cocon. Le déjà-vu livra ses mystères dans les moindres détails : l'échange silencieux de regards, la panique inexplicable et asphyxiante, la fuite, les joues empourprées, le sentiment que cet homme inconnu avait cherché à s'introduire dans son intimité.

Alexandre suivait, égayé, le cheminement des émotions sur sa figure. Le dégoût du poulpe avait muté en stupéfaction. Victoria fronça les sourcils.

— Nous nous sommes déjà rencontrés à Paris, n'est-ce pas ?

— Oui, au café Ernest, à la mi-mai, confirma Alexandre visiblement ravi qu'elle se souvienne de lui.

— Hum, marmonna-t-elle, déçue.

L'écran protecteur de l'anonymat était tombé. Son alibi avait un passif à son compte.

— Le poulpe, c'est pourquoi ?

— Il est marrant, là…

— Vous comptez le cuisiner ?

Victoria plaça inconsciemment ses mains sur ses hanches.

— Non. J'allais le relâcher.

— Sage décision !

Elle tourna les talons et regagna sa serviette.

Alexandre revint cinq minutes plus tard, sans l'horrible bestiole et avec la même lueur d'amusement dans les yeux. Victoria eut l'impression que le poulpe n'avait été qu'une diversion, pour aplanir le choc de la surprise. De toute évidence, le filou avait anticipé sa réaction.

— Vous m'avez reconnue encore dans le bus, n'est-ce pas ?

— Encore dans l'avion…

— Et vous étiez certain que je me souviendrais de vous ?

— Pas certain, non…

— Vous vivez en France ?

— Principalement…

— Pourquoi avoir quitté la Russie ?

— Mon père est ingénieur dans l'aérospatiale. Une société française lui avait proposé un poste intéressant et nous avons déménagé de Moscou à Paris. J'avais treize ans à l'époque.

— Treize ans ? Vous n'avez aucun accent.

— C'est normal, c'est ma langue maternelle. Il m'arrive parfois de trébucher sur un mot peu usité et d'avoir un « blanc ». Dans ces cas-là, je passe pour une girafe.

Victoria retint le sourire ironique qui menaçait de s'emparer de ses lèvres. Avouer qu'Alexandre avait plutôt l'air d'un grand chien blanc aurait été prématuré.

— Et vous, cela fait longtemps que vous vivez à Paris ?

— Sept ans.

Elle resta laconique exprès, souhaitant préserver la distance entre elle et le déjà-vu.

— Et vous avez quel âge ?

— Vingt-cinq ans.

— Vous ne les faites pas…

— Tant mieux, j'ai vingt-cinq ans quand même.

— Vous venez de Moscou ?

— Je croyais que vous étiez d'accord pour ne pas discuter ?

Victoria le vrilla d'un regard inquisiteur.

— On peut instaurer des trêves conversationnelles ? C'est vous qui décideriez du moment et de la durée.

— Trêve acceptée. Trois minutes.

Alexandre actionna un chronomètre sur sa montre.

— Vous êtes drôlement conciliant.

— Rencontrer la femme parfaite, belle et qui ne parle pas, est une chance rare.

— Et en disant cela, vous espérez que je démolisse cette réputation, impossible à conserver, en vous dévoilant tous mes défauts ?

— Oh ! Vous lisez dans mes pensées ! Officiellement parfaite !

Alexandre la fixa avec provocation

Victoria se mit à scruter l'horizon.

— Et que pensent vos amis de ce voyage en solitaire ?

— Vous sous-entendez mon petit ami ?

— Vous n'en avez pas.

— Si cela vous plaît de le croire.

— Et donc, vos amis ?

— Ils n'ont pas fait de commentaires, Victoria se tourna vers son interlocuteur et le toisa quelques secondes, je dois me débarrasser d'un cadavre, c'est plus discret de le faire loin de chez soi.

— Puis-je vous servir de complice ?

Alexandre s'inclina légèrement vers elle.

— Hum…

Victoria recula instinctivement le buste.

— Que faites-vous seul dans une croisière aux Caraïbes ? Les femmes ne se bousculent-elles pas à votre porte ?

— C'est pour leur échapper que je suis parti.

— Ah… C'est banal, presque décevant. Votre épouse et vos maîtresses se sont liguées contre vous et vous ont faussé compagnie au dernier moment ?

Victoria secoua la tête, la mine contrite.

— Mon ex-épouse n'a plus ce genre de pouvoir et mes maîtresses durent rarement un temps suffisant pour me planter.

— Vous les tuez avant ? J'avais raison de me méfier de vous !

— Hé ! Ce n'est pas moi qui ai un cadavre à jeter.

— Vous avez failli devenir mon complice.

— Je le suis de toute façon, puisque j'accepte de garder votre secret. Je me dévouerai presque pour être votre alibi.

— Quelle galanterie. Un alibi, c'est exactement ce qu'il me fallait.

— Prochaine trêve au dîner ? Je veillerai à ce que personne ne trouble notre quiétude.

— Marché conclu. Mais ne vous servez plus d'habitants marins pour faire diversion. Je n'ai pas oublié la manière dont vous m'avez reluquée à Ernest. Victoria ponctua chaque syllabe de sa phrase.

— Je…

— Temps écoulé, trêve terminée.

Elle s'étira avec un plaisir démonstratif sur sa serviette et plaça les écouteurs de son MP3 dans ses oreilles.

... La déception, que Sasha avait tant redoutée, l'avait épargné. L'Aurore boréale lui plaisait. Sa réserve, entrecoupée par des réactions d'une déconcertante spontanéité, avait un rythme insolite. On était loin de la mélodie simpliste « feu et glace » d'une demoiselle qui se ferait désirer. Le comportement asocial de la jeune femme n'était pas fictif. Lisa, par exemple, n'aurait jamais raté une occasion de tester sa popularité. Les autres étaient son oxygène, leur énergie était la sienne. Sans eux, elle n'existait pas et n'avait rien à préserver en son for intérieur. Victoria, au contraire, se protégeait. Sasha avait vu juste, elle couvait un chagrin d'amour et l'heureux élu de son cœur malheureux était à l'état de « cadavre »... Encore un point positif. Lisa aurait évacué sa peine de cœur en se jetant dans les bras d'un beau passant. Victoria préférait se refermer, tel un animal malade qui s'isolerait pour guérir. Des traits de caractère qui donnaient l'envie d'approfondir sa connaissance.

Les propres paroles de Sasha lui revinrent brusquement à l'esprit : « Mon ex-épouse n'a plus ce genre de pouvoir... et mes maîtresses durent rarement un temps suffisant pour me planter ». C'était la stricte vérité, platement exposée, pour ne pas créer de faux espoirs chez une jeune femme de vingt-cinq ans. En dépit de leur franchise, ses mots avaient sonné comme la plaisanterie idiote d'un type coincé. Finalement, la déception, c'était lui ou presque...

Le dîner avait lieu sur le bateau. Victoria trouva Alexandre assis à une petite table au fond de la salle à manger. Il la salua d'un hochement de tête. Elle lui sourit, sans rompre le précieux silence.

Ils commandèrent le vin et les mets en se consultant du regard. Victoria sentit une légère tension sexuelle planer entre eux. Elle écouta son corps, attendant qu'il l'alerte comme avec l'Esthète. Lorsque celui-ci avait été en train de la dépouiller de son âme, de faire la douloureuse extraction de la Victoria irréelle, sa chair s'était débattue, avait appelé au secours. Hélas, Victoria avait ignoré ses cris de détresse. À présent, elle laissait ses impressions physiques s'exprimer librement au sujet d'Alexandre.

… Point de signaux d'alarme, point de hurlements, point de passion non plus. Juste le plaisir de l'érotisme sans matière, qui effleure sans pénétrer la substance de l'être.

La mine intriguée de son compagnon l'obligea à suspendre l'audition de ses sens. Visiblement, elle n'avait pas été la seule à « écouter son corps ». Victoria voila rapidement ses yeux d'indifférence fermant la perspective qu'ils offraient sur son introspection.

— Épier les émotions des autres est très malpoli, fit-elle remarquer

— Oh, entièrement d'accord ! C'est pourquoi je ne surveille que celles qui ont un rapport avec moi. Une sorte de droit de regard, Alexandre se fendit d'un sourire malicieux.

— Vous rassurez les gens par votre délicatesse de façade pour écouter aux portes ?

— Ma délicatesse ? Ne vous ai-je pas « reluquée » à Ernest ? Vous m'offensez, si j'avais une « façade », je l'aurais mieux entretenue.

— Soit. Dorénavant, le huis clos sera de mise.

— Vous craignez qu'on ne vous dérobe votre cadavre ? Vous le cajolez un peu trop, non ?

Victoria sentit la pique perforer sa zone sensible. Un frisson glacial lui hérissa le poil. Alexandre se trompait. Certes, elle se cachait, se camouflait, se violentait, mais uniquement dans le but d'épargner à ses semblables sa colère, son amertume et sa pesanteur. Cajoler sa peine, c'était l'admirer, c'était l'exhiber en accablant autrui par la désolation d'un amour qui se meurt. L'allusion d'Alexandre était vexante. D'autant qu'il tentait, par tout moyen, de s'inviter à ces « funérailles » très privées.

— Je ne me souviens pas d'avoir dit que la trêve conversationnelle débutait.

— Vous avez rompu le silence la première, cela équivaut à agiter un drapeau blanc.

— Vous m'y avez forcée avec votre « droit de regard » qui se faufile partout où c'est interdit. Est-ce si savoureux de braver les interdits ?

— Si la personne qui interdit est savoureuse.

— Vous prenez votre rôle d'alibi un peu trop au sérieux.

— Préféreriez-vous que je vous dise que vos émotions sont transparentes ? Qu'elles défilent sur votre visage le rendant très expressif…

— Je préfère le silence, Victoria se détourna.

L'érotisme sans matière s'évanouit et son infirmité émotionnelle se fit sentir avec acuité. À la place d'Alexandre, elle se serait sauvée depuis longtemps. Mais il n'avait pas l'air de vouloir fuir et ne se souciait guère de ses mouvements d'humeur. Il parvint à négocier une nouvelle trêve. Ils discutèrent de littérature, de cinéma, des séries télévisuelles – des sujets qui n'exigeaient pas de confidences personnelles.

Leur bouteille de vin terminée, ils en achetèrent une deuxième et se déplacèrent sur les transats du pont principal. La nuit était fraîche, Victoria frémit. Alexandre la couvrit de sa veste et l'enlaça.

— Alexandre, non, protesta-t-elle

— On se tutoie ? s'enquit-il sans desserrer ses liens

— Lâche-moi !

Il se détacha très lentement. Victoria eut l'impression qu'il expérimentait quelque chose…

— À quoi bon commencer… ?

Le moment de vérité était arrivé, Victoria ouvrit la bouche pour expliquer son indisponibilité affective, mais Alexandre l'interrompit.

— Je voulais simplement vérifier…

— Quoi ?

Elle croisa ses bras sur la poitrine afin d'éviter une nouvelle « vérification ».

— La sensation de toi.

— Sans demander mon avis ?

— Ce genre de choses ne se formalise pas. Tu aurais dit « non » de toute façon.

— Et alors, content de « la sensation de moi » ?

— Comme je te l'ai déjà dit, tu es incontestablement parfaite.

— Arrête de me flatter. C'est fatigant.

— Tu es trop intelligente pour succomber à la flatterie.

— Encore des louanges.

— La flatterie est un compliment intéressé, qui suppose qu'on attend quelque chose en retour.

— On attend toujours quelque chose en retour.

— Mon compliment était désintéressé, car je sais que je n'aurai rien en retour. Tu me l'as avoué il y a une minute.

Victoria ignora le double sens de ses mots et l'ironie de ses yeux.

— Je pense que nous aimons tous les gens qui nous renvoient une image positive de nous-mêmes.

— Pas toi, sinon tu ne voyagerais pas seule.

— Toi, aussi tu voyages seul.

— J'en déduis que, moi aussi, je suis trop intelligent pour succomber à la flatterie. Merci pour le retour.

— Tu es vraiment un chien ! Les premières impressions sont toujours les bonnes.

— Ah ah ah ! C'est donc à cause de ça que tu avais déguerpi si vite de l'Ernest ? ! Une vraie gazelle. Je vais m'acheter une pancarte « chien méchant ».

— Ha, ha, ha ! « Moi, le mâle dominant » Victoria se frappa la poitrine avec les poings en imitant un gros singe « j'suis tellement affolant, que la demoiselle embarrassée s'est cassée ! »

— Quelle poésie ! Était-ce un poème que tu écrivais ce jour-là dans ton journal intime classé par ordre alphabétique ?

— Ton droit de regard, non pas que je le reconnaisse comme étant légitime en soi, s'arrête aux portes de mes yeux.

— Ne rêve pas ! Il se faufile partout où c'est interdit. Position de mâle dominant oblige.

Alexandre s'assit à côté d'elle.

— Tu as une repartie très canine, Victoria se leva et s'installa sur le transat voisin, je te lance la balle et hop, tu me la ramènes ! Je te lance de nouveau la balle et hop, tu te la ramènes ! Le monde animal a ses limites.

— Pourtant, les animaux ne sont pas dotés de parole, ils ne mentent pas et n'ont que les yeux pour s'exprimer. Cela me rappelle quelqu…

— Assez ! Trêve terminée.

— Non. Nous avons encore un sujet à aborder !

— Lequel ?

— Tes cravates. En te voyant, j'ai compris pourquoi je n'en mettais pas, c'est trop féminin.

— Comment sais-tu que je porte des cravates ?

— Tu en avais une, assortie à ton chemisier, à Ernest.

— Bizarre, en général, les hommes ne font pas attention aux vêtements des femmes. Sauf s'ils sont…

Victoria se mordit la langue.

— Je suis hétéro. J'espère ne pas trop choquer ta nature farouche, mais si je visualisais la scène, là, maintenant, je te verrais nue avec une cravate rose. Le reste de ta tenue a disparu dans les méandres de ma mémoire.

— Épargne-moi tes fantasmes. T'as quel âge, au fait ?

— Trente-deux.

— Et tu as vraiment été marié ?

— Oui et vraiment divorcé depuis quatre ans.

— J'imagine que tu as des enfants ?

— Un fils de quatorze ans. Fruit de l'inconscience adolescente.

— Ne te moque pas de tes sentiments passés. Si tu avais épousé cette femme, c'est que tu étais amoureux et heureux avec elle.

— Je n'ai pas de regrets. Loin de là. Aleksy, mon garçon, est une belle réussite. À l'exception de quelques défauts, hérités de sa mère, naturellement.

— Il vit avec elle ?

— Non, il habite avec moi.

— Waouh ! Tu es un papa poule !

— Papa chien.

Victoria sourit, étudiant les iris verts de son compagnon.

— Tu scrutes ton reflet dans mes yeux ?

— Non...

— Tu cherches peut-être à retrouver un peu de ton macchabée en moi ? C'est ce qu'on fait souvent inconsciemment quand on aime une personne avec laquelle ça s'est terminé. Elle devient notre unité de référence en quelque sorte. On compare les autres à elle...

— Pour ma part, je cherche à m'assurer que tu n'aies rien en commun avec lui. Ses yeux étaient comme des miroirs...

— Miroirs de l'âme ?

Sasha arqua un sourcil.

—... De la vanité féminine. Il voulait que les demoiselles tombent amoureuses de leurs propres reflets, qu'elles se pâment devant leurs images revalorisées. Ainsi, elles devenaient contrôlables et ne cherchaient pas à découvrir sa personnalité à lui.

— Oh… C'est ce qui explique ton côté « Ne t'approche pas de moi ou je te jette dans une plante carnivore ! » ?

— Il n'y en a pas sur cette île, je me suis déjà renseignée.

Ils se turent. Cependant leur silence était différent des fois précédentes. Victoria sonda ses sensations et capta un papillon étrange, confus. Il y avait dans ses battements d'ailes un appel à… À quoi, Victoria ne le savait pas, mais elle s'y raccrocha comme à une bouée de sauvetage.

Chapitre V : L'ART ET L'AMOUR

Mardi 25 juin

La matinée suivante, Victoria se réveilla tard. Le service du petit-déjeuner était terminé et le baptême de plongée sous-marine, auquel elle s'était inscrite, devait débuter dans moins d'un quart d'heure. Elle sauta hors du lit, se doucha en vitesse et quitta sa cabine.

Le « Lazy John » avait jeté l'ancre loin des rivages. Le pont principal était bondé de vacanciers. Tous les transats étaient occupés. Les passagers, qui ne voulaient ou ne pouvaient pas faire de la plongée, profitaient de l'arrêt pour prendre un bain de mer et de soleil.

Victoria aperçut le moniteur qui préparait les masques, les bouteilles et les gilets pour les participants. Elle était encore un peu endormie et ne se sentait pas apte à étudier tout de suite les mystères aquatiques. Par chance, l'instructeur avait déjà formé un premier groupe et put lui accorder quarante-cinq minutes pour « émerger des limbes ».

Elle descendit vers le petit bar du bateau et s'arrêta, surprise, en bas des marches. Alexandre était assis au comptoir, une assiette de croissants et un thé étaient posés en face du siège vide à côté de lui. Victoria eut un pincement au cœur. Son compagnon d'hier avait trouvé une femme qui n'avait pas de « squelette dans le placard » ou qui, du moins, avait le tact de ne pas le mentionner. Elle s'apprêtait à rebrousser chemin, lorsqu'Alexandre se retourna et lui fit signe de s'approcher.

— Salut.

Victoria s'étonna de la timidité de sa propre voix. La petite crise de jalousie l'avait quelque peu inhibée.

— Salut ! Tu veux prendre ton petit-déjeuner ?

— C'est adorable. Je meurs de faim !

Victoria monta sur le haut tabouret devant le bar et regarda Alexandre. Son expression était différente de la veille. Une certaine dureté s'était emparée de ses traits et des auréoles bleutées cernaient ses yeux, empreints de mélancolie.

— Je suis un bon chien. Je garde les croissants sans les manger.

Alexandre sourit. Hélas, les lueurs désinvoltes avaient déserté ses prunelles

— Tu as bien dormi ?

— Pas assez. Le décalage horaire, ce n'est pas mon truc.

Victoria dégusta les viennoiseries en silence, craignant que sa froideur ne soit la cause de la tristesse de son compagnon.

— Je me suis inscrite au baptême de plongée, annonça-t-elle avec entrain après avoir avalé la dernière bouchée.

— J'y participe également, bien que je ne sois pas un débutant.

— Si tu es un pro, ne te moque pas de moi !

— Loin de moi une pareille idée.

Les diablotins amusés glissèrent furtivement dans ses mirettes.

Victoria le fixa attentivement, guettant la réapparition des étincelles taquines.

— As-tu perdu quelque chose ?

Alexandre retrouva, d'un coup, son espièglerie et sa malice.

— Oui, ton côté canaille. Mais, je crois qu'il est de retour.

— Exact. Et à la bourre. Il n'est pas du matin, murmura-t-il, comme s'il parlait d'une personne assise à proximité.

Alexandre se montra très calé en plongée sous-marine. Par la force des choses, il endossa le rôle du moniteur personnel de Victoria et ils s'immergèrent ensemble dans le paradis des eaux turquoise. La beauté du monde aquatique ressemblait à un rêve qui hantait Victoria depuis l'enfance. Vivre ce songe dans la réalité l'émut. En remontant à la surface, les sentiments d'émerveillement et de bonheur étaient si absolus que des larmes discrètes embuèrent ses yeux. La beauté avait toujours eu les pleins pouvoirs sur son appareil lacrymal. Elle se débarrassa de son masque avec empressement. Alexandre l'aida à enlever le reste de son équipement.

— Tu pleures ? constata-t-il.

Elle haussa les épaules, sourit en reniflant et se détourna de lui. Il l'enlaça de ses bras avec moins de fermeté, mais plus d'assurance que la veille. Elle ne protesta pas. Le contact direct entre leurs peaux dénudées et mouillées fut bref et étonnant. L'érotisme n'avait toujours pas de matière, mais Victoria éprouva une sorte de compatibilité ergonomique avec Alexandre. Ils se détachèrent comme si de rien n'était, ramassèrent leurs affaires et partirent dans leurs cabines respectives changer les maillots de bain trempés.

Durant le repas de midi, le bateau reprit la navigation. En pénétrant dans le restaurant du « Lazy John », Victoria trouva Alexandre attablé en compagnie d'un couple de sympathiques quinquagénaires, Grace et Paul. Les trois commensaux étaient absorbés par le jeu des devinettes. Alexandre était en train d'essayer de deviner la profession de Paul.

Une fois les présentations terminées, Victoria suivit passivement la discussion, adoptant la stratégie de la chouette décorative : yeux grands ouverts, clignement des cils au moment approprié, hochements de tête intelligents.

Son attention monta en flèche quand les rôles furent inversés et que ce fut au tour de Grace et Paul de deviner l'âge, la ville de résidence, le métier et le statut marital d'Alexandre. La « trentaine passée » et la « citoyenneté parisienne » furent rapidement élucidées. Sa relation avec sa jolie compatriote reçut l'appellation « d'amour naissant », une jonction de mots qui parut toxique à Victoria. Mais Grace et Paul ne s'attardèrent pas sur l'amour, partant à la conquête du métier d'Alexandre. Les hypothèses fusaient : ingénieur, informaticien, trader reconverti, importateur de spiritueux en Russie, négociant de pierres précieuses, médecin, conseiller en communication, gérant d'entreprise. Grace finit par demander un indice. Alexandre le lui concéda, l'informant qu'il avait commencé sa carrière à dix-sept ans. Paul implora Victoria du regard. Peine perdue, elle n'en savait pas plus qu'eux. Tout à coup, Paul pointa son doigt et s'exclama :

— Artiste !

— Dans le mile !

— Peintre ou photographe ?

— Non.

— Musicien ?

— Presque !

— Chanteur ?

— Non, mais musicien et… ?

— Compositeur !

— Auteur-compositeur professionnel et musicien pour le plaisir, précisa Alexandre.

Victoria faillit avaler de travers en apprenant qu'elle était liée par un « amour naissant » à un homme de la musique.

Il ne manquait plus qu'un second Esthète pour l'achever.

— Passons à vous, Victoria, s'impatientait Grace.

— Moi… ?

— Vous êtes si pâle ! Vous vous sentez bien ? se préoccupa Paul.

— C'est le baptême de plongée, je suis encore un brin étourdie.

Elle se frotta les tempes.

— Tu ne t'en tireras pas comme ça, murmura Alexandre en russe.

— Il vous faut un peu de vin, suggéra Paul, en emplissant son verre de vin rouge qu'ils avaient commandé avec Grace, c'est bon pour la circulation sanguine.

— Il faut surtout que tu te changes les idées, pour éviter de penser au tournis, décréta Alexandre, Grace, je pense que Victoria a besoin de se focaliser sur le jeu.

— Tu as vingt-deux ans ! se lança Grace ravie de continuer la récréation.

— Non.

— Vingt-quatre.

— Non.

— Vingt-cinq ? s'étonna Grace. Tu parais plus jeune !

— Merci.

— Tu viens de finir tes études.

— Je travaille.

— Tu es actrice.

— Pas du tout.

— Avocate, dit Paul avec assurance.

— Waouh, du premier coup ! le félicita Victoria.

— Simple déduction. Je t'ai vue lire avec beaucoup d'intérêt les informations légales affichées au bar. Franchement, qui va scruter les textes de loi en lettres minuscules sur la consommation d'alcool des mineurs et les mesures prises à l'encontre des personnes en état d'ébriété ? ! En plus, tu ressembles beaucoup à la fille d'un ami, diplômée en droit. Elle est blonde aux yeux clairs, comme toi.

— À June ? Tu divagues ! l'apostropha Grace avec véhémence. Je n'en reviens pas que tu sois avocate. C'est formidable !

— Oui, ça l'est, reconnut Victoria sans grande conviction.

— Tu as l'air tellement tendre, ça ne doit pas être facile dans ce monde de requins ?

— Une apparence douce n'est pas exclusive de caractère. J'ai l'avantage de l'effet de surprise.

— C'est génial ! Vous êtes très complémentaires ! Le grain de folie et les pieds sur terre ! Cela va marcher, j'ai l'instinct pour ces choses-là.

Victoria cessa d'écouter, revenant à la posture de la chouette décorative. La découverte de la profession d'Alexandre l'avait complètement retournée. Son compagnon de voyage vivait dans le monde des notes, des sons et des rêves… Avec des maîtresses qui ne duraient pas assez longtemps. Il avait été franc, lui aussi. Et trop parfait pour être réel.

Elle sentit le bras d'Alexandre glisser sur le dossier de sa chaise et s'y immobiliser.

Les épaules nues de Victoria étaient à quelques centimètres de la peau d'Alexandre et cette proximité était chargée en pulsions contradictoires.

Le « Lazy John » accosta à Virgin Gorda pour la visite d'un site unique en son genre, constitué d'énormes rochers ronds et polis, formant un dédale de grottes et de piscines naturelles.

Victoria profita de cette escale pour s'offrir un peu de solitude. Déambulant entre les merveilles naturelles, elle n'eut aucun mal à semer Alexandre et ses nouveaux amis.

— Alors, c'est toi qui as la phobie des requins ?

Un jeune homme se matérialisa soudain à ses côtés. Il était français et faisait partie de sa croisière.

—... Oui.

— Et cela t'empêche de nager loin du rivage ?

— J'aime bien surmonter mes frayeurs.

— Donc tu serais à l'aise, toute seule, en mer ouverte ?

Victoria haussa les épaules.

— Jamais tenté.

— Tu aimes naviguer ?

— Jamais tenté non plus.

— Mais tu te sens capable de faire marcher un bateau à moteur et de t'orienter à l'aide des instruments de bord ?

— Non.

— Tu pratiques des sports nautiques ?

— Pourquoi toutes ces questions ?

— Je fais un sondage pour une agence de voyages, le jeune homme plissa le front. Tu as déjà fait du camping ?

— Non, enfin, si. Il m'est arrivé de dormir dans une tente en forêt.

— C'était en Russie ?

— Oui, comment sais-tu que je suis russe ?

— Tu parles russe avec M'sieur Darov.

De surprise, Victoria ouvrit la bouche, mais aucun son ne s'en échappa.

— Tu aimes la nature ?

— Hum.

— Définirais-tu ton mode de vie comme très polluant, moyennement polluant ou écologique ?

— J'utilise l'électricité, les objets en plastique, mais je trie mes déchets et je prends surtout les transports en commun.

— C'est super ! Cela réduit substantiellement ton empreinte carbone. Et que fais-tu dans la vie ? C'est pour mon enquête.

— Marque « employée dans la restauration ».

Victoria souhaitait couper court à la conversation. Elle se dit qu'un métier socialement moins imposant que le sien n'éveillerait pas la curiosité de son interlocuteur. Après tout, travailler dans une brasserie était dans ses projets, en attendant de trouver un nouveau cabinet d'avocats.

— OK. Merci pour ta participation. Pourrais-tu me donner ton adresse postale à Paris ? Je t'enverrai la documentation de notre agence. On cherche des personnes avec une bonne présentation pour tester de nouveaux concepts de voyage et vanter leurs expériences sur notre site internet.

— Euh… d'accord. Mlle Svetlechkova, 3, allée du Parc – 75007 Paris

— C'est noté. À plus tard.

Le jeune homme s'éloigna rapidement, laissant planer derrière lui un papillon nerveux et stressant. Victoria expira bruyamment et poursuivit sa balade, tentant de recentrer ses pensées. Alexandre était le Sasha Darov dont elle écoutait les chansons depuis un mois et demi. La coïncidence était si troublante qu'elle n'arrivait pas à assimiler la nouvelle. Une telle rencontre avait quelque chose de surréaliste.

— Hey, Vika tout va bien ?

— Ah !

Victoria sursauta.

Alexandre se tenait face à elle et l'étudiait avec une expression intriguée.

— Tu as l'air bizarre. C'est à cause du jeune homme qui t'a abordée tout à l'heure ?

— Le représentant de l'agence ? Non. J'ai juste la tête qui tourne. Je n'ai jamais très bien supporté les climats chauds. Dès qu'on dépasse les vingt-cinq degrés, je deviens… bizarre.

— Aaahhh… Et le « représentant de l'agence », il te voulait quoi ?

— Il réalise un sondage. Sa société recrute en ce moment et, comme je n'ai pas de travail, ça m'intéresse.

— Tu n'es pas avocate ?

— Si, mais j'ai démissionné. C'était Madame Médiocrité dans mon cabinet. Victoria fixa Alexandre dans les yeux.

— Tu connais mes chansons ?

Il arqua les sourcils, incrédule.

— Un peu…

— Moi, j'ai appris des choses hallucinantes sur vous, Mlle Svetlechkova, il agita son téléphone portable.

— Cela m'étonnerait. Je ne suis sur aucun réseau social et…

— Justement. C'est l'absence d'informations qui est intéressante ou, plutôt, cohérente avec ta personnalité. J'avais peur de tomber sur une toi virtuelle à l'image soigneusement fabriquée.

— Tu ne fais pas confiance à la femme parfaite ?

— Les apparences peuvent être trompeuses et les déceptions très douloureuses. Quant à la confiance, elle se mérite.

Alexandre la prit par la taille en dessinant, au passage, un petit cercle avec sa main dans le bas de son dos, fourra son visage dans ses cheveux et la relâcha aussitôt.

— Où sont Grace et Paul ?

— Ils te manquent ? Je t'ai vue accélérer le pas pour nous larguer.

— J'avais besoin d'un peu de répit.

— Message reçu. Rendez-vous au dîner ?

— Tu ne m'en veux pas ?

— Non, par contre, évite le jeunot, le coup du sondage, c'était bidon.

— Comment ça ?

— Une tactique de drague, pas très efficace, apparemment.

— J'ai déjà trouvé mon alibi. Et je n'aime pas m'éparpiller.

— Note mon numéro de téléphone. Appelle-moi au cas où tu voudrais quitter ta bulle avant le dîner.

— Merci…

— Pas de quoi.

— Si, merci d'être aussi léger et compréhensif.

— Je suis juste fier et intelligent.

— Reste… Accorde-moi simplement une heure de silence.

Alexandre pressa ses lèvres contre les siennes. L'intrusion de sa langue dans sa bouche fut si soudaine, ses mains sur sa nuque si insistantes, qu'elle se figea. Ses yeux restèrent ouverts, rivés sur les iris verts… intenses dans cette proximité inattendue. Sasha se détacha lentement comme la première fois où il l'avait enlacée.

— Point de mots puisque c'est avec les mots que tu ressens, murmura-t-il avant de dénouer ses mains.

Et c'est avec ces mots qui définissaient Victoria tout entière que l'érotisme fusionna avec la matière, pénétrant dans les pores de sa peau. Elle recula inconsciemment pour tenter d'échapper à son propre désir, si indépendant de ses pensées et si insolent avec ses sentiments. Mais c'était trop tard. Rien n'avait pourtant changé, le chagrin causé par Théophile lui déchirait toujours les entrailles tandis qu'une nouvelle sensation électrifiait ses atomes. C'était une étrange dualité ou plutôt un ménage à trois. Sasha la prit par la main et l'amena nager avec lui.

Il ne chercha plus à l'embrasser de tout l'après-midi. Il n'avait pas menti, il était suffisamment « fier et intelligent » pour ne pas se brader dans un triangle amoureux.

Le soir, tous les passagers du « Lazy John » s'étaient réunis sur une plage pour un barbecue dînatoire. L'équipe d'encadrement de la croisière avait fait disposer des grandes paillasses sur le sable pour que les vacanciers puissent s'y asseoir en groupes. Sasha dénicha un petit tronc d'arbre, idéal pour accueillir deux personnes et préserver leur tête-à-tête.

Il partit chercher les cocktails et les homards grillés pendant que Victoria gardait leur précieux siège. Elle balayait d'un œil distrait les mines détendues et joyeuses qui s'animaient dans un brouhaha de conversations, de rires et de musique. Son regard se heurta à l'expression dure et nerveuse du jeune homme qui l'avait interrogée pour le compte de son agence de voyages. Il était assis seul, à même le sable et baissa immédiatement la tête, se plongeant dans la lecture d'un livre. Le titre de l'ouvrage sidéra à tel point Victoria qu'un hoquet de surprise s'échappa de sa bouche.

— Vika, aide-moi ! l'appela Sasha.

— Ah ?

— Aide-moi ! Je vais tout renverser.

Elle s'empressa de débarrasser ses bras chargés de gobelets et d'assiettes. Il sortit des bouteilles d'eau, du pain et des couverts des poches de son bermuda et se mit à décortiquer les crustacés avec la dextérité d'un connaisseur.

— Regarde le jeune homme, là-bas.

Victoria tourna légèrement la tête dans la direction qu'elle souhaitait indiquerp.

— Le dragueur débutant ? Il n'a sondé nul autre passager. Dommage, il aurait pu se lier d'amitié avec quelqu'un au lieu de te lorgner toutes les deux minutes.

— Son bouquin est intitulé Suicide, mode d'emploi !

— Il a raison. L'atmosphère d'une plage de sable blanc, bordée de palmiers, éclairée avec des bougies, bercée par le bruit des vagues, embaumée d'effluves succulents, se prête parfaitement à ce type de lecture.

— Ce n'est pas drôle. Et si on le retrouvait mort demain ?

— Eh bien, cela fera un cadavre de plus sur le bateau.

—... Le suicide c'est une manière ultime d'attirer l'attention sur soi. C'est un appel au secours.

— Bon. Je vais aller porter secours à son amour-propre.

Sasha se leva et s'approcha du jeune homme. Victoria ne pouvait les entendre, mais elle comprit que Sasha le conviait à se joindre à eux. À l'évidence, le liseur avait décliné sa proposition.

— Voilà, il ne souhaite pas partager notre compagnie, déclara Sasha en revenant.

— Tu n'as pas été trop dur ?

— Je l'ai invité à boire un verre avec nous. Il a refusé. Compte tenu de son sondage bidon, c'est normal. Puis, ma compassion l'a ébouriffé. Je lui ai cassé sa mise en scène : « MOI grandiose dans mon malheur, MOI au-dessus de la bonne humeur collective ». Cela lui fera les pieds, il cessera peut-être de jouer à l'espion.

— Quel espion ? Tu le surveilles ou quoi ?

— Depuis le début de la croisière, ses apparitions dans mon champ de vision sont trop fréquentes. Il a le regard braqué sur toi en permanence. Même ce soir, il a choisi d'atterrir à quelques mètres de nous. Ce n'est pas un hasard.

— Nous avons tous les trois un point commun : nous voyageons en solitaire. D'ailleurs, que fabrique un artiste renommé dans une croisière comme celle-ci ?

— J'ai une grosse commande pour une chanteuse. J'étais en panne d'inspiration et j'ai acheté le premier kit « soleil-mer » que la vendeuse m'a suggéré.

— Ah ! T'avais besoin de retrouver ta muse ?

Victoria ne sut dissimuler sa déception.

—… Tu veux bien me rendre un service ?

— Oui.

— J'aimerais ton opinion sur une de mes nouvelles chansons. Tiens, Sasha lui tendit son MP3, en attendant, je vais nous chercher une deuxième portion de homards, tant qu'il y en a.

Victoria mit les écouteurs et fit jouer le titre sélectionné.

« L'Art et l'Amour »

Elle aima un poète
Inspira de ses courbes parfaites
Ses délires, ses rimes en fête
C'était une vie très chouette
Mais elle n'y trouva pas de bonheur
Le poète en a fait la muse de sa douleur

Elle alla voir un magicien
Qui la charma en un tour de rien
Ses lèvres scintillaient dans ses yeux
Illusions pour cerveaux paresseux
Son âme s'emplit de mélancolie
L'amour du magicien n'était qu'un tour de magie

Elle s'éprit d'un peintre
Qui berça son antre

De couleurs gentilles
Et de douces rêveries
Mais quand elle se réveilla
Son image, le peintre emprisonna

Alors, la solitude glissa dans ses bras
Vers un entrepreneur, elle se tourna
Il apprécia sa belle valeur
La couvrit de fleurs, d'emballages de bonheur
Hélas, l'argent peut faire des malheurs
Chaque jour, l'entrepreneur perdait de sa saveur
Elle quitta cet amour, où la vie n'est qu'un leurre
Soudain, la musique, de son âme s'empara
Dans un océan de sons, elle se noya
Toucha le fond, mais éleva sa voix
Pour conter à un public conquis
L'histoire de la Muse aguerrie

La tristesse des mots et la joie de la musique s'accordaient de manière émouvante pour relater le vécu d'une femme. Le cliché de la Belle dévouée, prête à se jeter à corps perdu sur le bûcher de l'âme d'un artiste a été soigneusement évité. Une vraie muse l'est toujours de façon involontaire, si ce n'est contre son gré…

Sasha revint, les bras à nouveau trop chargés. Victoria se leva pour le débarrasser.

— C'est une magnifique chanson. Le texte, la musique… On est immédiatement embarqué dans le parcours amoureux de cette personne. Je serai dans les rangs du public conquis.

— Merci.

— Quel est le nom de la chanteuse ?

— Céleste.

— La Sexy Baba Yaga ?

— Oui, enfin, à l'époque, c'était une ado, comme moi. Aujourd'hui, elle a trente-trois ans. Je veux être à la hauteur de ses attentes… Mais, parlons de toi ! Qu'est-ce qu'il s'était passé dans ton cabinet pour que tu démissionnes ?

— C'est une longue histoire…

Victoria décrivit l'ambiance de l'Enclos et son projet de travailler comme serveuse. Le reste de la soirée, la discussion coula spontanément d'un sujet à l'autre, se poursuivant sur le pont principal du « Lazy John ».

À trois heures et demie du matin, Sasha la raccompagna jusqu'à sa cabine. Leur premier vrai baiser fut lent. Leurs lèvres se découvraient, s'apprivoisaient, s'appropriaient le goût de l'autre, se détachaient souvent pour mieux se savourer. L'érotisme se densifiait à chaque contact, prenant corps, élargissant sa source, pénétrant les tréfonds de leurs êtres.

Chapitre VI : UNE INCONNUE QUI N'ÉTAIT PLUS

Mercredi 26 juin, Sasha

La troisième journée de la croisière débutait après une courte nuit. Sasha buvait son café sans sucre, se délectant de l'amertume enrobée du breuvage. La salle à manger était pratiquement vide, le personnel débarrassait les tables. Victoria avait une nouvelle fois du mal à se réveiller et Sasha lui gardait quelques croissants.

Le « Lazy John » jeta l'ancre dans une jolie marina. La majorité des passagers était déjà descendue à terre. Sasha s'en réjouit, le retard de Victoria les dispensait de la visite guidée, ouvrant la perspective d'une ballade à deux. Il se dépêcha de prévenir le responsable du voyage de cet « aparté » et se renseigna sur l'heure de l'appareillage du bateau. Cette tâche accomplie, il transporta le petit-déjeuner de Victoria sur le pont principal, s'installa sur une chaise longue et ferma les yeux. L'écho des voix s'estompa et Sasha plongea dans une douce somnolence.

Deux heures filèrent ainsi, dans le halo tendre et lumineux du bien-être intérieur et physique. Victoria ne semblait pas vouloir émerger des limbes, Sasha composa son numéro de portable. La voix monotone de la messagerie lui cogna l'ouïe. Il se leva, se dégourdit les jambes et alla frapper à sa porte.

Toutefois, l'antre de sa cabine demeura silencieux. Surpris, Sasha effectua un rapide tour des parties communes de leur maison flottante. Victoria n'y était pas. Le personnel de ménage ne l'avait pas aperçue de la matinée et n'avait pas encore nettoyé sa chambre.

Par acquit de conscience, Sasha frappa à nouveau à sa porte et n'obtenant pas de réponse, actionna la poignée. Le battant céda, découvrant une pièce vide et étrangement bien ordonnée. La couverture du lit était impeccablement tirée, tout était à l'endroit, à l'exception de quelques mouchoirs froissés gisant sur une pile de feuilles de papier. La salle de bains offrait un constat similaire : les serviettes étaient immaculées et pliées, point de linge sale, ni d'humidité dans l'air.

Sasha ouvrit tous les rangements et inspecta leur contenant. Le passeport, le porte-monnaie et le mobile de Victoria se trouvaient dans le tiroir de sa table de chevet. En revanche, les vêtements qu'elle avait portés la veille manquaient à l'appel. Il dressa mentalement une liste approximative des objets absents : une robe bleu ciel, des sandales blanches aux demi-lunes incrustées dans le cuir, un gilet blanc en laine tricotée et un collier en argent imitant une fine cravate. C'était suspect, car Victoria changeait de tenue plusieurs fois par jour. Ce qui était encore plus suspect c'était qu'elle ait négligé de verrouiller sa porte, d'emporter ses papiers d'identité, son argent et son unique moyen de liaison.

Sasha s'assit sur le lit et essaya de deviner le motif pour lequel son amie avait omis de l'avertir de son départ précipité. L'urgence médicale paraissait être l'explication la plus plausible. Sauf que le responsable de voyage l'aurait mis au courant, surtout que Sasha lui avait parlé de son projet de visiter l'île en compagnie de Victoria…

Pensif, Sasha inspecta les mouchoirs froissés et se saisit des feuilles format A4. C'étaient des paroles de chansons, majoritairement écrites par lui… Les dates d'impression, marquées en bas des pages, indiquaient que Victoria les avait emportées de Paris. Une trentaine de textes surlignés au feutre et annotés portaient les traces d'une multiple lecture. Sasha était abasourdi, flatté, ému. D'autant que l'Aurore boréale avait prétendu ne connaître « qu'un peu » son œuvre. Un petit mensonge dont Sasha ne voyait pas la finalité, mais qui élargissait son droit de regard à lui. Il rouvrit le tiroir de la table de chevet, en sortit l'épais carnet aux coins usés et s'en fut guetter le retour du responsable du voyage sur le pont principal.

Dès que celui-ci monta à bord, Sasha le héla et lui fit part de son inquiétude. L'homme, prénommé Josey, l'écouta d'une oreille distraite. En apprenant que Sasha n'avait aucun lien de parenté avec « la disparue », il lui asséna une tape paternaliste sur l'épaule et lui conseilla de ne pas se soucier de la jolie blonde. « Elle vous a planté ! Partie explorer l'île en tête-à-tête avec un comte français ! », affirma-t-il avec les intonations d'une commère professionnelle « Aucun membre de l'équipage n'a réceptionné de messages à ce sujet, mais je suis persuadé que Mademoiselle Svetlechkova et Monsieur de La Dressey, un beau garçon soit dit en passant, se sont éclipsés pour une escapade en amoureux. Vous savez comment sont les femmes ? »

Le visage perplexe de Sasha provoqua une moquerie attendrie dans le regard de son interlocuteur « Oh, ne vous en blâmez pas, vous n'êtes ni le premier, ni le dernier ! Les jeunes, surtout s'ils sont argentés, prennent fréquemment des libertés avec les horaires et le programme de la croisière… »

Sasha préféra écourter la conversation. La qualité « de comte français », fortuné qui plus est, avait, pour les étrangers, un parfum de romanesque et d'exotisme, prompt à envoûter n'importe quelle demoiselle. En outre, la commère professionnelle prenait un malin plaisir à lui cracher cette guimauve à la figure.

Sasha appela la police. Les gardiens de l'ordre notèrent dûment le nom et le signalement de « sa petite amie », le priant de les tenir au courant d'une éventuelle réapparition. Victoria était majeure et libre de ses mouvements, les autorités n'allaient pas se lancer à sa recherche à moins d'une absence de plusieurs jours. Une fois le signalement effectué, Sasha tenta tant bien que mal de s'occuper.

Cependant, au fur et à mesure que les aiguilles de l'horloge avançaient, l'inquiétude faisait place au doute. Improbable, de prime abord, l'hypothèse d'une escapade en amoureux avec un autre devenait de plus en plus plausible. À la fin du dîner, les deux « tourtereaux » n'avaient toujours pas donné signe de vie et Sasha finit par admettre la triviale et désenchantée réalité. Certes, Victoria n'avait pratiquement pas parlé avec les passagers de la croisière, mais les faits étaient là. Elle n'avait pas dormi dans sa chambre, ne s'y était ni dévêtue, ni douchée. Sa nuit s'était clairement déroulée ailleurs. La distraction d'esprit qui précède une étreinte charnelle expliquait la porte non verrouillée et l'oubli des effets personnels importants. En outre, l'homme avec lequel elle avait filé était riche, ses propres moyens de paiement ne lui étaient donc pas nécessaires. Et aucune considération matérielle ne la pressait de regagner le « Lazy John ».

Cette thèse expliquait aussi son mutisme. Elle n'avait pas omis de prévenir Sasha, elle l'avait esquivé. Ils avaient passé deux jours complets ensemble, s'étaient embrassés. De manière très mystérieuse, un autre passager était parvenu à la séduire entre trois heures et demie et neuf heures du matin, plaçant Victoria au cœur d'un triangle amoureux embarrassant. Gênée par sa volte-face, elle avait choisi de filer à l'anglaise.

Sasha tenta de chasser ces idées de sa tête, mais celles-ci revenaient, sournoises, se glissant en catimini, feintant ses défenses intérieures. Le « présent immédiat » pointait déjà à l'horizon, morne, mais sans désillusions.

Ce qu'il n'arrivait pas à comprendre, c'était comment un inconnu avait pu entrer en contact avec une femme si peu sociable à une heure si tardive. Ou alors... ce n'était pas un inconnu. Sasha faillit se frapper le front avec le poing, mais la présence du barman l'arrêta. Évidemment ! C'était quelqu'un de proche, de désiré... Son précieux « cadavre » était à bord et Sasha n'avait servi qu'à attiser sa jalousie.

Une crique sauvage où deux corps nus s'enlaçaient, pressés de se redécouvrir s'esquissa dans l'esprit de Sasha... L'humiliation le recouvrit telle une déferlante, soulevant une houle enragée de honte et d'amertume. Il s'en voulait d'avoir suivi une chimère dans les Caraïbes, de s'être donné du mal à réduire la distance entre lui et une femme qui n'avait eu de cesse de le repousser. « À quoi bon commencer... ? », tels avaient été ses mots, sauf que Sasha lui avait coupé la parole.

L'envie de quitter au plus vite le théâtre de sa stupidité fut irrépressible. Malencontreusement, il devait patienter jusqu'au lendemain matin pour organiser son retour express à l'autre bout du monde.

... À chaque fois que les paupières de Sasha se fermaient, se dressait devant lui une contrée onirique peuplée d'hommes et de femmes dévêtus et moqueurs. Son imagination débridée l'obligea à veiller toute la nuit. Il quitta sa cabine dès le lever du soleil.

La brise marine apaisa son visage enflammé, chassant les ombres de sa défaite intérieure. Il recouvra sa lucidité, remettant de l'ordre dans ses pensées. Ce n'était pas lui qui avait manqué de discernement, mais Victoria qui avait manqué de franchise. Sa liaison avec un autre était, en soi, à peine vexante, compte tenu de la brièveté de leur relation. En revanche, sa fuite sans explication plaçait Sasha dans la catégorie « mouchoir usagé », le privant du droit à l'élémentaire politesse. Il avait hâte de rétablir l'équilibre, de regarder une dernière fois dans ses yeux menteurs, d'imprimer dans ses souvenirs leur expression lâche, de replacer Victoria dans la catégorie des « êtres émotionnellement limités ».

L'attente fut longue. La croisière continuait son train-train : navigation, visites des îles, sports nautiques, jeux sur la plage. Sasha fit abstraction de l'entrain collectif et s'absorba dans la lecture d'un roman policier prêté par Paul et Grace.

Vers trois heures de l'après-midi, lorsque l'intrigue palpitante en était au dénouement, un homme vint interrompre sa lecture.

— Bonjour Monsieur Darov. Inspecteur Waks, se présenta-t-il. Puis-je m'entretenir avec vous au sujet de Mademoiselle Svetlechkova et de Monsieur de La Dressey ?

Alexandre se redressa en une fraction de seconde.

— Naturellement.

— Avez-vous été en contact avec ces jeunes gens depuis leur départ du bateau ?

— Non. En outre, j'ignore à quoi ressemble Monsieur de La Dressey.

— Le responsable du voyage, Monsieur Josey Sanchez, m'a fait part de l'inquiétude que vous lui aviez exprimée hier, en découvrant la « disparition » de votre amie. Et je sais que vous l'avez également signalé à mes collègues par téléphone. Pourriez-vous me raconter précisément ce qui s'est passé ?

Sasha fit le récit veillant à respecter l'ordre chronologique des événements. L'inspecteur prenait des notes, le regard impénétrable. En apprenant que Sasha avait été à l'intérieur de la cabine de Victoria, il s'anima et le bombarda de questions. Qu'avait-il touché exactement ? Pourquoi ? Quelles conclusions en tirait-il ?... Sasha répondait aux attaques du vieux limier qui l'obligeait souvent à se répéter en formulant les mêmes interrogations de façons différentes. Au cours de cet échange un peu vif, Sasha réalisa que sous l'emprise de la colère, il avait complètement oublié de lire le journal intime de Victoria. Naturellement, il occulta de parler de ce larcin au méfiant inspecteur.

Ce dernier semblait avoir épuisé toutes les questions, mais jugea bon de redemander pour la énième fois quels rapports entretenait Sasha avec Mademoiselle Svetlechkova.

—... Comme je vous l'ai déjà dit, nous avons fait connaissance au début de la croisière et nous nous étions rapprochés.

— Étiez-vous intimes ?

— Nous n'avons pas couché ensemble.

— Aucun contact physique donc ?

— Un baiser avec la langue, c'est assez physique. Je viens de vous décrire en détail toute notre relation, vous n'allez pas me redemander indéfiniment la même chose ?

— Souvent, les témoins oublient de petits faits ou les croient sans importance. Ne vous formalisez pas, la répétition permet de s'assurer de la cohérence et de l'exhaustivité d'un témoignage. Le capitaine a découvert quelques objets pouvant appartenir aux deux disparus. Je souhaite les soumettre à une identification préliminaire avant de les emporter. Êtes-vous en mesure de reconnaître les affaires de Mademoiselle Svetlechkova ?

— Vous ne pouviez pas commencer par ça ! Qu'est… qu'est-il arrivé ?

— Nous n'avons pas d'informations à vous communiquer pour l'instant.

— J'ai le droit de savoir si Victoria est en…

— Elle vous plaît beaucoup, hein ?

Le ton familier du limier déplut à Sasha qui fronça les sourcils.

— Oui, Victoria me plaisait beaucoup.

— « Plaisait » au passé ?

L'inspecteur darda sur lui un regard de chasseur.

— Comme je vous l'ai dit, Monsieur Sanchez avait réussi à semer le doute dans mon esprit sur l'honnêteté de mon amie. L'imaginer en compagnie d'un autre homme m'a refroidi.

— Allons dans le bureau du capitaine.

— Je vous suis.

En entrant dans la pièce, Sasha blêmit. Un collier-cravate en argent avec une chaînette cassée ainsi qu'un petit sac blanc avec une longue lanière étaient posés sur la table. Il se frotta la figure réalisant brusquement la gravité de la situation.

— C'est à Victoria, dit-il d'une voix atone.

— Ils ont été retrouvés, par hasard, suspendus à la tête du pirate qui orne le flanc extérieur gauche.

— Vous voulez dire que Victoria est tombée du bateau… ?

— C'est probable. Elle a certainement tenté de s'agripper à quelque chose durant la chute. Les spécialistes sont en train d'examiner la coque et des plongeurs vont passer au crible la marina où le « Lazy John » avait mouillé aux heures supposées de l'incident. Il s'est, malheureusement, écoulé trente heures depuis.

Sasha chut sur une chaise. Sa colère fut balayée par la culpabilité. Il s'était bêtement laissé influencer par la commère professionnelle au lieu de suivre son instinct.

— Hum, Hum, Hum, se racla la gorge Waks. Confirmez-vous n'avoir jamais parlé à Monsieur de La Dressey ?

Ahurie, Sasha toisa la photo du passeport qu'on lui présentait. Ses oreilles se mirent à bourdonner et un désagréable fourmillement l'indisposa au niveau du plexus solaire. L'hypothétique amant de Victoria était le jeunot qui l'avait espionnée. Si Sasha avait eu l'intelligence de se renseigner sur « son concurrent », il aurait immédiatement saisi l'absurdité d'une telle alliance.

— Vous ne vous sentez pas bien ? s'inquiéta l'inspecteur.

— Ce gamin n'a pas lâché Victoria des yeux depuis le début du voyage. Il faisait des apparitions fréquentes dans mon champ de vision…

Sasha peignit le tableau du soupirant en relatant son faux sondage et son goût pour les lectures morbides.

— Y a-t-il des chances de la retrouver vivante ?

Sasha n'avait pas vraiment envie d'entendre la réponse, mais la question s'échappa involontairement de sa bouche.

Les hommes tassés dans le bureau du capitaine restèrent muets. L'inspecteur jaugea la figure déconfite de son témoin.

— Toutes les pistes sont à envisager, Monsieur Darov. Noyade accidentelle, double suicide, fugue, il observa une courte pause, meurtre. Selon vous, Mademoiselle Svetlechkova a-t-elle pu attenter à ses jours ?

— Non. Je sais, c'est présomptueux, je ne la connaissais que depuis peu. Néanmoins, je ne la vois pas sauter dans les flots sombres pour en découdre avec la vie. D'autant plus qu'elle avait la phobie des requins… Attendez ! Le sondage de ce Louis, ce n'était pas une simple tentative de drague, c'était une évaluation de ses capacités à se débrouiller dans l'eau et à naviguer. Il l'a enlevée !

— Gardons-nous de conclusions hâtives. Aucun élément matériel n'accrédite cette thèse. Pas de traces d'effraction, ni de lutte. Les papiers d'identité, l'argent et les portables des jeunes gens sont restés en place, dans des cabines non verrouillées. Attendons le rapport des experts. Consentez-vous à un prélèvement ADN et à ce qu'on vous prenne vos empreintes digitales ?

Sasha ne s'y opposait pas.

L'équipe scientifique termina la collecte des preuves. Les policiers passèrent au recueil des témoignages des autres passagers qui avaient regagné le « Lazy John ». Malheureusement, personne n'avait rien vu, ni entendu. L'inspecteur et ses hommes prirent congé promettant à Sasha de le tenir au courant des nouvelles.

Après leur départ, Sasha devint le centre de l'attention des vacanciers. On tentait de le réconforter, de lui apporter du soutien. L'empathie collective ne fit qu'accentuer son sentiment de culpabilité. Aux yeux de tous, Victoria était sa petite amie.

L'agitation retomba, le soleil commençait à décliner, caressant de ses rayons la baie où des dizaines de bateaux d'un blanc éclatant reflétaient sa lumière. Ce spectacle époustouflant contrastait avec ses idées noires. Ses pensées se brouillaient, fuyaient et se brisaient à mi-chemin. Les remords compressaient ses poumons. Il commanda une bouteille de cognac et se réfugia dans sa « suite junior ». Quelques verres, avalés cul sec, engourdirent sa sphère émotionnelle, libérant sa matière grise.

Il ne doutait pas du professionnalisme de l'inspecteur et de ses hommes. En revanche, il craignait que la tentation de classer le dossier en concluant à un suicide ne soit trop forte. L'enquête qui se profilait était pour le moins complexe : pas de témoins, pas de preuves matérielles directes, pas de cadavres et pas de victimes à examiner.

Sasha s'arma d'une feuille de papier et d'un crayon et dressa une liste de faits à analyser.

Victoria serait partie du « Lazy John » entre mardi 25 juin 3 h 30 du matin et mercredi 26 juin 9 heures du matin. Pourquoi si tôt ?

Louis aurait quitté la croisière en même temps que Victoria ? Ou leurs absences ont des causes différentes ?

Louis espionnait Victoria. Faux sondage pour apprécier sa capacité à se débrouiller dans l'eau. Il était au courant de sa phobie des requins. Leurs disparitions ont de grandes chances d'être liées.

Cabines de Victoria et de Louis abandonnées non verrouillées par leurs occupants ou quelqu'un les a ouvertes après ?

Passeports, portables, argent intacts – vol exclu.

Victoria ne s'est pas changée, n'a pas défait son lit. Pas de douche. D'après la police, Louis non plus.

Sac et collier (cassé) accrochés à la tête du Pirate sur flanc extérieur gauche. Victoria aurait chuté du bateau. Bizarre. Elle aurait tenté de s'agripper, aurait déchiré son collier et aurait perdu son sac et tout cela sans crier au secours ?

Les mouchoirs en papier dans la cabine de Victoria : avait-elle pleuré ? Était-elle malade ?

Louis lisait « Suicide, mode d'emploi » le soir avant la disparition. Mise en scène ? Oui ! Dans quel but ?

Victoria n'a pas donné signe de vie depuis plus de trente heures. Elle n'a donc pas la possibilité physique de le faire. Louis ne peut ou ne veut pas le faire ?

Ils parlent tous les deux français alors que la majorité des vacanciers est anglophone.

Sasha relut ses notes. L'enchaînement des faits restait flou. Victoria et Louis s'étaient rejoints quelque part sur le bateau. Cette rencontre avait dû se produire peu après trois heures et demie, car ils n'avaient pas dormi dans leur lit. Sasha se rappelait avoir raccompagné Victoria jusqu'à sa porte, ils s'étaient embrassés, il lui avait promis de garder des croissants, elle lui avait souhaité bonne nuit et s'était enfermée de l'intérieur. Sa serrure n'avait pas été forcée. En théorie, quelqu'un aurait pu se procurer le double de ses clefs et s'introduire dans sa cabine. Sauf qu'il n'y avait pas de traces de lutte.

Dans tous les cas, les deux jeunes gens avaient disparu. Or cette nuit du 25 au 26 juin, le « Lazy John » mouillait sur ancre dans une marina de Virgin Gorda. Pour regagner l'île, ils devaient soit sauter à l'eau et nager une bonne vingtaine de minutes, soit recourir à un tiers qui serait venu les chercher avec un moyen de navigation.

Victoria n'aurait jamais accepté de plonger. Y avait-elle été contrainte ou était-ce un accident ? L'absence d'appels au secours posait un véritable problème. Une multitude d'embarcations se trouvaient cette nuit-là près du « Lazy John ». Une noyade de deux individus adultes est rarement instantanée. On ne coule pas en une seconde, on se débat, on hurle.

Sasha se gratta le menton. La profusion des « peut-être » qui caractérisait ses versions les rendait dérisoires. Sans connaître la raison qui avait poussé Victoria à rencontrer Louis de La Dressey à une heure si tardive, les circonstances de l'incident demeuraient obscures. Maintenant que « son concurrent » avait un visage, une histoire d'amour ou même une brève étreinte charnelle étaient à exclure. Ces deux êtres n'avaient que trois ans de différence, mais celle-ci se dressait entre eux tel un abysse. En outre, le jeune homme dégageait une nervosité peu attirante.

Sasha continua à retourner la situation dans tous les sens. Son intuition penchait pour un enlèvement, bien que l'inspecteur ait été perplexe à ce sujet. Le gamin n'avait effectivement pas le profil d'un criminel, mais il y avait chez lui une tension maladive. À commencer par l'idée de s'afficher avec un manuel sur la meilleure façon de s'auto-annihiler.

Pourtant, c'est grâce à cette lecture publique que l'inspecteur s'orientait en priorité vers la thèse du suicide. Sasha, quant à lui, n'y croyait pas. Si le garçon avait réellement souhaité mettre fin à ses jours, il aurait laissé une lettre d'adieu, un mot, une phrase, une accusation. Il se serait arrangé pour mourir de façon à ce que son cadavre soit promptement découvert. Or, non seulement, durant les trente premières heures, personne ne s'était soucié de son absence, mais sa dépouille ne sera probablement jamais localisée. Les divers courants draineraient son squelette soigneusement nettoyé par les habitants sous-marins vers on ne sait où. Une mort trop discrète pour un acte aussi définitif. Victoria n'aurait pas adhéré à une telle folie…

Sasha se souvint soudain du carnet dérobé et s'empressa de le lire, l'ouvrant directement à la lettre E. Par chance, tous les textes étaient datés et il n'eut aucun mal à retrouver celui du 14 mai, rédigé au café Ernest.

C'était donc E comme Esthète…

Troublé par les ondes de douleur qui se dégageaient des lignes, Sasha resta pensif un long moment, tournant machinalement les pages. Un poème écrit deux jours avant le départ en croisière attira son attention. Cette fois ce n'était plus le vent qui s'abattait sur l'Aurore boréale, mais le brouillard qui l'encerclait, lui donnant envie de s'envoler avec la Tour Eiffel. Il y avait un défi lancé au destin. Une femme que « la pesanteur n'empêche pas de rêver » et qui veut avoir « le Monde dans sa paume serrée » ne se suicide pas cinq jours plus tard. Sasha continua à feuilleter le journal intime et repéra enfin dans la rubrique L comme Lettres la date du départ :

« lettre postée le 23 juin 2013, à l'aéroport CDG de Paris »

« Bonjour Monsieur Darov,

Je vous écris ces quelques mots en reprenant mon souffle après une longue course-poursuite avec Madame Médiocrité. Elle m'a pourchassée dans toute la ville essayant de corrompre l'air que je respirais, de déformer la perception que j'avais de mon présent et même de mon passé, de noyer dans la grisaille mon futur, de figer mes traits dans le sarcasme de l'hypocrisie, de dévoyer l'image que j'avais de moi. Finalement, j'ai réussi à la semer et à la remettre à sa place.

« Heyheyheeey, Heyheyheeey, M'dame Médiocrité »

Merci pour vos chansons qui dialoguent avec les autres sans les accaparer dans l'étau d'une douleur qu'on cajole égoïstement.

Victoria Svetlechkova »

Sasha était sidéré. Victoria avait posté sa lettre à l'aéroport de Paris. Il toucha la page comme pour s'assurer de sa réalité. Ce n'était pas une déclaration d'amour mais une reconnaissance de son travail d'auteur-compositeur. C'était la raison d'être de chaque artiste, la reconnaissance d'une âme amie qui communie avec lui, sublime l'existence avec lui, traverse les tempêtes grâce à cet échange…

Ému, il sentit de nouveau les remords l'engloutir. Sa pathétique crise de jalousie, les allusions faciles du guide refirent surface. Il avala un autre verre de cognac et relut une dizaine de fois la missive d'une inconnue qui n'était plus…

Chapitre VII : L'EXPÉRIENCE

Jeudi 27 juin, Victoria

Victoria garda les paupières closes, comme si elles pouvaient la protéger du monde extérieur. Faute de pouvoir analyser son environnement avec la vue, son cerveau sollicita les autres sens.

Son odorat fut le premier à lui fournir des informations. La terre humide, sur laquelle elle était allongée, exhalait la senteur de l'éternel recommencement de la nature. Des feuilles s'y posaient, se décomposaient, nourrissaient le sol et donnaient naissance à d'autres végétaux qui reprenaient, à leur tour, le doux mouvement de la vie.

L'ouïe de Victoria se mit en alerte. De toutes parts, on entendait le gazouillis des oiseaux, le friselis des feuilles, le vrombissement des insectes. Elle capta le bruit lointain du ressac. Ces sons généraient la fluidité de l'instant, le même qu'il y a des centaines d'années et unique à la fois.

Il faisait chaud, mais les rayons du soleil ne brutalisaient pas son épiderme sensible. Était-elle couchée à l'ombre des arbres ?

Le goût du sel sur ses lèvres desséchées était presque brûlant tant il était concentré. Des traces de l'eau de mer ? Elle ne se rappelait pas avoir nagé. Elle ne se rappelait, d'ailleurs, pas grand-chose. Et c'était douloureux... de ne pas avoir accès à sa mémoire.

Un certain temps s'écoula avant que les souvenirs ne commencent à resurgir du cocon ouateux qui embrumait son esprit. Des bribes de sa conversation avec Sasha la veille au soir arrivèrent par flashs, entrecoupés de gros plans de son regard... intelligent.

Le défilé des images se fit plus pressant. Victoria se battait pour reconstituer un passé que quelqu'un avait voulu lui dérober. Elle arracha ainsi au néant de l'oubli, la scène où Sasha l'avait raccompagnée jusqu'à sa cabine : ils s'étaient embrassés, en balançant doucement leurs bassins de droite à gauche, comme pour se bercer mutuellement. Une fois seule, Victoria s'était ruée sur la pile de paroles de chansons amenées de Paris. Il y en avait une trentaine signée S. Darov. Elle avait commencé à les relire avec appréhension, craignant de démasquer un second Esthète. Mais elle n'avait pas pu aller au bout de sa lecture, les larmes lui avaient brouillé la vue. Elle se sentait impuissante face à l'oppression de son chagrin qui l'empêchait de croire, qui l'empêchait d'aimer... Cet être creux, aux yeux humides, qu'elle était devenue suspectait déjà Sasha d'esthétisme sadique. Cet être étranger à tout ce que Victoria avait été auparavant voulait surtout savoir ce que Sasha n'était pas avant même d'essayer de découvrir ce qu'il était. Cet être ne pouvait rien construire et était voué à la solitude... Pourtant, le baiser échangé avec Sasha avait réussi à affoler son rythme cardiaque...

Les brusques coups frappés à sa porte l'avaient arrachée à ses pensées. Elle s'était dépêchée d'éteindre la lumière pour que Sasha ne voie pas son visage rougi. L'idée que cela puisse être un autre passager ne lui avait même pas effleuré l'esprit. En découvrant son visiteur, Victoria s'était figée de surprise. Le jeune homme, liseur dérangeant de « Suicide, mode d'emploi », avait la mine déformée par l'inquiétude. Sa voix paniquée avait débité à toute vitesse des paroles terribles « Monsieur Darov est tombé du bateau ! On n'arrive pas à le repêcher ! Venez ! Vite ! ». Elle avait voulu courir, courir comme une folle. Mais un mouchoir s'était plaqué sur son nez, l'obligeant à suffoquer. Ses jambes avaient vacillé et…

Victoria ouvrit les yeux. Une petite clairière circonscrite par des arbres aux denses ramures lui servait d'abri. Elle remua ses membres précautionneusement afin de ne pas réveiller la douleur d'une éventuelle blessure. Son corps était intact, aucune gêne, la paralysante migraine mise à part. Lentement, très lentement, essayant de bouger le moins possible son crâne endolori, Victoria se mit debout. La nausée la courba aussitôt. Malgré de fortes convulsions, son estomac ne renvoya aucun liquide, il était vide.

Elle tâta sa chevelure emmêlée, inspecta sa robe bleu ciel. Le délicat tissu était froissé et dégageait une forte odeur d'iode marin. Le reste de sa tenue avait disparu, sa culotte comprise… Elle fouilla du regard l'enclave de verdure à la recherche de ses effets personnels, mais ne trouva rien qui lui appartienne. Il y avait, en revanche, tout le nécessaire pour faire du camping. Une tente, un lit fabriqué avec des branches, deux housses de couchage, un rangement pour la vaisselle et les outils, une trousse à pharmacie et un grand sac à dos.

Victoria fit un pas et colla immédiatement les paumes de ses mains sur sa tête. La douleur était insupportable. Luttant contre l'envie de se recoucher, elle continua à avancer éprouvant un besoin impérieux de se situer géographiquement. Empruntant l'unique passage qui permettait de sortir de la cachette verdoyante, Victoria se retrouva sur une sente étroite, cernée de tous côtés par les rameaux et les tiges des végétaux qu'il fallait sans cesse écarter. Quelques minutes plus tard, une route de terre humide sinuant dans la forêt apparut dans son champ de vision. La voie de circulation était, sans conteste, artificiellement créée par l'homme.

Toutefois, il n'y avait pas âme qui vive. Aucun son humain, aucune trace de pas. Apparemment, son kid… kidnappeur ne la croyait pas capable de s'évader. « Kid-nap-peur ! kid-nap-peur ! kid-nap-peur ! » — le mot cognait contre les parois de son cerveau sans parvenir à y pénétrer. « Kid-nap-peur !!! » Non, Victoria n'arrivait pas à l'assimiler.

Elle laissa toutes les interrogations en suspens, ne sentant pas la force d'y réfléchir et s'engagea chancelante sur le chemin partant sur sa droite.

Au fur et à mesure que Victoria avançait, la végétation devenait plus aérée et une bande de sable se découvrit rapidement devant ses yeux. Elle ralentit, craignant de rencontrer le k… r, mais la crique et sa petite plage sauvage étaient désertes.

L'horizon se dissimulait derrière des falaises presque fermées. Le morceau de la mer emprisonné par ces pics de lave figée ressemblait à un minuscule lac. Une fine brèche entre deux blocs de roche dans laquelle se profilait la vaste étendue marine accentuait la sensation de confinement.

Victoria fit quelques pas sur le sable blanc et freina devant un grand panneau mentionnant en anglais « Propriété privée – interdiction d'accoster – tout trouble de jouissance donnera lieu à des poursuites ». Ainsi, le k… r ne la surveillait pas, car elle était sur son territoire. Était-ce une île dont il était le maître ou simplement un domaine personnel isolé sur un continent ? Quelles étaient ses intentions ? Pourquoi l'avoir choisie, elle ? Son psychisme bloqua de nouveau le flot de pensées effrayantes, retardant l'instant où il faudrait affronter la réalité.

Le soleil allait bientôt se coucher, Victoria décida de monter sur l'une des saillies rocheuses qui formaient la crique. Les excroissances magmatiques étaient peu élevées, mais escarpées et parsemées de nombreux pics. Le papillon de l'endroit était celui du danger et, à chaque pulsation du cœur de Victoria, il agitait ses ailes de plomb au-dessus de sa tête.

À mi-parcours, un lointain craquement de branche l'alerta, elle se retourna par réflexe et faillit déraper. Un cri plaintif s'échappa de sa gorge. La peau de son mollet fut entaillée et écorchée. Cependant, Victoria ne flancha pas, désirant coûte que coûte atteindre le sommet.

L'horizon apparut enfin… magnifique, insolent de perfection et désespérément vide. Point d'îles à proximité, point de bateaux accessibles à la nage. L'infini marin caressé par les rayons obliques du couchant inspirait la mélancolie et la solitude. De splendides traînes d'or se désagrégeaient graduellement dans le ciel assombri. La brise picotait sa blessure et faisait sécher les coulées de sang.

Victoria sentit les larmes embuer ses yeux. La sensation de l'insignifiance de son corps égaré au milieu d'une nature toute-puissante était trop vive. Toutefois, elle dut brider son envie d'éclater en sanglots et de s'apitoyer sur son sort. Les ombres de la nuit menaçaient de la prendre en otage sur les falaises.

La descente fut périlleuse. Au prix d'un effort titanesque, elle parvint à maintenir son équilibre et à ne pas glisser. Foulant, au bout d'une éternité, la terre ferme, elle se laissa choir dessus. Ses pieds s'enfoncèrent dans les grains de sable encore chauds.

La position latérale réussit à apaiser son tournis. S'aidant de ses coudes pour se relever, elle contempla la surface du minuscule lac et répondit à l'appel de sa fraîcheur. Immergeant ses jambes dans l'eau jusqu'aux genoux, Victoria demeura immobile durant une dizaine de minutes. Soudain, quelqu'un siffla derrière son dos, elle virevolta et tomba en arrière, mouillant sa robe et ses cheveux.

— Aïe, aïe, aïe ! Il suffit de te laisser seule pendant une heure pour que tu fasses des bêtises ! Montre-moi ta blessure.

Le jeune homme de sa croisière était bel et bien son « kid-nap-peur ». Il se tenait devant elle, dénudé, un bout de tissu noir dissimulant à peine ses parties génitales. Victoria le fixa dans les yeux, puis articula chaque mot avec une force et une dureté qui l'ont surprise :

— Ne t'approche pas de moi !

— Oh ! Tout doux ma belle ! Je suis contre la violence.

Elle le toisa, stupéfaite.

— Parce que kidnapper un être humain ce n'est pas de la violence ? !

— Je t'ai amenée ici avec de nobles intentions, tu t'y plairas. Et, en bon français, on ne dit pas « kidnapper », c'est un anglicisme de mauvais goût, mais « enlever ».

Victoria demeura interdite. Voilà que le Tarzan arrogant se prêtait de « nobles intentons » et lui offrait généreusement une petite leçon de français.

— Quel que soit ton but, tu t'es trompé de personne. Si tu me reconduis au « Lazy John » maintenant, je considérerai que l'incident est clos et je n'intenterai pas de poursuites.

Elle ne se leurrait guère, mais cela valait le coup de tenter de négocier un rapatriement. Certains criminels éprouvent des remords après avoir commis un acte répréhensible et n'achèvent leur sale besogne que par crainte de la prison. Hélas, son hors-la-loi ne projetait pas de dévier de sa « noble » lancée.

— Tu devrais te lever, ce n'est pas sain pour une femme de rester assise trop longtemps dans l'eau froide. D'autant que ton mollet saigne. Cela risque d'appâter les requins… Je vais chercher la trousse à pharmacie et, ensuite, nous dînerons. J'ai pêché toute la journée et je peux te dire que nous allons nous régaler.

Le Tarzan lui adressa un clin d'œil enjoué et s'en fut.

Abasourdie, Victoria eut du mal à se ressaisir. Elle parvint tout de même à tituber jusqu'à une grosse pierre couchée sur le sable.

Quelques minutes plus tard, le jeune homme resurgit de la forêt et se rua vers elle.

— Tu as l'air vraiment fatigué ma pauvre ! Son bras glissa sous ses aisselles pour l'aider à s'installer sur le rocher.

— Ne me touche pas ! Victoria se dégagea avec l'agilité d'une anguille. L'adrénaline lui avait redonné de l'énergie.

— Ne sois pas si farouche, je veux juste désinfecter ta blessure.

Il s'agenouilla pour examiner son mollet avec la mine d'un expert.

Le genou de Victoria partit en direction du menton de son ravisseur avant même qu'elle en ait eu conscience. Ce dernier esquiva l'attaque en sautant sur le côté tel un suricate. Victoria se pétrifia, bouche bée. Provoquer son ennemi était stupide et téméraire. Elle n'avait aucune chance de le vaincre et s'exposait à une possible punition.

— La brutalité ne te mènera nulle part, le kid-nap-peur esquissa la moue d'un professeur préoccupé par la mauvaise conduite de son élève. D'autant que je peux te maîtriser en une seconde.

Il abandonna la trousse de secours à l'endroit et disparut dans la forêt.

Soulagée, Victoria inspecta le contenu de la pochette grise avec une croix rouge dans l'espoir d'y dénicher l'anesthésiant qui avait permis de l'immobiliser si rapidement la nuit de l'enlèvement. Naturellement, ce genre d'arme « non violente » ne s'y trouvait pas.

Une fois son entaille désinfectée et bandée, elle s'assit sur la pierre et tenta d'analyser la situation. À l'évidence, la crique était suffisamment isolée pour que son ex-co-vacancier n'ait pas besoin de l'entraver dans ses déplacements. En outre, grâce à son faux sondage, il connaissait sa phobie et n'avait pas manqué l'occasion de faire allusion aux prédateurs marins que son sang pourrait appâter. L'assurance qui suintait de sa voix attestait de sa certitude d'avoir l'ascendant sur sa captive... Oui, captive, elle l'était. Son kid-nap-peur n'avait pas perdu son temps et avait profité de son inconscience pour attenter à son intimité. Il l'avait dépossédée de son string. Victoria ignorait s'il y avait eu viol ou simple voyeurisme. Le défaut de séquelles apparentes pouvait s'expliquer aussi bien par l'absence de sévices que par l'inertie de son corps durant l'acte...

Victoria s'étonna de son propre sang-froid. Une partie de son for intérieur gérait la douleur, poussant des hurlements muets, tandis qu'une autre, logique et concentrée, synthétisait les événements, cherchait une issue, planifiait une évasion.

Son ravisseur revint, les bras chargés de branches, creusa un trou dans le sable, le circonscrit avec de gros cailloux et y déposa le bois.

L'obscurité vorace engloutissait l'espace tandis que naissaient les flammes du feu de camp. Les lueurs du feu permettaient à Victoria d'observer son geôlier à distance alors que la densité nocturne la rendait invisible pour lui.

Il nettoyait et découpait le poisson, embrochant les morceaux avec des pics préalablement taillés. Ces préparatifs s'accompagnaient de sifflements d'un air de musique diffusé en boucle par la radio du « Lazy John ».

Cette mélodie dérangeait le silence, elle dérangeait aussi Victoria. Paisibles et anodins, ces sons étaient insolents face à la tempête de souffrance physique et mentale qui s'était abattue sur elle depuis son éveil. L'envie de museler son kid-nap-peur, de casser son entrain la démangeait furieusement. Cet élan d'agressivité la déconcerta par son amplitude et sa charge primaire. Ses émotions et ses pensées comprimées en présence d'un homme qui s'était arrogé le droit de choisir à sa place amorçaient une fronde sans précédent.

Les yeux de Victoria luisaient de colère. Le spectateur, caché derrière les arbres, trouva ce spectacle à son goût. Il ajusta sa vision nocturne et s'approcha au maximum de la femme au visage si expressif. Ses traits avaient de la nuance, une qualité rare. Il se passa la langue sur les lèvres et se mordilla la joue, gestes qui accompagnaient chez lui l'effervescence des sens.

Victoria était loin de se douter de l'appréciation élogieuse et de la curiosité éveillée chez l'être qui s'était tapi dans l'obscurité à seulement quelques mètres. Son attention était entièrement concentrée sur son ravisseur qui s'affairait près du feu.

Les premiers effluves du poisson grillé auraient dû lui mettre l'eau à la bouche, sauf que ses réserves de salive étaient épuisées. Sa gorge n'avait pas reçu une goutte de liquide depuis des heures et brûlait de soif. Victoria se leva, se dégourdit les jambes et avança à pas lents vers le feu.

— J'ai besoin de boire.

Le jeune homme jeta un rapide coup d'œil dans sa direction et lui répondit avec une joviale décontraction :

— Prends la gourde, c'est de l'eau de ruisseau.

Victoria le toisa, sans comprendre où était le récipient indiqué, puis remarqua une flasque, à côté du genou droit du kid-nap-peur. Il aurait pu la lui passer, mais, visiblement, il préférait que sa captive se penche pour la ramasser. Elle avait du mal à le cerner. Les papillons étranges et contradictoires qui se dégageaient de lui formaient une longue file d'attente devant les portes closes de l'intuition de Victoria. Privée de son ressenti, elle décida de se focaliser sur la soif qui lui brûlait le gosier, s'accroupit et saisit la gourde. Ses doigts frôlèrent le jeune homme, il se raidit instinctivement. Cette tension soudaine était en totale contradiction avec l'air nonchalant et enjoué qu'il s'employait à afficher.

Elle but à grandes lampées sentant avec un plaisir animal le liquide circuler dans son organisme. La migraine s'apaisa presque instantanément et la faim se manifesta aussitôt, provoquant des gargouillis dans son estomac. Victoria prit place près du feu, son regard s'attarda quelques instants sur la forêt sombre et inconnue. Un sentiment d'inconfort la fit frissonner. La crique, éclairée par la lune, lui parut plus rassurante et elle se déplaça pour se positionner dos à la mer et face aux silhouettes noires des arbres.

— Voilà, c'est prêt ! Attention c'est chaud !

Victoria récupéra avec précaution la brochette des mains de son ravisseur. Cette nourriture symbolisait son lien de dépendance. Une pensée amère qui lui gâcha l'appétit. Nul besoin de la surveiller ou de l'attacher puisque la satisfaction de ses besoins vitaux l'enchaînait à son bourreau.

Le dîner se déroula en silence. Victoria se sentait scrutée par son commensal et évita tout contact oculaire avec lui, craignant d'encourager une attirance à sens unique.

— As-tu apprécié le repas ? s'enquit-il dès que sa prisonnière eut fini de mâcher sa dernière bouchée

Victoria hocha légèrement la tête.

— Tiens !

Le jeune homme sortit fièrement deux noix de coco de sa besace en cuir, les cassa à l'aide d'une machette avec une dextérité surprenante et ils burent leur lait en guise de dessert.

— Explique-moi ce que je fabrique ici ?

Le Tarzan leva la tête, surpris par la question, mais ne daigna pas répondre. Victoria l'observa laver et ranger ses couteaux avec minutie, brûler les déchets de poisson, découper la chair des noix... Visiblement, il faisait traîner les choses exprès, pour éprouver son impatience.

— Bien ! déclara-t-il enfin. Tu voulais savoir pourquoi je t'ai amenée ici ?

— Oui.

— À vrai dire, tu n'étais pas vraiment au programme. J'avais prévu d'effectuer cette Expérience en solitaire... Mais, en t'apercevant sur le bateau de la croisière, j'ai compris que la participation d'une fille comme toi serait très enrichissante pour le résultat final.

—... Cette Expérience ? Résultat final ?

— L'Expérience consiste à s'isoler de la civilisation. Une retraite indispensable pour atténuer les effets du conditionnement social. Considère cela comme une cure de désintoxication du cerveau ou une thalassothérapie cérébrale, si tu préfères !

— C'est la raison de ma présence ici ? Une thalassothérapie cérébrale ? Victoria ne sut dissimuler son sarcasme.

— Oui, nous allons vivre trois ans en harmonie avec la nature, en totale autarcie et nous allons, enfin moi, je vais retracer nos évolutions respectives dans un carnet de bord. Et lorsque nous reviendrons parmi nos semblables, nous pourrons partager notre nouvelle vision du monde en publiant un livre sur notre aventure.

Le délai de trois ans tomba comme une sentence, le sang de Victoria se figea. Elle tâcha de se contrôler, mais sa colère trouva une échappatoire dans le tremblement de ses mains.

— Trois ans donc ? répéta-t-elle, une cure de trois ans pour se désintoxiquer le cerveau ?

— C'est ce que j'ai dit.

— Et en quoi la participation d'une fille « comme moi » pourrait-elle enrichir ton Expérience ?

— Tu es un parfait exemple de gâchis ! s'exclama le tarzan avec enthousiasme. Tu es une bonne nature, abrutie par son conditionnement social et qui, au lieu d'évoluer, se retranche dans les stéréotypes et les conventions.

— Aaaaaah... Je doute que les remèdes naturels te soient d'un grand secours. Le mieux serait que tu retournes à Paris et que tu consultes un psychiatre.

La mine du jeune homme se fit condescendante.

— Tu es vexée, c'était prévisible. Mais je ne pense pas me tromper sur ta personnalité. Tu as été facile à cerner. Une fille sexy qui voyage seule dans une croisière dont le prix est largement au-dessus de son salaire de serveuse. Il va de soi que c'est pour pénétrer un milieu aisé et trouver un bon parti. Et tu as l'œil ! Tu t'es jetée sur Darov dès l'arrivée dans les Iles Vierges. C'était la cible à ne pas rater, ce mec est plein aux as. Un type insignifiant, mais friqué. Ta démarche dénote un côté vénal. Je ne te juge pas, tu viens d'un pays pauvre...

Victoria demeura incrédule, déroutée par la perception déformée des événements que son ravisseur lui balançait à la figure avec aplomb.

—... En revanche, je pense que tu es capable de t'élever et d'aspirer à mieux que de devenir la femme « de ». Tu es un être plutôt gentil, tu as éprouvé de l'empathie envers moi lorsque tu m'as vu seul, avec mon livre sur le suicide. Par ailleurs, malgré la pénibilité de ton métier, tu as su en extraire des avantages spirituels. Je t'ai entendue raconter à Darov que les cafés où tu as travaillé étaient d'excellents observatoires de la nature humaine. Et que toi, tu étais au premier rang pour suivre ce spectacle. « Le rapport de l'homme à l'argent, les relations de couples, d'amitiés, les rendez-vous professionnels, les frontières invisibles des classes, les voleurs, les hystériques, les pervers, la solitude… » – c'est ce que tu avais dit. Tu as soif de connaissance. Malheureusement, ton rêve se limite à la métamorphose de la serveuse désargentée en riche cliente. Et c'est normal, ton conditionnement social est trop étroit, étouffant… Le mien aussi, dois-je avouer, bien qu'il soit à l'opposé du tien. Ce mélange des extrêmes sera bénéfique pour notre Expérience.

— Tu m'as donc espionnée depuis le début de la croisière… ?

— Je t'ai étudiée, le terme est plus approprié. Darov et toi parliez de ton travail lorsque vous étiez allongés sur les transats du pont principal. J'étais juste derrière, mais vous ne m'avez prêté aucune attention. J'attendais le moment opportun pour…, le jeune homme bafouilla et détourna les yeux.

Les mains de Victoria la trahirent de nouveau, se mettant à trembler avec vigueur, soulevant légèrement ses cuisses, censées les contrôler. L'être arrogant, assis à ses côtés, le faux représentant de l'agence, le sournois liseur suicidaire envers lequel elle avait éprouvé de la compassion, n'était qu'un malade qui, dès le départ, avait guetté « le moment opportun » pour l'enlever. Victoria s'accablait intérieurement de reproches. Si elle avait été plus prudente, plus lucide, il aurait échoué. Sasha lui avait pourtant conseillé de se tenir à l'écart du « jeunot »…

— Attends un peu ! Mais nous parlions russe ?

— « Russe courant », son interlocuteur imita un salut militaire. Honnêteté oblige, je l'ai appris pour frimer. N'empêche que t'écouter a été un vrai bonheur. Pas de petites phrases à la mode, un langage très pur… Et ce bougre de Darov qui s'était, comme par hasard, adapté à ton registre. En français, il est d'un vulgaire ! Dans quelques années, tu me remercieras de t'avoir sauvée des griffes de ce businessman de l'alexandrin. Tu mérites mieux que d'être la poule d'un mec prétentieux qui ne t'aimera même pas !

— As-tu un problème avec les femmes entretenues ou, peut-être, avec les hommes qui pourvoient à leur existence ? Es-tu membre d'une association féministe ?

Victoria nota que la rivalité que son ravisseur éprouvait à l'égard de Sasha était mâtinée d'un dramatisme angoissant. Sasha n'était pas pour lui juste un concurrent, il était l'équilibre que le jeune homme ne possédait pas.

— Ai-je touché un point sensible ? Mademoiselle croyait que le riche compositeur tomberait amoureux, l'épouserait et lui ferait beaucoup d'enfants ?

Il grimaça comme un clown.

— Tu es si naïve jolie Blonde Prada, ce gars n'en a rien à fiche de toi ! Je te garantis qu'une fois la période d'adaptation à l'Expérience passée, ce miteux prince charmant et ton minable quotidien parisien ne seront que de vagues souvenirs.

La situation commençait à se clarifier dans l'esprit de Victoria. Lors du faux sondage, elle avait menti au jeune homme en disant être « employée dans la restauration ». Et elle avait effectivement été serveuse à temps partiel dans une brasserie durant les premières années de ses études. C'est de cette époque de sa vie qu'elle avait parlé à Sasha la nuit avant son enlèvement, ignorant que des oreilles indiscrètes interpréteraient ces informations à leur manière. Le portrait absurde « d'une femme vouée à courber le dos pour servir autrui, priant pour qu'un homme riche la délivre de sa misère » que s'était dressé son kid-nap-peur l'avait certainement enhardi. Il se flattait de l'avoir « sauvée » en lui offrant une évolution spirituelle grâce à l'Expérience. À ses yeux, elle n'était pas une victime, car elle n'avait rien à perdre et tout à gagner dans cet enlèvement.

L'intuition de Victoria redémarra d'un coup, captant les ondes d'une vérité. Le jeune homme percevait le monde au travers du filtre de sa propre personnalité. Sa vision de Victoria reflétait ses frustrations intérieures. En la cantonnant à la catégorie de la Blonde Prada, vénale par nécessité et malléable par absence d'éducation, son ravisseur se rassurait, s'encourageait. Comme tous les gens qui manquaient de confiance en eux, il s'empressait de dénigrer autrui. La prudence commandait de ne pas dissiper ses illusions sur sa supposée supériorité. L'image de la proie inoffensive et vulnérable était un atout que Victoria devait tourner à son avantage.

— Quel âge as-tu ? s'enquit-elle avec détachement.

— Pourquoi cet intérêt soudain ?

— C'est une question anodine. Cacherais-tu ton âge par coquetterie ? persifla-t-elle.

Sa raillerie eut l'effet escompté.

— Vingt-deux ans.

— Que projettes-tu de faire après cette Expérience ? J'imagine que tu n'as pas encore fini tes études…

— Détrompe-toi, son interlocuteur releva légèrement la tête, mettant ainsi en valeur un menton parfaitement défini, je suis diplômé de l'Institut d'études politiques, d'un Master II en Droit et en Philosophie ainsi que d'un Master I en Psychologie.

— Oh ! Une thalassothérapie cérébrale s'imposait ! Dommage ! En trois ans, tu vas tout oublier !

— Pff ! Savoir réfléchir ne s'oublie pas. Libérer mes neurones pour redécouvrir ma nature véritable ne fera que solidifier mes acquis.

— Kid-nap-peur, voilà ta nature véritable !

— Rigole ! Tu adhéreras à mon Expérience. Habiter une île paradisiaque est un rare privilège. Dès que tu auras achevé ta petite crise « Mes Pradas me manquent ! », tu réaliseras ta chance. Nous en rediscuterons, dans quelques mois.

Ainsi donc, c'était une île. Victoria encaissa le coup.

— Et tes parents, qu'en pensent-ils ?

— Ils sont morts.

— As-tu des frères, des sœurs ?

— Non.

— C'est la fortune de tes parents qui te permet d'être financièrement indépendant ?

— Oui, oui ! Je suis un riche héritier, le jeune homme cligna des cils avec théâtralité. Rassure-toi, tu n'as pas perdu au change, je devance Darov de plusieurs millions.

— Alexandre est donc ton unité de référence ! Tu as plutôt bon goût.

— Quoi ?

— Tu te compares à lui, c'est donc ton étalon ! Victoria haussa les épaules et se fendit d'un sourire sarcastique.

— Pff ! Je disais cela pour te taquiner. Je vois bien que tu regrettes un parti si bien garni ! Moi, Darov, je m'en fous !

— Et tu n'as pas peur que ton argent soit dilapidé durant ton absence ? Quelqu'un est au courant de ton entreprise, n'est-ce pas ? La personne qui gérera ton patrimoine jusqu'à ton retour est forcément au parfum.

Victoria retint son souffle. L'existence d'un ou de plusieurs complices de son ravisseur à Paris lui laissait un espoir que la police remonte jusqu'à cette île esseulée.

— J'ai pris mes dispositions au cas où je serais porté disparu. Je suis confiant à ce sujet.

— M'enlever du « Lazy John » n'était pas une mince affaire. Avais-tu un complice ?

— Je n'ai pas de complice puisque je n'ai commis aucun crime.

— J'essaie juste de me figurer comment tu as réussi à tout organiser si vite. Je dois reconnaître que c'est assez impressionnant.

Victoria était outrée par sa propre flatterie, mais son ravisseur accepta le compliment sans fausse modestie.

— Oui, je suis fier de mon coup. Mes avoirs sont à l'abri, mes gestionnaires assez futés pour que notre correspondance demeure secrète, l'endroit est parfait pour s'isoler. L'Expérience sera un succès. Mes efforts seront récompensés.

— Depuis quand possèdes-tu cette île ?

— Je n'en suis pas le propriétaire.

— Le propriétaire est ton compli… ton « gestionnaire » ?

— Tu n'en sauras rien.

— Dans quelle partie des Iles Vierges sommes-nous ?

— Aucune. Nous en sommes loin. C'est une île privée où nul n'a droit d'accoster. Le premier point de civilisation est à environ trois heures de navigation.

—… Et quel est son nom ?

— Les noms, les lieux, on s'en fiche. Retiens juste que nous sommes coupés du reste de l'Humanité pour trois ans. Point.

— Simple curiosité. Qu'y a-t-il dans la forêt ?

— Rien. Demain, tu pourras la traverser en vingt-cinq minutes.

L'espace physique de Victoria se réduisit à la taille d'une petite île perdue au milieu des océans tandis que son espace temporel avait triplé de volume. Elle sentit quelque chose se briser en son sein.

—… Qu'est-ce que tu as fait de ma culotte ?

— Ce bout de ficelle blanche peut difficilement prétendre à l'appellation de « culotte ». Il n'avait pas la moindre utilité, sans évoquer l'aspect non hygiénique de ce machin. Ta robe s'était relevée pendant que je te transportais, j'avais besoin d'un fil pour faire un… un truc, alors, j'ai d'abord remis le jupon de ta robe à sa place et, ensuite, j'ai fait glisser la ficelle sans regarder.

— Laisse-moi deviner ! Un motif noble justifiait une atteinte à mon intimité ! Des millions de vies ont pu être sauvées grâce à mon string ! Que suis-je égoïste de m'apitoyer sur mon sort ! Connard !

— Épargne-moi ton numéro de sainte-nitouche ! Tu es tout sauf innocente.

— Mais oui, bien sûr ! « Elle n'avait plus sa fleur, j'y avais droit ! ». connard !

— J'employais le terme « innocente » au sens figuré. Je ne t'ai pas lorgnée, le sujet est clos.

Ainsi, son ravisseur pouvait « clore » un sujet en un claquement de doigts. La révolte de Victoria se décupla, inhibant sa peur.

— La police va nous chercher ! Tu seras sous le coup d'un mandat d'arrêt !

— Ha, ha, ha ! Ne rêve pas ! Une enquête sera ouverte, c'est certain, mais les flics n'auront aucune piste. Réfléchis un peu ! Deux cabines non verrouillées, laissées à l'abandon avec à l'intérieur nos passeports, nos moyens de paiement, nos portables ! Qui s'en va sans ses papiers et son argent ? Ceux qui n'avaient pas prévu de partir. J'ai semé des indices afin d'orienter les autorités vers la thèse d'un suicide par noyade. Le titre du livre que j'ai lu avant-hier soir sur la plage n'avait pas été choisi au hasard. Tu avais même demandé à ton chevalier servant de me convier à votre repas de peur que je ne me jette à l'eau.

Victoria adressa un regard haineux au jeune homme qui l'accueillit avec plaisir.

— Dans tous les cas, les investigations seront extrêmement compliquées. Les fouines n'auront rien à se mettre sous la dent. Nous serons portés disparus, basta.

— Ma mère peut mourir de chagrin…

— Les vraies mères sentent lorsque leurs enfants sont en vie.

L'expression « les vraies mères » interpella Victoria, mais une autre phrase prononcée par son ravisseur lui revint à l'esprit et elle s'exclama :

— Tu as lu ton livre avant-hier soir ? ! Le dîner avec les homards grillés c'était…

— C'était bien le vingt-cinq juin et nous sommes le vingt-sept, le vingt-huit dans quelques heures.

— Tu m'as maintenue dans l'inconscience durant presque deux jours ? !

— C'était une absolue nécessité. Je ne t'aurais pas infligé cela par simple convenance.

Victoria demeura muette de stupeur.

— Et pour que tu aies une idée du sérieux des recherches, sache que l'équipage n'a alerté la police que cet après-midi.

— Tu bluffes !

— Naïve Blonde Prada !

Son ravisseur esquissa un sourire en coin, satisfait de lui-même.

— Tu as un complice parmi les passagers de la croisière ?

— Oui… Monsieur Darov m'a facilité la tâche.

— N'importe quoi !

— Il est l'heure de se coucher. Nous devons respecter le cycle du soleil pour profiter pleinement de la lumière du jour.

— Je n'ai pas sommeil et, de toute façon, j'ai besoin de me laver.

— Il y a une chute d'eau dans la forêt. Je t'y guiderai demain matin. La repérer dans l'obscurité est plutôt ardu.

— Ma peau est en feu. Explique-moi comment on y va.

— Ton épiderme s'adaptera.

— Vu que la nature, qui est plus intelligente que toi puisque tu comptes sur elle pour te désintoxiquer le cerveau, m'a conçue pour résister aux grands froids et aux tempêtes de neige, je doute fort que je m'habituerai au sel marin et au soleil tropical ! Tu ne voudrais pas que ton Expérience se solde par un cancer ? !

— Hum… Remarque, si tu t'égarais dans la forêt et que tu dormais une nuit à même le sol avec un tas de sales bestioles autour, cela te ferait les pieds ! Longe le sentier principal sur environ six cents mètres. Il y aura une petite fente en forme d'arcade dans les frondaisons sur ta gauche. Emprunte ce passage, mais je te préviens, il est très étroit. Ensuite, oriente-toi par rapport au bruit de l'eau. Quant à moi, je vais à la maison.

Il attrapa la trousse de secours, les ustensiles de cuisine et se leva.

— Ah oui, j'ai failli oublier ! Viens, il faut que je te montre nos commodités.

Ils regagnèrent la clairière circulaire. Le tour du propriétaire, à la lueur de la bougie, fut bref. Fidèle à l'image de gentleman que le jeune homme essayait de se donner, il laissa la tente à sa prisonnière, se contentant d'un sac de couchage posé sur un lit de branches, fabriqué à la va-vite. Ils visitèrent les toilettes sous forme de trou creusé dans la terre fermé par une latte en bois. L'emplacement avait vocation à changer tous les deux jours afin de minimiser la pollution.

Victoria quitta la « maison » à tâtons. Le gentleman avait, en effet, refusé de lui octroyer une lampe torche ou, du moins, des allumettes, espérant sûrement la décourager de s'aventurer sur l'île sans son patronage.

De retour à la plage, elle s'enroula dans la serviette de bain emportée du campement et s'allongea sur le sable froid et humide. Les étoiles constellaient le ciel nocturne, la lune blêmissait la crique. On entendait le souffle de la forêt endormie. La nature évoluait selon ses propres lois et ses propres désirs, inconnus de l'homme. Et Victoria devrait s'y plier durant trois longues années… Quoique, non, elle devrait se plier à la volonté de son kid-nap-peur. Une différence de taille.

S'il y avait bien un point sur lequel il n'avait pas menti, c'était sur son intention d'habiter en autarcie. Rien d'original en soi. Un rêve utopique que des millions d'humains, toutes nationalités confondues, chérissent en secret, assis derrière les écrans de leurs ordinateurs. Le jeune homme, lui, était allé jusqu'au bout de sa chimère, se procurant une île paradisiaque et une femme pour égayer les longues journées tropicales.

Ce que Victoria ne comprenait pas, c'était la nécessité d'un enlèvement. Son ravisseur aurait pu sans difficulté trouver une fille consentante. Des centaines de candidates se seraient même disputé le titre de la compagne de Robinson Crusoé 2013. L'usage de la contrainte n'avait aucune explication à part, peut-être, la quête d'un plaisir sadique…

Soudain, une pensée lui noya les entrailles. « Suicide, mode d'emploi » était un livre français, ramené de Paris. Or ce petit manuel de la mort avait participé à la mise en scène censée orienter les policiers vers la piste d'une autodestruction tragique. Cela impliquait que le spectacle joué durant le barbecue dînatoire avait été prémédité. L'ouvrage avait eu dès le départ une fonction précise ainsi que l'anesthésiant qui avait immobilisé Victoria en quelques secondes. Un tel médicament n'était pas facile à se procurer à la dernière minute, sans attirer l'attention qui plus est. En outre, transporter une personne inconsciente depuis une marina fréquentée jusqu'à un endroit éloigné, et ce, sans passeport et ni téléphone portable, exigeait une organisation préalable.

Une « victime » faisait incontestablement partie du « programme » contrairement à ce qu'avait prétendu son ravisseur. L'unique improvisation dans son horrible piège avait été le choix de la proie. Preuve en était qu'il ignorait le vrai métier de Victoria. Il l'avait jaugée sur son apparence, celui d'une fille en vacances, insouciante, alanguie par les sensations physiques caractéristiques des voyages à la mer… La malchance l'avait fait apparaître dans sa ligne de mire. Ensuite, un concours de circonstances – le fait d'avoir menti sur son métier lors du faux sondage pour écourter la conversation, d'avoir avoué sa phobie des requins, d'avoir ouvert sa porte la nuit – avait conduit à sa captivité.

Victoria se força à arrêter de tergiverser sur les intentions du jeune homme. Ses suppositions la rendraient folle avant l'aube. La priorité consistait à réussir l'excursion jusqu'à la chute d'eau et à récolter les premières informations sur la topographie de l'île. L'unique question qui avait le droit d'accaparer sa matière grise était : comment s'évader ?

Elle attendit un long moment avant de revenir au campement. Les frondaisons des arbres empêchaient les lumières des astres nocturnes d'y pénétrer. Victoria demeura immobile pendant quelques minutes, écoutant la respiration de son ravisseur. Ne décelant rien d'anormal, elle s'accroupit prudemment au-dessus de sa silhouette sombre qui se distinguait à peine… et réalisa brusquement que son sac de couchage était grand ouvert. La fraîcheur de la nuit aurait pourtant dû pousser le dormeur à se blottir dans le duvet. À l'évidence, il n'avait pas une totale confiance en sa captive. Victoria sourit. Les couteaux étaient effectivement à sa portée, elle pouvait en planter un dans la jambe du jeune homme pour l'obliger à dévoiler le moyen de fuir ce maudit endroit. Une lame fendant la chair vivante, le jaillissement du sang, les hurlements de douleur – les images fusèrent dans sa vision intérieure. Une barbarie qui avait soudain de l'attrait, mais qu'elle excluait de ses options d'évasion. La ruse, en revanche, était un instrument qu'elle s'emploierait à aiguiser jusqu'à parvenir à ses fins.

Victoria se leva et fit quelques pas en direction du grand sac à dos. Celui qui était censé être dans les bras de Morphée se mut légèrement, la proximité de sa prisonnière le rendit sensiblement nerveux. Victoria fouilla le sac et réussit à dénicher un paquet d'allumettes, puis quitta l'enclave. Le mauvais comédien ne bougea pas.

En sortant sur le sentier principal, elle tourna à gauche et partit dans le sens opposé à la crique. Une première allumette se consuma éclairant chichement sa route. Victoria mesurait le chemin à grands pas afin de respecter la distance des six cents mètres indiquée par son ravisseur. Concentrée sur le décompte, elle ne prêta aucune attention aux craquements de branches et aux froissements des feuilles qui se déplaçaient dans la même direction.

Elle alluma encore quelques allumettes avant d'atteindre l'entrée, en forme d'arcade, du passage vers le ruisseau. Le terme « passage » n'était d'ailleurs pas approprié puisqu'il s'agissait plutôt d'une trouée naturelle dans la végétation que cette dernière semblait être décidée à refermer.

Victoria tendit les mains devant elle et s'avança dans le parcours d'obstacles. Le contact de ses pieds avec le sol recouvert de racines, de cailloux et d'insectes était éprouvant. En comparaison, le sentier principal ressemblait à un tapis, la terre y étant humide et bien tassée par les pas des hommes.

Heureusement, la torture ne dura pas longtemps. Le bruit de l'eau se fit entendre et une clairière remplie de la blancheur lactescente de la Lune se découvrit à ses yeux. Le ruisseau prenait sa source dans de puissants jets d'eau qui s'écoulaient d'un rocher haut de plusieurs mètres.

Victoria étancha sa soif, se dévêtit et lava sa robe soupirant à l'idée des privations « hygiéniques » qui l'attendaient. L'autarcie impliquait l'absence de lessive, de savon, de shampoing et même de dentifrice.

Laissant son unique habit sécher sur une branche d'arbre, Victoria se plaça sous les flots vigoureux et glacés déversés depuis l'élévation rocheuse. Le liquide vivifiant la saisit instantanément, massant ses muscles endoloris, dynamisant agréablement sa peau. Des frottements énergiques débarrassèrent son corps de la poussière, du sable, du sel de mer, du pollen et la sensation de propreté lui procura un peu de réconfort.

Une fois ses ablutions terminées, elle enroula ses hanches dans la serviette, posa sa robe mouillée sur ses épaules et s'assit sur l'herbe. La lumière lunaire dissipait l'oppressant voile de la nuit. Le concert du ruissellement, du précipice et du tambourinement de l'eau, était apaisant. Quelques craquements de branches venaient de temps à autre ponctuer la quiétude de ce moment de détente. Victoria avait envie de croire que ce lieu enchanté était le refuge d'une bonne fée qui volerait à son secours dès que son agenda magiquement important le permettrait…

Brusquement, le cri strident d'un oiseau la fit sursauter. Elle se serra de ses bras, car sa nudité, à peine dissimulée, lui donnait un sentiment de fragilité. Scrutant les contours de la clairière, Victoria sentit qu'une peur viscérale brouillait sa raison. Le sang cognait déjà à ses tempes avec la férocité d'un prédateur. En un battement de cils, la débauche de nature qui l'entourait passa de magnifique à menaçante. Les silhouettes des arbres se métamorphosèrent en monstres, le silence devint pesant telle une pierre tombale, la fraîcheur muta en souffle létal.

Énervée par ses divagations, elle empoigna le paquet d'allumettes et s'engouffra à vive allure dans la trouée végétale. Se débattant violemment avec les branches et les tiges qui empêchaient son avancée, elle leur assénait des coups enragés, comme si elles avaient été coupables d'avoir fait surgir ses frayeurs irrationnelles. Ses pieds écrasaient sans pitié tous les insectes qui avaient le malheur de croiser son chemin. Sa colère ne l'empêcha pas pour autant de tressaillir au moindre bruit.

En foulant le tapis du sentier principal, elle s'arrêta et alluma une allumette. La flamme jaillit, Victoria se statufia. À moins d'un demi-mètre d'elle se tenait un homme… le regard placide, les arêtes du visage saillantes, les oreilles pointues… L'allumette se consuma et l'obscurité la fit sortir de sa torpeur. Elle hurla, affolant les oiseaux des alentours. Leurs croassements mécontents et le froissement de leurs ailes se mêlèrent à ses cris, semant la panique parmi d'autres habitants de la forêt.

Courant sans se retourner, Victoria perdit sa robe, mais ne freina pas pour la ramasser. À l'entrée du passage vers le campement, son pied glissa et elle tomba en faisant presque un grand écart. La douleur d'une ancienne élongation se réveilla instantanément. Cependant, Victoria se releva, agrippa la serviette de bain qui s'était dénouée sur ses hanches et poursuivit son sprint. Les plantes et les arbres fouettèrent son visage et son corps la marquant de bleus et d'éraflures. Des échardes s'enfoncèrent sous sa peau, une mèche de ses longs cheveux se coinça dans les griffes de la végétation hostile. Par réflexe, elle tira tout en avançant et torturant sa chevelure pour se libérer. En déboulant dans l'enclave, elle se jeta sur son ravisseur, le secouant frénétiquement, et réalisa, soudain, que son nom lui était inconnu.

— Hé ! hé ! hé… ! Il faut partir ! Il y a un homme là-bas ! Vite ! Lève-toi ! Vite ! s'époumona-t-elle.

— Quoi ? Qu'est-ce qui se passe ? Qui est là ?

Le jeune homme se redressa tel un ressort, manquant de renverser sa prisonnière.

— Il y a un homme dans la forêt ! J'ai failli lui rentrer dedans en revenant du ruisseau ! Quittons cet endroit ! Immédiatement ! Il est horrible.

— Du calme Victoria ! Du calme ! Explique-moi ce qui se passe, l'apostropha son ravisseur.

De toute évidence, son sommeil n'avait pas été profond, car sa voix était parfaitement claire.

— Ce type avait l'air menaçant, je me suis mise à courir, j'ai perdu ma robe…

Victoria se rendit brutalement compte que ses seins étaient dénudés et que, si son ravisseur allumait une bougie, la tentation pourrait s'emparer de lui et le rendre agressif. Elle s'éloigna autant que possible, s'adossa au rangement qui abritait la vaisselle et se munit d'un couteau de cuisine. Par chance, l'obscurité opaque de la « maison » ne semblait pas déranger son kidnappeur.

— Arrête de paniquer ! Décris-le-moi !

— Le regard dur, les joues creuses, les oreilles pointues… comme celles de Dracula…

— Ah ! Ne t'inquiète pas ! C'est Sonny, le gardien. Il fait des rondes la nuit. Je t'avais bien dit de patienter jusqu'à demain pour ta toilette. Tu ne m'as pas écouté, et voilà, tu m'as tiré du sommeil pour rien !

Victoria perdit l'usage de la parole. La présence d'un « gardien » sur une île inhabitée était presque incongrue.

— Bon, tâche de reprendre tes esprits et va te coucher, le jeune homme bâilla bruyamment.

— Tu m'as menti… ? articula-t-elle enfin.

— Ah ?

— Tu m'as assuré que nous serions seuls pendant trois ans.

— Sonny ne compte pas, il fera comme si nous n'existions pas. Nous n'avons pas vocation à nous croiser.

— Mais… où habite-t-il ?

— Dans la maison au sud de l'île. Ce n'est pas notre territoire, nous ne pouvons nous en approcher qu'en cas d'extrême urgence.

— Et sa famille… ?

Victoria était ahurie.

— C'est quelqu'un de très solitaire et renfermé. Il est payé par les propriétaires pour veiller sur l'île toute l'année.

— Est-il au courant de ton Expérience ?

— Bien sûr ! Sinon il t'aurait pourchassée ! Réfléchis un peu !

— Il m'a fait peur.

— Ne crains rien, tu es en sécurité ici, l'intonation de son ravisseur se fit paternaliste, j'irai chercher ta robe demain, repose-toi, pétocharde, va !

— Pourquoi tu ne m'as pas prévenue ? J'ai failli avoir une crise cardiaque.

— Chaque chose en son temps. Tu as décidé de te promener la nuit comme une grande alors assume. La prochaine fois, tu suivras mes conseils. En plus, tu n'étais pas censée avoir des allumettes. Sonny se déplace si discrètement que tu ne l'aurais ni vu, ni entendu.

Victoria sentit un sourire de satisfaction s'esquisser sur les lèvres de son ravisseur. Un sentiment de dégoût lui oppressa la poitrine.

— Bonne nuit, Blondie. Sois sage pour une fois.

— Tu t'appelles comment ?

— Louis.

— Louis comment ?

— Louis de La Dressey. C'est vrai, j'aurais dû me présenter. À demain…

Le kidnappeur bâilla de nouveau. Le zip de son sac de couchage se fit entendre. Apparemment, il ne craignait plus d'être attaqué par la Blonde Prada.

Victoria ne bougea pas, paralysée par sa montée d'adrénaline. Ainsi, un « gardien » aux allures de Dracula veillait à ce qu'aucune âme vivante n'accoste sur l'île. Pas étonnant que Louis n'entrave pas sa liberté de déplacement. L'homme rémunéré par les propriétaires lui garantissait un isolement total.

Le reste de la nuit s'écoula pour Victoria comme un cauchemar. Figée près du rangement, elle grelottait de froid, prostrée dans le vide. D'un geste inconscient, ses mains continuèrent à serrer le manche du gros couteau de cuisine. Ses pensées erraient, sans réussir à s'accrocher entre elles. Et ce n'est que lorsque l'aube étira ses premiers rayons au-dessus des arbres, leur restituant un aspect inoffensif, qu'elle rampa jusqu'à sa tente pour se coucher.

Chapitre VIII : MADEMOISELLE SONGE

Vendredi 28 juin, Sasha

Sasha ouvrit un œil. Le voyant lumineux de la montre affichait trois heures du matin. Il lui fallut plusieurs tentatives pour réussir à se mettre debout et encore une dizaine de minutes pour comprendre ce qui lui était arrivé. La bouteille de cognac vide traînait par terre tandis que la pièce tanguait dans son crâne enflammé. Le diagnostic était sans appel : une grosse cuite.

L'eau glacée, deux Alka-Seltzer et une douche froide atténuèrent un peu la sensation de gueule de bois. Il s'habilla et sortit prendre l'air. De faibles éclairages de sécurité permettaient de se déplacer dans les parties communes du bateau qui mouillait sur ancre près d'une île. L'absence de points de lumière à l'intérieur des contours sombres de celle-ci indiquait qu'elle était inhabitée.

Sasha s'allongea sur un transat du pont principal et demeura étourdi pendant une bonne heure, les yeux rivés sur le firmament. Les astres durent avoir pitié de lui, car des pensées se mirent à remuer son cerveau imbibé d'alcool.

La paisible solitude du « Lazy John » l'interpella. Les nuits précédentes, ils s'étaient arrêtés dans des marinas animées. Victoria avait disparu dans un lieu très prisé des plaisanciers. Des dizaines d'embarcations avaient passé la nuit à leur proximité immédiate. Soit, une armada de « secouristes » ou de « témoins » potentiels. Louis aurait pu attendre que la croisière ait atteint un endroit plus discret, comme celui où ils se trouvaient actuellement. L'itinéraire était connu d'avance.

Cependant, le gamin avait pris le risque d'opérer dans une zone densément peuplée de touristes. Était-ce par pure folie ou par nécessité ? Avait-il contraint Victoria à le suivre vers une planque située à terre ou sur un bateau voisin ? En toute hypothèse, il s'était arrangé pour réduire la jeune femme au silence, ce qui expliquait l'absence de cris. Une manœuvre aisée puisqu'aucun membre de l'équipage n'assurait la surveillance nocturne des passagers. Et malgré l'incident, le laxisme des organisateurs persistait. Si, à ce moment précis, Sasha jetait un autre vacancier par-dessus le bord, personne ne serait en mesure de l'en empêcher.

Il y avait, cependant, une interrogation que suscitait l'exécution du supposé enlèvement. Pourquoi ne pas avoir kidnappé Victoria à Paris ? Une grande ville offrait des options de temps et de moyens bien plus intéressantes que l'archipel des Iles Vierges. Alors, pourquoi employer une méthode si inutilement compliquée et extravagante ?

Sasha n'en savait rien. Il s'accrochait, néanmoins, à la théorie de l'enlèvement. Parce que le jeune homme avait préparé son acte en épiant et en questionnant Victoria. Et, parce que c'était l'unique scénario qui offrait une réelle probabilité de survie à cette dernière. Toutes les alternatives – suicide, accident, meurtre – tournaient autour de sa mort.

L'expérience était inédite pour Sasha. Les êtres qu'il côtoyait de près ou de loin étaient vivants et en bonne santé. Dans son esprit habitué à l'éternité, la fin de l'existence était une abstraction. La disparition brutale de l'Aurore boréale la concrétisa dans sa conscience. Voilà qu'une personne est là, pleine de fougue, d'énergie et, l'instant d'après, elle n'est plus. On ne peut plus lui parler, la toucher, l'embrasser, sentir son parfum… et on demeure suspendu à un souvenir, figé dans le temps et dans l'espace par ce basculement brutal vers l'inexistence de l'autre.

Sasha composa le numéro de portable de Serguei. Compte tenu des six heures de décalage avec la France, son ami était déjà au travail et décrocha à la seconde. Sasha avait gardé secrètes les raisons et la destination de son voyage et dut les dévoiler en préambule à sa demande.

—… Je connais un détective qui travaille entre Moscou et Paris. Je peux te mettre en relation avec lui. Son avis professionnel pourra t'éclairer. J'avancerai ses honoraires, tu me rembourseras en rentrant à Paris, répondit Serguei.

— Merci, vieux. Je me sens coupable envers Victoria…

— Tu délires ou quoi ? Tu as alerté tous ceux qu'il fallait, l'équipage et les flics. Ce sont eux qui n'ont pas bougé à temps. Ne prends pas ça sur tes épaules.

— Je sais… Cela ne change rien au résultat. Deux jours qu'elle a disparu et toujours aucune nouvelle.

— Elle est peut-être amnésique ou en train de planer grâce à un champignon hallucinogène. Imagine que ce Louis lui ait proposé une « Expérience d'enferrr », du genre « Tous tes chakras vont s'ouvrir, Beauté ! ». Et depuis, elle traîne avec ce gamin en croyant que c'est un éléphant rose.

—… Hum. La drogue a effectivement pu l'aider à surmonter sa phobie des requins et à plonger dans la mer… Essaye de me dégoter ce détective au plus vite.

— Je ferai le maximum. Par contre, il n'a pas de licence officielle en France, ses services sont strictement confidentiels. C'est entre toi et moi. Pas un mot à quiconque.

— OK. Merci.

— À bientôt, Sash. Garde le moral.

… Les rayons du soleil lui chatouillaient le pied. Sasha ouvrit les yeux et constata avec surprise qu'il était toujours allongé sur l'un des transats du pont principal. Une âme bienveillante avait déployé un parasol au-dessus de lui pour le préserver d'une insolation. Seule la plante de l'un de ses pieds était en dehors de la zone ombragée. Il se redressa et salua les autres vacanciers d'un sourire distrait. Sa tête gardait encore le souvenir de la bouteille de cognac engloutie en un temps record dans l'après-midi de la veille. Heureusement, le bateau était à l'arrêt.

Grace et Paul s'assirent à ses côtés. Leurs mines préoccupées n'auguraient rien de bon. Ils lui apprirent que l'inspecteur Waks avait effectué une visite éclair sur le « Lazy John » pour poser quelques questions complémentaires aux membres de l'équipage et qu'il n'avait pas jugé utile « d'interrompre les ronflements mélodieux du compositeur »… De toute façon, les nouvelles étaient mauvaises. Les empreintes de Louis de La Dressey avaient été retrouvées un peu partout dans la cabine de Victoria tandis que les siennes ne figuraient sur aucune affaire de Louis. Le livre « Suicide, mode d'emploi » avait disparu. Et… une sandale blanche aux demi-lunes incrustées dans le cuir avait été repêchée dans la marina où la croisière avait fait escale la nuit de leur disparition. C'était sans conteste celle de Victoria, récupérée à l'emplacement exact où avait mouillé leur bateau. Les plongeurs avaient également remonté des Havaianas signées de manière manuscrite « LdLD ». Les deux tongs de Louis avaient été découvertes à une distance importante l'une de l'autre, ce qui indiquait que le corps du jeune homme avait été emporté par un courant vers le large et qu'il avait perdu les tongs en dérivant. Les thèses du suicide et de l'accident mortel étaient désormais privilégiées…

L'annonce eut l'effet d'un électrochoc sur Sasha. Il éprouva le besoin d'agir. Il était l'unique personne qui croyait Victoria en vie. Cette conscience balaya toute hésitation. Il demanda à Grace et Paul de prévenir le responsable de voyage de son intention de quitter la croisière afin de louer une embarcation et de mener ses propres investigations sur l'île de Virgin Gorda. Cinq minutes plus tard, Sasha descendait à terre, son bagage à la main.

La location d'un bateau à moteur lui prit moins d'une demi-heure. Au moment d'appareiller, il reçut un SMS de Sergueï : « D (comprendre le détective) te contactera à 18 heures heure locale. Sois prêt à lui communiquer le numéro d'un téléphone public où D te rappellera ». Il était quinze heures passé et l'île de Virgin Gorda n'était qu'à une heure de navigation.

L'engin fendit les vagues, Sasha retrouva la sensation grisante d'être le seul maître à bord. Son esprit se libéra, des nœuds se délièrent dans son ventre. La puissance et l'énergie insufflées par la mer dans ses veines avaient la charge primaire de la vie et du dépassement.

En arrivant dans la marina où Victoria avait disparu, Sasha acheta sa place de mouillage et partit déposer son bagage dans un hôtel à proximité. Le livret touristique que le réceptionniste lui remit avec les clefs de sa chambre contenait un plan qui l'aida à s'orienter sur l'île. Il dénicha rapidement une cabine téléphonique, nota le numéro et s'engouffra dans un bar situé à proximité.

L'endroit sentait la bière et le poisson frit. Sasha passa commande et en profita pour montrer au serveur une photo de Victoria prise avec son portable. L'homme reconnut immédiatement la « disparue ». Son visage avait fait le tour des télévisions locales dans un appel à témoins diffusé par la police. En outre, les enquêteurs avaient déjà ratissé tout le secteur à la recherche d'informations utiles. Selon les rumeurs, la jeune femme se serait noyée en tentant de secourir un garçon suicidaire. Le serveur n'en savait pas plus.

Sasha s'absorba dans ses pensées. Son mobile vibra. Il était dix-huit heures aux Iles Vierges et minuit à Paris.

— Bonjour, le salua la voix d'un homme d'une cinquantaine d'années.

— Bonjour. Je vous donne le numéro que vous m'avez demandé ?

— Je note.

Sasha dicta les chiffres. Son correspondant raccrocha sans rien dire. Sasha fit signe au barman qu'il allait revenir et se dépêcha d'aller à la cabine. La sonnerie retentit. Il décrocha.

— Sasha, j'écoute.

— C'est Guéna. Vous avez compris la manière dont nous allons communiquer ?

— Oui. Pourquoi tant de précautions ?

— Les portables sont vulnérables à l'espionnage et il vaut mieux être trop prudent que pas assez.

— Entendu.

— Aucune oreille indiscrète dans les parages ?

— Aucune.

— Serguei a réglé mes honoraires pour une consultation. Je vous écoute. Les faits, dans l'ordre chronologique, s'il vous plaît.

Sasha relata les événements : la rencontre avec Victoria au café Ernest, l'achat de la croisière, le début de leur relation, le comportement suspect du jeune homme, les premiers éléments de l'enquête et, enfin, la lettre de Victoria lue dans son journal intime.

— Vous ne connaissez pas vraiment cette femme, mais vous êtes persuadé qu'elle a été enlevée par Louis ?

— Persuadé, non. À soixante-dix pour cent sûr.

— L'emprunt du carnet et le fait de l'avoir caché aux enquêteurs peuvent vous attirer de gros ennuis. Détruisez-le.

— Personne n'est au courant.

— Détruisez-le.

— J'y réfléchirai...

— C'est un conseil. À vous décider.

— D'accord.

— Votre analyse n'est pas mauvaise. Le suicide me paraît improbable. La lecture publique d'un ouvrage spécialisé dénote une préméditation, une volonté d'avertir la société de son intention. Ce désir de marquer les esprits se serait traduit dans le choix de la méthode consistant en une mort plus choquante et plus visible. Or nous n'avons ni cadavre, ni témoins. Je pense que ce garçon a orienté exprès l'enquête sur une fausse piste. Concernant un éventuel enlèvement, nous ignorons le mobile. Ce n'est pas un criminel ou un malade mental avéré. S'il souhaitait tuer Victoria pour préserver un secret ou se venger de quelque chose, il n'aurait pas lié leurs destins de la sorte. Commettre un acte passible de prison fait peur, le réflexe est, généralement, de dissimuler toute connexion avec la victime, de se constituer un alibi, d'effacer toutes les traces. En l'espèce, nous avons une enquête policière pour deux disparitions clairement liées et des empreintes digitales de Louis sur les affaires de Victoria. Il n'y a pas de signes de crainte d'un châtiment. Je dirai que ce garçon avait, au contraire, confiance dans le consentement de Victoria à la suivre. Comme vous l'avez remarqué vous-même, l'entreprise paraît particulièrement complexe. Kidnapper une demoiselle russe résidant à Paris lors d'une croisière aux Iles Vierges, c'est alambiqué. Ce Louis est très riche, jeune et pas moche. En matière de femmes, il n'a que l'embarras du choix. Les chances que Victoria soit partie avec lui de son plein gré sont très, très élevées.

— Non… Elle a laissé son passeport.

— Lui aussi. Le meilleur moyen de couper les ponts avec son ancienne existence est de faire croire à sa propre mort. Manifester son envie d'attenter à ses jours pour déguiser une fugue est un classique. J'ai une dizaine de dossiers de ce type par an, des vagabonds internationaux qui ne veulent pas qu'on les retrouve. L'aventure est une drogue puissante. Un nombre incalculable de personnes rêve de tout recommencer à zéro. L'argent aide dans ce genre de cas. Des comptes offshores, c'est pratique. Les Iles Vierges sont, d'ailleurs, un paradis fiscal. Ce n'est pas un hasard. Des jeunes qui voyagent seuls, chacun de son côté et qui se volatilisent ensemble avec une discrétion magistrale, c'est un coup monté.

— Je ne connais pas assez Victoria pour avoir la certitude…

— À défaut d'éléments matériels vérifiables, vous n'aurez jamais de certitude. Même si vous la retrouvez et qu'elle vous jure avoir été victime de ce Louis, vous n'aurez que sa parole. Et le genre humain est enclin au mensonge.

— J'assume le risque d'une déception. Je n'aurais pas la conscience tranquille si je n'entreprenais rien pour l'aider. La police ne cherche qu'à boucler l'enquête et à déclarer une noyade.

— Pour l'instant, un malheureux concours de circonstances ne peut pas être écarté.

— Un enlèvement non plus. Imaginez que ce gamin soit un violeur latent et qu'il soit passé à l'acte pour la première fois. J'envisage de publier une annonce avec une promesse de récompense…

— Surtout pas. Avez-vous la lettre de Victoria sur vous ?

— Oui, j'ai numérisé son journal intime avec mon mobile.

— Lisez-la-moi et effacez le tout.

Sasha fit la lecture.

— Écriture éthérée. Une nature sensible. Ainsi donc elle l'a postée à l'aéroport sans savoir que vous aviez acheté le même voyage ?

— Oui.

— Je comprends que vous soyez motivé pour la récupérer. Et que la décision de l'abandonner à son sort, alors qu'elle pourrait être dans un réel pétrin, ne soit pas facile à prendre. Cependant, avant de se lancer dans des investigations, il faut toujours s'intéresser à la personnalité de ceux qui en sont l'objet. Je vais inspecter son appartement cette nuit.

— La police française a sûrement fouillé son studio…

— Naturellement. Ils ont emporté son ordinateur et, éventuellement, d'autres objets. Mais sa maison nous livrera peut-être des renseignements concrets pour déterminer si cela vaut la peine de creuser plus loin. C'est l'unique point de départ que nous ayons.

— Vous avez raison. Simplement, je n'ai pas l'habitude…

— J'espère bien que vous n'avez pas l'habitude de rentrer chez autrui par effraction. C'est mon domaine. Et je coûte cher.

— Serguei avancera vos honoraires.

— Je n'en doute pas. L'adresse de Mlle Svetlichkova ?

— 3, allée du Parc dans le septième à Paris.

— Attendez de mes nouvelles à partir de trois heures du matin, créneau de Paris.

— J'attendrai votre signal et j'irai à la cabine.

— Bien.

Guéna raccrocha.

Sasha regarda sa montre. Trois heures du matin à Paris voulait dire neuf heures du soir aux Iles Vierges. Il avait donc deux heures et demie avant que le détective ne le recontacte. Il retourna dans le bar et commanda à dîner.

La thèse de la fugue soutenue par Guéna l'avait pris au dépourvu. Envisagés sous cet angle, les événements fusionnaient en un ensemble cohérent. Victoria avait démissionné, épuisée par la course-poursuite avec M'dame Médiocrité, sa vie privée était synonyme de chagrin. En croisant la route de Louis, animé par le même désir de changement radical, elle avait pu se laisser embarquer dans un projet de fuite. Le jeune homme disposait de moyens financiers nécessaires à sa réalisation, elle n'avait eu qu'à accepter.

Afin de ne pas attirer l'attention, les deux complices étaient partis séparément à l'autre bout du monde et chacun avait joué un rôle prédéfini. L'entrée en scène de Sasha avait assurément un peu perturbé Louis, raison pour laquelle il avait gardé son amie à l'œil. Mais Victoria avait rempli sa part du contrat à merveille. Sasha lui avait réellement servi « d'alibi », pour dévier les regards de sa solitude et créer un effet de surprise. Et ils avaient réussi. Jusqu'à maintenant, les causes et les circonstances de leur disparition restaient indéterminées.

Pour la première fois en trois jours, les faits paraissaient logiques et simples. La probabilité d'une fugue l'emportait largement sur celle de l'enlèvement. Sasha éprouva un soulagement mâtiné de déception. L'image d'une Victoria vivante, maîtresse de ses actes était libératrice. La sensation de la proximité de la mort perdit de son acuité. Il n'avait plus à écumer les travers de l'esprit humain pour tenter de deviner ce qui était arrivé à l'Aurore Boréale.

Mais, dans le même temps, Sasha ressentait un vide. L'affaire qui l'avait accaparé était sur le point d'être réglée, l'adrénaline retombée, son aventure terminée. Victoria n'avait été qu'une chimère…

L'ennui de l'attente s'installa. Pour s'occuper l'esprit, Sasha fit défiler sur l'écran de son portable les pages numérisées du carnet dérobé. Son regard s'attarda sur une carte postale qui reproduisait le tableau de Marc Chagall « Les Mariés de la Tour Eiffel ». La page à côté avait été laissée vierge, comme si Victoria cherchait encore ses mots. Ou, peut-être, parce que la puissance onirique du Maître avait évincé le verbe… Mademoiselle Songe réduisait le spectateur au silence.

Chapitre IX : CENDRILLON DES MERS

Vendredi 28 juin, après-midi, Victoria

Victoria déambulait dans des couloirs verts, cherchant un bout de tissu pour se vêtir. Brusquement, un marteau-piqueur vibra derrière les murs. Le béton fut pulvérisé, la poussière tourbillonna dans les lumières des lampes halogènes. Des inconnus allaient la voir en tenue d'Ève. Mais, cela n'avait plus d'importance, son intimité ne lui appartenait plus. Jadis temple de sa personnalité, son corps n'était désormais qu'un amas de chair accessible à tous.

Elle se réveilla en sursaut, nue sous une serviette de bain qui ne la cachait qu'à moitié. Un énorme insecte voltigeait en vrombissant entre les parois de sa tente qui ne lui offraient aucune issue. Victoria secoua la moustiquaire et la bestiole se précipita vers la liberté.

Les souvenirs de la nuit passée resurgirent brutalement, les larmes jaillirent de ses yeux. La conscience de sa nouvelle condition de prisonnière s'imposa avec acuité.

Après avoir pleuré tout son soûl, Victoria tendit l'oreille tâchant de deviner si son ravisseur était dans les parages. Héler le jeune homme pour qu'il lui trouve un habit était risqué. Lui-même ne portait qu'un bout de tissu noir sur ses parties génitales et espérait, probablement, que sa captive imite son minimalisme vestimentaire.

N'entendant rien de suspect, elle pointa furtivement la tête au-dehors. Sa robe était suspendue à la branche d'un arbre et – comment s'appelait-il déjà ?... Louis n'était pas dans le campement.

Victoria poussa un soupir de soulagement qui ressembla à un grognement. Ses hurlements affolés de la veille avaient enroué sa voix. Elle s'habilla en vitesse malgré sa jambe blessée qui l'élançait à chaque mouvement et étancha sa soif avec de l'eau de ruisseau stockée dans un récipient en terre cuite. La faim lui tordait l'estomac, mais il n'y avait pas une miette de nourriture. Le poisson et le lait de coco seraient apparemment au menu des trois années à venir, une pensée qui eut le mérite de lui couper l'appétit.

Elle fouilla les affaires de son ravisseur. Malheureusement, le gamin était trop prévoyant pour faciliter la vie de sa prisonnière d'une quelconque façon. Par acquit de conscience, elle tâta le sac de couchage du jeune homme. En vain, aucun secret n'y était enfoui.

Victoria décida de ne pas perdre de temps et de commencer tout de suite l'exploration de l'île. Les ténues réserves de sucre dans son sang l'obligeraient inéluctablement à suspendre sa prospection d'ici quelques heures. Mais, il lui fallait, au préalable, localiser son ravisseur afin de mieux le semer. Elle partit à sa recherche.

... Louis était assis en haut de l'un des rochers qui ceignaient la petite crique, une canne à pêche à la main. Il s'était fabriqué un parasol avec des branches et paraissait absorbé par sa besogne. Victoria attendit de longues minutes. Mais son « gentleman-kidnappeur » ne semblait pas vouloir bouger.

Un drôle de clic derrière son dos la fit frémir. Elle tourna la tête lentement, l'idée d'une nouvelle rencontre impromptue avec Dracula lui glaçait le sang d'avance. Affronter le complice de son ravisseur nécessitait un minimum de préparation psychologique.

Cependant, personne ne se montra. Victoria glissa le long d'un tronc et s'assit par terre, l'ouïe aux aguets. Mais nul son étranger à la nature ne vint l'alerter. L'endroit était paisible… Elle eut honte de ses frayeurs. S'enliser dans sa position de victime revenait à se rendre, à combler les attentes du jeune homme. Ses mots d'ordre devaient être force, concentration et impassibilité. Emplie de détermination, elle se remit debout, jeta un dernier coup d'œil au « pêcheur solitaire » et s'engagea sur le sentier principal avec la ferme intention de traverser l'île de bout en bout.

Un plan germa dans son esprit. Si le gardien habitait l'île toute l'année, sa maison devait être équipée d'un téléphone. Ne serait-ce que pour communiquer avec les propriétaires ou appeler la police et le médecin en cas d'urgence. Un coup de fil en douce était la meilleure chance pour elle d'être secourue. Louis avait été suffisamment habile pour orienter les autorités vers la thèse du suicide. Rien ne garantissait donc que des recherches efficaces soient menées pour la délivrer. Appeler le responsable du voyage dont elle avait retenu le numéro de portable par cœur ou Sasha… pour les avertir de la situation, changerait la donne.

Victoria essaya d'imaginer un prétexte pour pénétrer dans la demeure tout en progressant vers le sud de l'île. La perspective de déclencher l'empathie du gardien lui paraissait vouée à l'échec, voire ridicule. Néanmoins, un petit spectacle pouvait éventuellement endormir la vigilance de cet être « solitaire et renfermé » comme l'avait dépeint Louis. Une scène intitulée « Amie de Dracula » se joua dans son imagination : jeune femme, peau laiteuse constellée d'ecchymoses et d'égratignures, chevelure emmêlée, robe sale et froissée, voix enrouée, se présente en boitant aux yeux de l'homme… psychorigide afin de bafouiller quelques mots d'excuse pour les désagréments auditifs causés la nuit dernière. Elle s'esclaffa, une pénible quinte de toux lui déchira la gorge. Ses cordes vocales étaient vraiment en piteux état, parfaites pour battre sa coulpe devant Dracula.

Elle s'enfonçait de plus en plus dans la forêt, enhardie par la possibilité d'un contact avec la civilisation. Le soleil filtrait au travers le feuillage, éclaboussant sa route de flaques de lumières. La flore surabondante dégageait une énergie maternelle et réparatrice.

Au fur et à mesure de l'avancée, son œil attentif inspectait les alentours, mémorisant la topographie des lieux. Pour que son plan fonctionne, le gardien devait être à la maison. Victoria n'avait pas de montre et, de toute façon, les horaires de ses rondes lui étaient inconnus. L'homme était peut-être parti faire les courses. En tant que résident permanent, il avait besoin de se ravitailler régulièrement en produits du quotidien. En conséquence, il disposait d'un ou de plusieurs moyens de navigation ainsi que de réserves de carburant ! Le moral de Victoria monta en flèche.

Le dôme du toit de la villa nichée dans l'alcôve des arbres apparut enfin du côté gauche de sa route. Elle quitta le sentier principal, seule voie de circulation praticable dans la forêt, et tenta de s'approcher de la demeure. La végétation foisonnante freinait sa progression. Les tiges amalgamées formaient un filet vivant, lui donnant l'impression d'être une mouche se débattant dans une toile d'araignée.

Son œil débusqua enfin, sous un rideau de plantes grimpantes, une haute enceinte de pierre. Les caméras fixées sur la muraille lui rappelèrent que la nature n'était pas la véritable maîtresse des lieux. N'entrevoyant aucun portail, escalier ou paravent dans cette partie de la propriété, Victoria conclut que l'entrée se trouvait de l'autre côté et rebroussa chemin.

En arrivant au bout du sentier principal, elle déboucha sur une longue plage. L'horizon dégagé laissait le regard caresser l'infini marin. Le sable, d'une blancheur immaculée, était débarrassé de cailloux, de branches et de débris. C'était un lieu de vie et de repos, sauvage et civilisé à la fois.

Contrairement à ce qu'elle avait pensé, l'entrée de la maison ne donnait pas directement sur la plage : un jardin de palmiers et d'arbustes fleuris constituait une zone tampon entre l'enceinte du domaine et le sable. Cette façade végétale rendait la forteresse invisible pour les navigateurs éventuels, diminuant les chances de Victoria de voir des touristes curieux débarquer sur l'île. Une jolie villa, digne d'une carte postale, aurait attisé la curiosité des plaisanciers. Certains auraient pris le risque d'accoster, malgré les deux panneaux d'interdiction ou, du moins, de s'approcher du rivage pour immortaliser un tel havre de paix avec leurs appareils photo. Et Victoria aurait saisi l'occasion pour nager jusqu'à eux…

Il y avait toutefois une bonne nouvelle. Un pont de débarquement empiétait sur la mer et un bateau à moteur tanguait nonchalamment sur les vagues.

Victoria atteignit le jardin à pas lents et s'engagea dans l'une des allées sous l'œil vigilant des caméras qui suivaient ses mouvements. Consciente d'être filmée, elle mesura sa respiration, imprégna son visage d'un air malheureux et résigné et exagéra ses boitements.

Après avoir longé la muraille sur environ quatre cents mètres, elle se figea, surprise, devant un portail métallique aux dimensions plus appropriées à une base militaire. Des plantes aromatiques grimpantes l'auréolaient d'une brume de parfums exquis. Et cette jouissance olfactive était incongrue par rapport à l'attirail de pierre et de métal qui adressait au monde une menace muette.

Il n'y avait ni sonnette, ni interphone. Victoria fixa les objectifs des sentinelles vidéo et se mit à faire des signes avec les mains. Elle gesticula tel un robot pendant une dizaine de minutes, mais sans aucun résultat. Soit, le gardien était absent, soit il n'était pas disposé à la recevoir. Le projet « devenir l'amie de Dracula » devait donc être différé.

Victoria était déçue. Dans son esprit, il n'y avait qu'à frapper à la porte de la maison pour accéder à la personne souhaitée. Les barrages de la base militaire la privaient du contact direct et spontané avec son futur « ami ».

Afin de ne pas perdre ses précieuses minutes sans Louis, elle retourna à la plage et monta sur le pont de débarquement. Les caméras s'animèrent dès qu'elle entra sur leur territoire de surveillance. Les planches en bois étaient brûlantes la contraignant à sautiller pour atteindre son objectif.

Une grosse chaîne métallique cadenassée attachait solidement le bel oiseau blanc aux stries bleu nuit sur les flancs. Victoria monta à bord. Des lignes élégantes, des matières nobles, un espace intelligemment aménagé. Les propriétaires de l'île avaient été généreux avec leur employé en lui octroyant l'usage de leur luxueux joujou.

Le poste de pilotage rendit Victoria dubitative. Même si elle parvenait à voler les clefs de l'amarre et du bateau, rien ne lui garantissait que l'engin lui obéisse. Le succès de sa fuite nécessitait, en outre, le respect d'un horaire précis. Il fallait que Louis soit en train de pêcher, que de façon concomitante le gardien soit en train de faire une ronde loin de la crique, que Victoria réussisse à se tapir dans la végétation et à le prendre par surprise pour l'assommer avec un bâton. Il fallait qu'elle se procure une corde pour le ligoter et le bâillonner… Une exécution ardue qui nécessitait de longs et minutieux préparatifs. Étudier les habitudes de sa cible, repérer les clefs, s'entraîner à frapper afin de ne pas surestimer ou sous-estimer sa force, coordonner l'heure d'interception du bateau avec celle de la séance de pêche de son ravisseur dans la crique. En comparaison, la tentative de « devenir l'amie de Dracula » pour téléphoner ressemblait à un jeu d'enfant.

Victoria plongea dans la mer depuis le pont avant de l'embarcation. Le brasier des planches du débarcadère était encore plus décourageant que les hypothétiques requins. Elle nagea en mouvant uniquement ses bras. Sa jambe blessée méritait un peu de répit.

La plage l'accueillit avec des grains de sable incandescents martyrisant de nouveau la plante de ses pieds. L'ombre du jardin qui menait à la propriété fut une immense délivrance. Elle s'adossa à un palmier pour calmer sa respiration et laisser un peu sécher sa robe.

Une demi-heure s'écoula. Victoria se replaça en face du portail et recommença son spectacle de mimes devant les caméras. Le mécanisme électronique cliqueta enfin. Les deux battants métalliques s'ouvrirent comme deux énormes ailes d'un vautour, prêtes à refermer leur piège sur la proie.

C'était une invitation à pénétrer dans le domaine interdit de Dracula. En échafaudant ses plans d'évasion, la peur n'avait été qu'adrénaline. Dans la réalité, ce sentiment était paralysant et étouffant. Le faciès du gardien, éclairé par la lueur d'une allumette, émergea de sa mémoire. Néanmoins, Victoria s'interdit de flancher. La complicité de son hôte avec son ravisseur était, en quelque sorte, le gage de sa sécurité.

Elle s'engagea sur un petit chemin pavé qui sinuait entre des pelouses ombragées et bien entretenues. Un labyrinthe de verdure se profilait à sa gauche, un cochon noir nain apparut soudain à sa droite. Il s'arrêta comme pour la jauger et rebroussa chemin. Méditant ces informations, Victoria monta sur le perron et réalisa que Dracula se tenait dans l'embrasure de la porte. Pas très grand, maigre, morne, le regard impénétrable.

— Bonjour, j'ai…, je suis désolée de vous avoir causé du souci hier soir, balbutia-t-elle de sa voix enrouée en baissant les yeux.

— À quoi faites-vous référence ? C'est la première fois que je vous vois.

— Mais on s'est rencontrés dans la forêt, sur le sentier principal ! Vous n'avez peut-être pas eu le temps de bien distinguer mes traits à la lumière de l'allumette. C'est moi qui ai hurlé comme une folle !

Victoria esquissa un sourire gêné.

— Vous devez vous tromper d'île. Il n'y a eu personne cette nuit ici, excepté moi bien sûr. Je vous engage à partir tout de suite, c'est une propriété privée. Vous n'aviez pas le droit d'accoster.

La réponse du gardien la laissa interdite. Était-il concevable qu'il ne soit pas au courant de l'Expérience du jeune homme ? Que ce dernier puisse pêcher en toute tranquillité dans la crique ?

— Écoutez, je sais que vous et Louis avez convenu de son camping sur la côte nord. Ce que vous ignorez, en revanche, c'est qu'il m'a kidnappée d'un bateau de croisière aux Iles Vierges. Il s'était servi d'un anesthésiant pour m'immobiliser et me maintenir inconsciente pendant le transfert vers cette île. Depuis mon éveil, il me fait vivre dans des conditions épouvantables et il a attenté à mon intimité.

— Arrêtez ce charabia ! Je ne connais pas de Louis et je ne suis pas tenu de vous croire.

— Mais… cela fait au moins deux jours que nous sommes là et vous n'avez rien vu ? Vous êtes pourtant le gardien ? !

Victoria était déstabilisée. Dracula jouait un rôle dont elle ne saisissait pas la finalité.

— Je vous ai vu, la nuit dernière, à côté de la trouée qui ouvre le passage vers la chute d'eau ! Ou alors, c'était votre frère jumeau ?

— Écoutez-moi bien Mademoiselle, il y a un certain nombre de personnes qui accostent sur cette île malgré la mention « Propriété privée ». Je les somme de partir et elles partent. Certaines d'entre elles essayent de négocier des « avantages », auquel cas, je passe à la menace et elles partent. Pour votre information, je suis armé. Enfin, il y a toujours quelques emmerdeuses qui s'estiment plus malines que les autres et qui tentent de me mentir, celles-ci partent également. Je n'ai jamais vu un ravisseur laisser sa victime aller demander de l'aide. Je parie que vous vous êtes disputée avec votre petit ami et que vous avez inventé cette histoire pour que je vous ramène gratuitement vers un port.

— J'ai été enlevée ! C'est un crime et vous devez de par la loi me prêter assistance !

— Ben voyons ! Des rigolotes qui font semblant d'être en détresse en s'échouant, comme par hasard, sur l'île d'un milliardaire ou d'une star, il y en a un paquet. Vous vous prenez pour une cendrillon des mers ou quoi ? ! Je ne vais pas me déplacer sous prétexte que vous avez été « kidnappée ». Je suis sûr qu'en arrivant au port vous filerez du bateau sans même vous retourner.

— Euh… Auriez-vous alors l'amabilité de répéter la même chose à Louis ? Le problème étant que…

— Je ne connais pas de Louis ! Ne m'obligez pas à me répéter !

— Ah bon ? Et qui a planté une tente à l'autre extrémité de cette île ? Qui a allumé un feu de camp hier soir pour griller du poisson ? Qui est en train de pêcher dans la crique au moment même où je vous parle ?

Victoria plaça ses mains sur ses hanches par réflexe. Le comportement absurde de son hôte eut pour effet inattendu de lui redonner de l'assurance.

— Il n'y avait personne sur cette île hier soir, ni aucun autre soir ! Ne me faites pas perdre mon temps ! Allez voir ce Louis vous-même et dites-lui de décamper dans l'heure qui suit ! Autrement, j'ai de quoi le faire déguerpir. Compris ?

— Puis-je téléphoner ?

— Non.

— S'il vous plaît ! Plus vite je téléphonerai, plus vite je disparaîtrai.

— L'appareil de liaison satellite est en panne et les propriétaires tiennent à ce qu'il soit réparé en leur présence.

— Et quand ont-ils l'intention de venir ?

— Je ne suis pas dans la confidence de leur agenda.

— Pourquoi refusez-vous de me croire ? Ne voyez-vous pas dans quel état je suis ? Victoria fit un geste avec la main pour inviter Dracula à considérer sa robe sale et humide, ses pieds nus rougis, ses bras et ses jambes écorchés et couverts de bleus… Laissez-moi entrer, j'ai vraiment besoin d'aide ! Au moins, une douche et…

— Attendez ici, Dracula referma la porte et la rouvrit à peine une minute plus tard, je vous autorise à prendre une douche, mais après, vous débarrassez le plancher. Est-ce clair ?

— Oui, la voix de Victoria devint presque inaudible.

Le gardien la conduisit dans le salon dont le décor l'étonna. Une grande fenêtre-lune occupait entièrement le mur droit. Son vitrage rappelait la surface de l'eau, telle que vue depuis les profondeurs marines. Pour pénétrer en ce lieu, le monde extérieur devait retenir son souffle, honorer le silence, l'émerveillement et la sérénité.

Victoria sentit le contact froid du verre sous ses pieds. Le sol était une vitrine recouvrant des coquillages, des étoiles de mer, des coraux, des poissons fossilisés, des algues desséchées et des pièces de monnaie. Elle leva la tête. Une grande ancre luisante était suspendue au plafond voûté, constellé de poussières de sable scintillant.

Les humains qui s'échouaient dans cette pièce-aquarium devenaient inévitablement poissons, crustacés, petits organismes primitifs, que la sélection naturelle a laissés en vie pour témoigner de l'éternité. Victoria s'approcha de l'immense canapé blanc écume où des coussins-dauphins jouaient à braver les déferlantes. Il dessinait un demi-cercle autour d'une table basse en forme de poulpe gris irisé... Son cœur se serra... Il lui fallait absolument dénicher un téléphone. Dracula aurait dû lui servir une meilleure excuse pour la convaincre de la panne de la liaison satellite.

Elle comprit soudain que son hôte s'était éclipsé et considéra les trois portes closes du salon, espacées de quelques mètres les unes des autres. L'ambiance si singulière de l'endroit lui avait fait oublier ses priorités. Recentrant ses pensées, Victoria se mit à inspecter le reste du mobilier de façon plus ciblée.

L'étagère montée sur trois carapaces de tortues géantes, abritait une télévision et une chaîne hi-fi. Les propriétaires recevaient apparemment des chaînes télévisées. Elle tapota les touches de la télécommande. Un diaporama des images de l'île s'anima. Des clichés d'un esthétisme époustouflant défilaient lentement sur l'écran plat. Happée par leur beauté, Victoria faillit tomber s'empêtrant dans les petits filets de pêche disposés par terre. Ces symboles de la conquête marine rappelaient sans conteste la confrontation séculaire de l'Homme avec Neptune.

Les maîtres de lieux ne rentraient pas dans le profil de téléphages, incapables de se passer de leurs programmes préférés pendant les vacances. L'écran de télévision ne servait qu'à la projection de photos. Elle l'éteignit et passa à l'examen de la bibliothèque.

Les ouvrages dispersés sur le rocher sous-marin légèrement bleuté étaient majoritairement russes. À l'évidence, le ou les propriétaires de l'île étaient des compatriotes, ce qui expliquait leur penchant pour les dispositifs sécuritaires hautement dissuasifs.

Victoria feuilleta une édition luxueuse de « l'Idiot » de Dostoïevski, puis remarqua une matriochka à l'effigie d'un Nouveau russe[1]. La petite poupée représentait un homme grassouillet, vêtu d'un tailleur aux insignes du dollar « $ ». Sa bouche semblait hurler dans le téléphone portable collé à son oreille. Ce genre d'objets humoristiques était assez populaire, Victoria reconnut le logo d'un magasin moscovite.

Une porte s'ouvrit et Dracula apparut sur le seuil, les mains chargées d'un plateau-repas. Elle eut le temps d'apercevoir la cuisine derrière son dos, avant qu'il ne claque le battant avec son pied. Il posa la nourriture et fixa Victoria d'un regard inquisiteur.

— Vous lisez le cyrillique ?

— Je lis le russe, le cyrillique n'est pas une langue. Je vois que les propriétaires sont russes, eux aussi ?

— Mêlez-vous de vos affaires. Mangez. Je reviendrai dans un quart d'heure pour vous conduire dans la salle de bains.

— Merci…

---

[1] Un Nouveau russe signifie un nouveau riche qui a fait rapidement fortune après la chute de l'URSS.

L'homme s'en fut. Victoria avait du mal à cerner ses changements d'humeur, tout comme elle avait du mal à saisir le motif qui le poussait à nier la présence de Louis sur l'île.

Elle s'assit sur le canapé et mordit le sandwich. Il était délicieux. Du pain brioché, du fromage, du jambon de parme, des denrées importées depuis la civilisation. Elle avait vu juste, le gardien utilisait le bateau pour se ravitailler. À moins, qu'il ne se fît livrer, ce qui impliquait la venue de tiers susceptibles d'aider Victoria ou, au pire des cas, d'alerter la police.

Elle dévora toute la nourriture, vida la bouteille d'eau et continua son inspection. Les trois portes avaient été verrouillées par son hôte qui désirait visiblement la contenir dans l'aquarium. Déçue, elle s'allongea sur le canapé et fit semblant de jouer avec les mèches de ses cheveux. En réalité, elle semait des indices de sa présence sur l'île en planquant les longs fils blonds arrachés méthodiquement avec la racine dans les plis du cuir et sous les coussins. Si par chance on perquisitionnait la villa, on trouverait son ADN en analysant ses cheveux.

Dracula revint la chercher. Ils empruntèrent un couloir et passèrent devant une succession de portes, toutes fermées. L'homme n'était pas très prolixe et montrait par sa mine placide qu'aucune conversation ne pouvait se nouer entre eux. Victoria essaya malgré tout de le faire parler.

— Merci beaucoup pour le repas, c'était très bon. Où achetez-vous la nourriture ?

Pas de réponse.

— L'isolement doit être dur à supporter… ? J'imagine que vous naviguez jusqu'aux terres habitées au moins une fois par semaine ?

— Non.

— Ah… Vous avez des amis sur des îles voisines ?

— Non.
— Vous n'avez pas d'amis ?
— Vous vous inquiétez pour moi ?
— Je suis juste étonnée.
— La vie que je mène me convient parfaitement.
— Le point de civilisation le plus proche est à trois heures de navigation, c'est ça ?
— Non.
— Et nous sommes loin des Iles Vierges ?
— Vous avez réussi à venir jusqu'ici, vous pouvez donc calculer la distance vous-même.
— Non, on m'a transférée inconsciente sur cette île ! J'ai été enlevée et…
— Assez ! Je ne veux plus entendre ces sottises !
— On vous a déjà dit que vous ressemblez à Dracula ?
Le gardien la toisa, surpris, mais ne réagit pas.
Ils entamèrent la montée d'un large escalier tournant. Les marches en faux sable semblaient se déliter sous leurs pas. Le paysage chiche et aride des étendues sahariennes immergeait tous ceux qui gravissaient les niveaux évanescents dans une profonde mélancolie.

Un nouveau corridor long et peu éclairé les attendait à l'étage. Sa décoration semblait avoir été arrachée en hâte. Des supports et crochets vides, de drôles de trous dans les murs, la peinture d'un blanc irisé était tachée de rouge et de vert. Ces substances séchées étaient certainement alimentaires. Les vestiges d'un faste éphémère désolaient la vue. Victoria n'eut pas le temps de s'y attarder, car son hôte l'invita à entrer dans une chambre.
— Vous avez une demi-heure, grogna-t-il avant de refermer la porte.

En jetant un regard circulaire à la pièce, Victoria rigola. L'expression « mes déviations sont dans la norme » y était à l'honneur. Un gros sourire d'extase narcotique dessiné sur le parquet noir ; une glace imitant quelqu'un qui se parle à soi-même dès que ses capteurs détectaient un mouvement ; un lit accessoirisé par une caméra, des menottes et des fouets ; des miroirs mobiles pour se voir sous toutes les coutures ; une chaise, qui au lieu de souhaiter la bienvenue et la douceur aux postérieurs, n'était rien d'autre qu'un engin de sodomie solitaire ; un grand pouf intitulé « à cachettes jouissives ».

La salle de bains n'était isolée par aucune cloison, de sorte qu'on puisse admirer tout ce qui s'y passe. Et comme pour renforcer son côté exhibitionniste, la baignoire était transparente de même que le trône des toilettes... Victoria eut une pensée de remerciement pour le propriétaire et sa sage décision de ne pas pousser la transparence jusque dans les canalisations. Le carrelage rouge ocre était couvert de citations alambiquées de grands penseurs, écrits à la peinture dorée. La masturbation intellectuelle était-elle une déviance ?

Tous les travers humains représentés dans ce lieu s'écartaient de la norme et, pourtant, ils avaient intégré la normalité. La liberté individuelle de chacun de disposer de son corps, de son esprit et de son âme impliquait son lot d'étrangeté.

Victoria se doucha en toute hâte, puis lava sa robe, l'enfila mouillée sur elle et se sécha avec un sèche-cheveux. Il lui restait cinq minutes pour fouiller les recoins de la chambre. Elle savait déjà qu'il n'y avait pas de téléphone. Naturellement, il ne s'agissait pas d'un objet « déviant ». En revanche, un sparadrap ou des somnifères pouvaient se révéler extrêmement utiles pour ses projets d'évasion. Hélas, ses recherches se révélèrent vaines.

Le gardien frappa à la porte avant de l'ouvrir et lui fit signe de le suivre. Victoria s'exécuta.

— Vous n'auriez pas un bandage et une pommade pour mon élongation par hasard ? J'ai très mal.

Dracula la fusilla du regard, mais accéda à sa demande avant de l'escorter en silence jusqu'au portail métallique.

En sortant, elle était certaine d'une seule chose. La demeure visitée n'avait pas vocation à rester vide toute l'année. Les intérieurs de luxe avaient souvent des caractéristiques communes, formatées par les tendances à la mode. La maison de cette île n'avait rien sacrifié à l'air du temps. Les différentes pièces enveloppaient le visiteur dans leurs atmosphères. Le mobilier, les couleurs, les finitions n'avaient pas d'importance en tant que tels. Seules, leurs fonctions de véhicules de sensations comptaient. Le créateur de ces ambiances singulières avait une sensibilité artistique très développée. D'ailleurs, Victoria était encore sous son influence onirique, comme un spectateur qui reste impressionné par un film longtemps après la séance de cinéma.

Elle appliqua la pommade octroyée par le gardien, serra le bandage autour de sa cuisse et se dirigea vers le sentier principal. Curieusement, son ravisseur ne s'était pas inquiété de son absence et n'était pas venu la récupérer dans cette partie de l'île, censée être interdite. Les négations virulentes de Dracula sur son accointance avec le jeune homme nécessitaient une explication et l'intuition de Victoria subodorait que la vérité serait pénible à entendre.

Perdue dans ses pensées, elle dépassa l'entrée du sentier et continua à longer la plage jusqu'à ce que celle-ci se termine abruptement au pied de petites falaises, parsemées de nombreux pics et de cavités. Réalisant son égarement, elle pénétra dans la forêt, mais la végétation à cet endroit était trop broussailleuse. Pas étonnant que la villa ait été bâtie au sud de l'île et que Louis ait choisi le nord pour établir son campement. La côte ouest était impraticable du fait des escarpements rocheux et de la flore hostile.

Victoria devinait qu'il en était de même pour la côte est, information qu'elle se promit de vérifier dès le lendemain.

Elle revint sur ses pas scrutant le paysage monotone de sable blanc et de bleu marin. Aucun bateau ne pointait à l'horizon. Il n'y avait pas une minuscule tache qui aurait attesté de la présence d'une embarcation dans ce coin oublié du Monde.

En foulant la terre humide de la route principale, elle eut envie de pleurer. Le soleil allait bientôt décliner. De multiples questions devaient être abordées avec son ravisseur, ce qui l'épuisait d'avance tandis que la faim lui tordait l'estomac. La collation offerte par le gardien n'avait fait que lui ouvrir l'appétit.

Un bruit indéfinissable parvint à ses oreilles, sa tête pivota machinalement dans sa direction. Il lui sembla voir une silhouette masculine se tapir dans la végétation « toile d'araignée » où elle s'était aventurée quelques heures auparavant, en tentant d'approcher l'arrière de la propriété. Elle héla Louis à plusieurs reprises, mais n'obtint pas de réponse et crut même, un instant, avoir rêvé.

Cependant, un claquement sec derrière son dos la rassura sur sa perception de la réalité. Quelqu'un jouait bien avec ses nerfs. Victoria étudia les alentours en progressant lentement vers la crique. Peut-être que Dracula souhaitait s'assurer que « la Cendrillon des mers » regagne ses pénates ? Ou que son kidnappeur cherchait à la punir pour sa désobéissance ? Elle se souvint de ses peurs irrationnelles de la nuit et de sa détermination à ne pas endosser le rôle de victime et s'enjoignit d'ignorer la partie de cache-cache à laquelle semblait vouloir jouer Dracula.

Arrivée à l'entrée du passage qui menait à la chute d'eau, Victoria éprouva une envie irrésistible de visiter l'endroit à la lumière du jour et s'engouffra dans la trouée végétale. La clairière était inondée de soleil, le ruisseau étincelait sous ses rayons.

Des petits nuages de particules d'eau tourbillonnaient dans l'air, dégageant une fraîcheur bienfaisante. Elle s'assit prudemment sur l'herbe, apprivoisant les lieux du regard. La sérénité de l'endroit l'apaisa, Victoria ferma les yeux.

....Des images colorées et étranges envahirent sa vision intérieure. L'île se réduisit au salon océanique de la maison tandis que Victoria avait rétréci à la taille d'une lilliputienne qui sautillait sur les meubles. Le gardien suivait ses déplacements d'un regard placide. Brusquement, il se tordit dans un rire sarcastique et quitta la pièce. Dès qu'il referma la porte, de fines coulées d'eau s'étaient mises à pleuvoir du plafond, retentissant sur le sol en verre avec une sonorité menaçante. La température baissait au fur et à mesure que l'eau glacée prenait possession de l'espace. Paniquée, la minuscule Victoria tâcha de monter au sommet de la bibliothèque. Un cliquetis se produisit et des flots se précipitèrent dans le salon aspirant le petit corps dans leur courant...

Victoria émergea de ce songe à moitié conscient au moment où elle allait se noyer. La clairière était plongée dans une légère pénombre. Un relent de pourriture heurta ses narines. Elle se leva et chercha la source de l'odeur nauséabonde. Mais il n'y avait aucune matière en décomposition, capable de corrompre aussi fortement l'atmosphère...

Le trajet du retour fut éprouvant. De furtifs clics, des craquements de bois et des sifflements étouffés ou plutôt des vibrations d'air sifflantes ne lui laissaient pas de répit. En se retournant, elle voyait des branches ou des plantes s'agiter, comme si une main invisible les avait secouées exprès, pour tester la solidité de ses nerfs. Il y avait quelque chose de sournois et de pesant dans cette tension fictive. En outre, sa jambe blessée limitait sa vitesse, la rendant plus vulnérable aux « blagues » de l'un des deux habitants masculins de l'île. D'autant que celui-ci refusait de se montrer.

En atteignant la crique, elle constata que Louis n'était pas le farceur, car il préparait tranquillement leur dîner.

— Tu m'as menti ! Tu me dois des explications !

— Bonsoir, Victoria…

— Salut ! aboya-t-elle

— Je vois que tu as fait connaissance avec Sonny. Tes cheveux sont propres, ta robe presque aussi affriolante qu'avant. Tu as dû sacrément lui plaire, il n'est pas d'un naturel courtois.

— Ce type est cinglé ! Il m'a épiée sur tout le chemin du retour en provoquant des sons bizarres et en se dissimulant à ma vue.

— Calme-toi d'abord. C'est stressant ces cris rauques. Qu'est-il arrivé à ta voix ?

— Mes cordes vocales ont cédé lors de ma rencontre avec Dracula la nuit dernière.

— Dracula ?

— Sonny.

— Aahhh… Évidemment, Dracula ne sort que dans le noir !

— Il prétend ne pas te connaître et ne pas m'avoir croisée dans la forêt hier.

Il nous a même sommés de quitter les lieux dans les plus brefs délais !

— C'était convenu ainsi. « Je n'ai jamais campé ici, il ignore tout de mon existence, nous sommes de parfaits étrangers l'un pour l'autre » Tu n'es pas dans le secret de notre arrangement alors…

— C'est absurde ! Je suis censée habiter sur l'île pendant trois ans. Il ne va pas faire semblant à chaque rencontre fortuite de me voir pour la première fois et m'enjoindre de partir ?

— Votre conversation a-t-elle été filmée ?

— À ton avis ?

— Je présume que ses négations étaient destinées aux caméras de vidéosurveillance. Sonny a touché un pot-de-vin pour me laisser camper et se constitue des preuves de son « innocence », au cas où.

Victoria se remémora la scène sur le perron de la maison et se mit à la place du propriétaire à qui on aurait présenté l'enregistrement. Qu'aurait-il vu ? Une fille paumée, qui affirme, sans grande conviction, avoir été enlevée et à qui le gardien parvient à arracher la promesse de « débarrasser le plancher », comme si elle en avait la possibilité technique… Astucieux ! Le fidèle serviteur ne pourrait même pas être accusé de non-assistance à personne en danger puisqu'il avait permis à la Cendrillon des mers de se doucher et l'avait nourrie. Sans oublier la pommade et le bandage offerts pour soigner son élongation. Quelle générosité ! La réalité fictive l'emporterait sans aucun doute sur la parole de Victoria.

— Au départ, je devais venir seul, mais Sonny n'a vu aucun inconvénient à ce que nous soyons deux pour le même prix, poursuivait son ravisseur d'un air satisfait.

— Est-ce qu'il sait que tu m'as kidnappée ?

— Je ne t'ai pas « kidnappée » et je ne t'ai pas « enlevée » non plus. Je t'ai juste aidée à prendre une décision compliquée. Et, de toute façon, Sonny s'en moque éperdument. Sa philosophie de vie se résume à « moins j'en sais, mieux je me porte ». C'est pour cette indifférence que les gens riches lui font confiance. Puis, je l'avais prévenu que tu étais d'une nature fantaisiste et lunatique et que tu risquais d'inventer des choses saugrenues ou extravagantes.

Victoria était outrée. Dracula l'avait manipulée pour se couvrir et son ravisseur le lui annonçait avec une pointe de triomphe dans la voix. Elle n'était qu'un pantin, dont chacun tirait les ficelles à sa guise.

— Et tu n'as pas peur des propriétaires ?

— Ils ne viennent jamais.

— La décoration de leur villa est très soignée. Cela a dû être extrêmement complexe d'acheminer tous ces objets vers une île aussi isolée. Je ne vois pas l'intérêt d'un tel investissement si ce n'est pour en profiter !

— Sonny est peut-être cupide, mais il n'est pas stupide. Il a décroché un travail en or et il y tient. Il m'a assuré que ses employeurs ne seraient pas un problème. Ce sont de nouveaux riches, assez futés pour placer leurs fonds ailleurs que sur les marchés financiers. Les îles privées sont très à la mode, les prix ne cessent de grimper.

— Futés avec l'argent, mais pas avec les gens ? Au point d'engager un homme corrompu ? Dracula n'aurait pas éprouvé le besoin de se fabriquer un alibi filmé s'il se considérait hors d'atteinte. Il doit avoir des contrôles réguliers, peut-être même à son insu. J'espère pour toi que les maîtres des lieux ne sont pas des mafieux, dans quel cas, j'aime autant ne pas anticiper leur réaction à la découverte de votre combine.

— Tu regardes trop la télé Blonde Prada, la vie n'est pas aussi rocambolesque. En cinq ans, ils ne sont venus que deux fois pour deux semaines. En outre, le voyage depuis Moscou jusqu'ici dure approximativement vingt-quatre heures. Ils avertiront Sonny à l'avance.

— Et qu'allons-nous faire pendant leur séjour ?

— Il y a un îlot inhabité à proximité, nous irons camper là-bas. Sonny nous ravitaillera en eau potable.

— Super ! On va mourir de soif s'il nous oublie.

— Vu le prix que je lui paie, il ne nous oubliera pas.

— Combien ?

— Ce ne sont pas tes oignons.

— Et si les propriétaires débarquaient à l'improviste ?

— Ben, ils ne vont pas se précipiter dans cette partie de l'île. On aura le temps de filer en douce.

— Et tu as un moyen de « filer en douce » ?

Victoria retint son souffle, espérant que Louis lui dévoile l'existence d'un bateau caché.

— Sonny imaginera un prétexte pour s'absenter et nous conduira à destination. Ne t'inquiète pas.

— C'est vrai, je devrais me détendre. J'ai déjà un ravisseur non violent, un gardien pervers, il ne me manque plus que quelques richissimes bandits et je pourrai rédiger mes mémoires. Avec une publication posthume, on se les arrachera comme des petits pains.

— Cesse de paniquer. Sonny a les pieds et poings liés par notre arrangement. Il veillera à notre bien-être.

— C'est lui qui t'a aidé à me transporter du « Lazy John » vers cette prison ?

— Cette prison ? ! Tu as organisé ta journée librement, en fonction de tes envies, non ?

— Librement dans les limites d'un territoire que tu m'as assigné et en fonction des conditions de vie épouvantables que tu as définies. Ne te voile pas la face !

— Je t'ai offert une chance d'évoluer.

— J'envie ton pouvoir d'auto-persuasion.

— Tu me remercieras plus tard.

—… Il y a un détail qui m'échappe. Des dizaines de filles auraient été heureuses de t'accompagner dans cet endroit. Pourquoi s'embêter à en amener une, contre son gré ?

— Je te l'ai déjà expliqué, je souhaitais effectuer cette Expérience en solitaire. Ton intégration dans le projet était une décision de dernière minute.

— De dernière minute, hein ? Sauf que tu m'as « étudiée » depuis le début de la croisière, que tu avais prévu un manuel sur le suicide pour larguer les policiers et un médicament anesthésiant pour m'immobiliser !

— Le livre n'était que pour moi au départ. La pureté de l'Expérience exigeait que tout le monde me croie mort et que personne ne s'avise de me chercher et de me déranger au cours de ma quête spirituelle. Le fait que l'ouvrage ait servi à camoufler également ta disparition ne change rien à mon intention initiale.

— Le tranquillisant ? Un produit du quotidien ? Tu as l'habitude d'endormir les femmes pour…

— Stop ! Le jeune homme leva la main, visiblement irrité. C'est un simple moyen d'autodéfense. On n'est jamais trop prudent.

— À qui le dis-tu ? Une seconde d'inattention et me voilà coincée au milieu de nulle part avec toi !

— Évacue ta colère, c'est un bon début.

— Tu es un excellent démagogue.

— Tu en sais des mots, tu t'intéresses à la politique ?

La curiosité se lisait sur le visage de Louis.

— Non. C'est un terme connu. Tu tentes de ressusciter le mythe de l'être bon et candide, évoluant en osmose avec la flore et la faune pour me faire adhérer à ton « parti de la solitude et de l'isolement ».

— Je suis trop intelligent pour croire que les gens sont bons et candides. La solitude et le silence aident à la réflexion et à la compréhension de soi et de l'autre. C'est ce travail que je te propose de faire en te plaçant des conditions propices.

— Bla, bla, bla. Et avant de regagner la civilisation, une fois que j'aurai bien réfléchi et tout compris sur moi et les autres, tu me tueras ? Comme tu auras besoin d'un casier judiciaire vierge à ton retour, je deviendrai une personne gênante…

— Je suis contre la violence. Ta vie et ta sécurité ne sont pas en danger. Et mon casier n'en souffrira d'aucune façon.

— Être contre la violence ne signifie rien. Soit on respecte la liberté individuelle et on le traduit dans ses actes, soit on est un con irrespectueux.

— Et c'est en servant les cafés que tu manifestais ta liberté individuelle ?

Louis la scanna des pieds à la tête, comme s'il cherchait à extraire une vérité qui lui échappait.

— Non, c'est en enfilant mes Pradas tous les matins !

Victoria fixa son ravisseur avec défi.

Le jeune homme dissimula son visage derrière une brochette de poisson. Ses dents arrachèrent méthodiquement la chair blanche et une fine pellicule graisseuse forma une auréole luisante autour de ses lèvres. La civilisation était déjà très loin…

— Tu ne dînes pas ? s'enquit-il la bouche pleine.

— Si…

Elle saisit les extrémités des piques en bois d'une première brochette et se mit à manger songeant à cette camaraderie paisible avec son bourreau. En société, les individus maintiennent une distance entre eux, pour préserver leurs espaces vitaux et exister dans la masse. En s'isolant avec Victoria, Louis avait inversé la tendance. Ils étaient obligés de se rassembler pour survivre, pour sauvegarder leur humanité.

Brusquement, un cri provenant de la forêt perça le silence. Victoria faillit avaler de travers. Le jeune homme fut debout avec une rapidité impressionnante, sa main gauche armée d'un couteau. Victoria n'avait pas remarqué jusqu'à présent qu'il était gaucher.

Le hurlement sifflotant se répéta, assez lointain, dispersé parmi les arbres.

Victoria frémit. C'était un son étrange ni humain, ni animal. Louis trouva une grosse branche, l'enflamma et éclaira l'entrée du sentier principal. Il n'y avait personne.

— Qu'est-ce que c'était à ton avis ? demanda Victoria lorsque Louis revint s'asseoir près du feu.

— Aucune idée. Je demanderai à Sonny demain.

— Il prétendra n'avoir rien entendu.

— Pourquoi ça ?

— C'est un malade mental. Jouer à cache-cache avec moi ne lui a pas suffi, alors il s'égosille pour me terrifier.

— La folle c'est toi. Sonny se tient à l'abri de ton regard pour éviter une nouvelle crise d'hystérie. Vu comment tes cordes vocales sont enrouées, tu as dû lui exploser les tympans. Effectuer des rondes, c'est son boulot. Tu n'es pas le nombril du monde, cela n'a aucun rapport avec toi. Respecte son territoire et tu ne le verras presque pas.

Victoria haussa les épaules. Elle n'allait tout de même pas avouer au jeune homme son projet de surveiller les allées et venues de Dracula pour s'emparer de son bateau.

Un nouveau cri fendit l'air. Cette fois-ci, il venait de la mer. Victoria se serra de ses bras.

— Tu es sûr que nous sommes en sécurité sur cette île ?

— Il y a peut-être un bateau à proximité où des jeunes s'amusent.

— Les premiers bruits venaient de la forêt...

— Le bateau devait longer la côte ouest de l'île à ce moment-là et, nous, nous avions eu l'impression qu'il émanait de la forêt.

Louis secoua la tête comme s'il regrettait quelque chose. Victoria ne réussit pas à interpréter son geste.

— Ils peuvent débarquer ici et nous faire du mal... Je suis une femme, j'ai plus à perdre que toi. S'ils sont plusieurs, tu ne pourras pas les empêcher de me violer.

— Oh la, la ! Tu as trop d'imagination. Il est très difficile d'accoster dans cette crique et de trouver notre campement. Ne t'aventure pas toute seule la nuit et tout ira bien.

Victoria reconsidéra son idée initiale de se jeter à l'eau à la vue du premier bateau qui passerait. Rien ne lui garantissait que ses sauveteurs soient d'honnêtes gens. Ils pouvaient profiter de son état de détresse et se révéler être pires que Louis.

Son ravisseur lava ses ustensiles, éteignit le feu et alla se coucher. Elle le suivit de mauvaise grâce, se débarbouilla, se rinça la bouche à l'eau claire, la brosse à dents et le dentifrice étant des produits trop civilisés, et rampa dans sa tente.

Hélas, le sommeil n'était pas au programme. Des hurlements détonnaient simultanément dans des coins différents de l'île. On aurait dit que « la bande de jeunes » avait accosté et pris possession des lieux en s'égaillant dans la végétation. Sauf que les sons étaient identiques…, émis, a priori, par une même personne qui imitait un animal.

Victoria souleva la moustiquaire, avança son sac de couchage de sorte que sa tête soit au-dehors et scruta l'obscurité du réduit de verdure qui lui servait d'habitat.

Louis avait raison, elle avait trop d'imagination. En se projetant dans le futur, elle voyait des scènes en couleurs, en détail. Elle les vivait. Son ravisseur, lui, réfléchissait au futur, calculait les éventualités, émettait des pronostics. C'est pourquoi il dormait paisiblement tandis que sa prisonnière ne savait pas comment évacuer son trop-plein de vécu imaginaire pour s'apaiser et se reposer. Au bout d'environ une heure, les cris cessèrent et l'île s'assoupit enfin, excepté Victoria, qui demeura sur le qui-vive, veillant sur leur campement expérimental.

Chapitre X : BLONDE PRADA BLUES

Vendredi 28 juin, soir, Sasha

… Sasha commençait à s'impatienter. Guéna avait promis d'appeler à trois heures du matin créneau de Paris, c'est-à-dire à neuf heures du soir créneau Iles Vierges. Or il était dix heures passé et Sasha était coincé dans le même bar à bières à attendre que son téléphone vibre pour aller à la cabine publique.

Un numéro « inconnu » anima enfin l'écran de son portable, Sasha se déplaça dans la cabine et décrocha dès la première sonnerie.

— J'écoute.

— J'ai du nouveau, annonça Guéna avec un brin de malice dans la voix. Sommes-nous seuls ?

— Oui.

— J'ai cueilli un drôle de petit gars, Henri de son prénom, à l'appartement de Victoria. Il s'était introduit chez notre demoiselle à la demande de Louis. Ils sont « frères spirituels », quelque chose dans ce genre.

— Vous êtes entré chez Victoria par effraction sans avoir préalablement vérifié que le studio était vide… ? s'étonna Sasha, mécontent de l'imprudence du détective.

— Bien sûr que non. Je l'ai remarqué lors du repérage des lieux. Il avait une démarche fuyante, un sweat-shirt ample avec une capuche sur la tête et un sac à dos — la panoplie typique de l'amateur-cambrioleur. Il guettait le retour d'un voisin pour se faufiler dans l'immeuble. La nuit, les occasions sont rares. Dès qu'il a pu pénétrer à l'intérieur, je l'ai suivi discrètement et patienté jusqu'à ce qu'il ouvre la porte du studio et trouve ce pour quoi il était venu. Je l'ai intercepté à la sortie de l'appartement. Figurez-vous que ce brave Henri n'a rien volé. Il a simplement photographié le studio de Victoria, ses divers papiers, son CV, ses photos, notamment celles où elle apparaît en compagnie d'hommes et, plus étrange encore, ses vêtements.

—... Et moi qui ai failli vous dire d'abandonner les recherches ! La thèse de la fugue m'avait finalement convaincu.

— Oh, mais d'après le petit, Louis et Victoria ont bien fugué en semant des indices qui orienteraient la police vers la piste d'un suicide. Ils sont partis s'isoler sur une île inhabitée afin de « vivre une expérience unique d'immersion totale dans la nature ». Sauf que Victoria ne faisait pas partie du projet initial. Elle aurait supplié Louis de l'amener juste avant qu'il ne quitte le bateau de croisière.

— Et lui, il est tellement généreux, qu'il a accepté sur-le-champ la demande d'une femme inconnue ? Une inconnue qu'il avait espionnée depuis le début de la croisière ! C'est louche. Et pourquoi Louis a missionné Henri de prendre des clichés au domicile de Victoria ? Qu'est-ce qu'il cherchait au juste ?

— Notre Sherlock Holmes n'a pas lui-même très bien compris. Louis l'a chargé de flasher « tout ce qui est intéressant » sans donner de lignes directrices. J'ai vérifié, il n'y a rien de monnayable ou de confidentiel chez Victoria. Même ses secrets, elle devait les confier qu'à son journal intime, dont vous êtes à présent l'heureux propriétaire, car il n'y a rien qui concernerait sa vie privée.

— Pourtant, Louis n'a pas hésité à pousser son ami à enfreindre la loi ? C'était risqué. L'enjeu était donc important à ses yeux, non ?

— Pas forcément. Henri a reconnu que c'était un passe-temps très excitant pour lui et son frère spirituel. Ils ont déjà visité des dizaines d'appartements et de maisons pour s'amuser ou récolter des informations.

— Sans jamais se faire coincer ?

— Jamais. Apparemment, Louis est un as en la matière. Henri n'est qu'un suiveur.

—… Peut-être que Victoria n'est plus en mesure de parler ?

— Dans ce cas de figure, le réflexe est généralement de brouiller les pistes et de couper les fils qui nous relieraient à la personne morte ou blessée au point d'avoir perdu l'usage de la parole. En l'espèce, il y a une enquête judiciaire en cours. Les policiers sont passés inspecter l'appartement de Victoria aujourd'hui, dans la journée. Henri a dû décaler son intrusion à cette nuit afin d'éviter de se retrouver face à face avec eux. Si Louis connaissait Victoria avant la croisière et qu'il voulait effacer des preuves, il n'aurait pas attendu aussi longtemps et aurait envoyé quelqu'un de plus expérimenté qu'Henri. Photographier « tout ce qui est intéressant ». L'imprécision de la demande démontre que Louis n'avait pas de but précis, mais entendait plutôt satisfaire une curiosité. Je pense qu'attenter à l'intimité de quelqu'un lui procure une forme de jouissance. Il ne vole pas, il ne détruit pas, mais il acquiert une sensation de puissance et de contrôle en violant un espace interdit d'accès.

— Et les photos de Victoria en compagnie d'hommes ? De quoi s'agit-il ?

— De ses amis et de ses petits copains de l'adolescence à nos jours.

— Vous avez une opinion là-dessus ?

— Je suppose qu'Henri a pris ces clichés pour permettre à Louis d'évaluer la concurrence.

— Louis visait peut-être à atteindre un homme en enlevant Victoria ?

— Sans s'être préalablement assuré d'un lien entre sa cible et Victoria ? Il est intelligent, il aurait pris des précautions et aurait visité l'appartement de Victoria avant d'agir.

— Très juste. Et il est où cet Henri, maintenant ? À la police ?

— Oh, Alexandre, vous vous doutez bien que non. Il ne m'a pas confessé tout cela pour mes beaux yeux. Nous avons eu une discussion d'homme à homme et présentement…

— Vous l'avez brutalisé ?

— Brutalisé ? Quel vilain mot. J'ai employé quelques techniques d'intimidation. Vous ne m'avez pas engagé pour ma tendresse, n'est-ce pas ? Le petit est un trouillard, il a tout déballé avant même d'avoir eu une égratignure. J'ai les coordonnées de l'île où Louis et Victoria font leur « immersion totale dans la nature » ainsi que d'un îlot considéré par Louis comme un « refuge de dépannage ». Vous notez ?

— Oui. Espérons que Louis n'ait pas menti à son frère spirituel.

Sasha sortit son portable et enregistra les informations.

— C'est assez loin des Iles Vierges… Attendez ! Louis communique avec son ami par téléphone ? ! Depuis une île inhabitée ?

— Je présume qu'il s'agit d'une propriété privée et que celle-ci a quelques commodités comme une liaison satellitaire, par exemple.

— Dans ce cas, Henri pourrait prévenir Louis de mon arrivée…

— Le petit dort d'un sommeil profond et ne se réveillera que lorsque je l'aurai décidé. En période estivale, les gens s'inquiètent moins des absences prolongées

—… Je me mets en route.

— Pas si vite. Je sais que vous êtes un navigateur aguerri, mais vous n'êtes pas un détective. Il vous faudra agir avec prudence. La finalité n'est pas de secourir une demoiselle en détresse, mais de récolter des preuves de sa présence à un endroit X. Il n'est pas exclu que Louis soit armé ou ait des complices. Même si vous apercevez des traces de violence sur Victoria, restez à l'écart. Si elle a réellement besoin d'aide, vous ne l'aiderez efficacement qu'en alertant la police. Et pour cela, vous devez revenir sain et sauf.

— L'inspecteur chargé de l'enquête exigera inéluctablement que je dévoile ma source. Que lui dis-je ?

— Ne parlez ni de moi, ni d'Henri sous aucun prétexte. Officiellement, vous vous êtes souvenu de quelques phrases de Louis prononcées dans son portable au cours de la croisière. Il s'agissait des coordonnées GPS que l'interlocuteur de Louis lui dictait et que Louis répétait tout en les notant sur un papier. Ces mots entendus par hasard n'ont émergé de votre mémoire inconsciente que cette nuit et vous vous êtes déplacé sur les lieux par acquit de conscience, sans espérer quoi que ce soit. Et vous avez eu de la chance. La chance, le hasard et la mémoire inconsciente ne sont pas des éléments factuels et sont donc difficiles à contester. Par conséquent, même si les flics avaient des doutes sur votre explication, ils auront du mal à vous amener à vous contredire.

— D'accord. Si je parviens à filmer Victoria, je téléphonerai à l'inspecteur Waks et je lui raconterai cette histoire. Je lui transmettrai les vidéos et les coordonnées de l'île.

— Ensuite, sans tarder, faites un compte rendu à Serguei qui me tiendra informé. Je m'arrangerai pour qu'Henri n'ait pas le temps de prévenir son frangin spirituel.

— OK.

— Maintenant, je vais vous donner quelques conseils pratiques concernant votre expédition. Laissez, de préférence, votre bateau suffisamment loin de l'île et approchez-vous à la nage. Une combinaison de plongée serait bienvenue. Munissez-vous également d'un sac imperméable pour transporter un appareil photo-caméra, une lampe torche, des allumettes, un briquet, une trousse de premiers secours, quelques barres de céréales, une bouteille d'eau. Idéalement, l'exploration de l'île devrait se dérouler aux prémices de l'aube. Si l'île est vraiment inhabitée, il n'y aura aucun éclairage la nuit et vous vous ferez vite repérer avec votre lampe torche. En premier lieu, cherchez un « campement ». Selon Henri, il y a au moins une tente. Je penche pour un emplacement à l'abri du vent, c'est-à-dire sous les arbres, et proche de la mer. Si vous localisez Victoria, vous la filmez elle, son habitat et son « compagnon ».

— Noté.

— Ah oui ! Effacez de votre portable tout ce qui vous relie à Victoria. Son numéro, les photos d'elle, son carnet… Et, très important, avant de pénétrer sur l'île, assurez-vous que votre GPS ne garde aucune trace des coordonnées et du trajet effectué depuis les Iles Vierges.

— Et si je ne retrouve pas Victoria ?

— On avisera. Henri n'est pas l'unique ami de Louis. Préparez méticuleusement votre voyage.

— Merci.

Le détective raccrocha.

Sasha retourna à l'hôtel où il avait loué une chambre en fin d'après-midi et inspecta ses affaires. Il n'avait pas de tenue de plongée. Sa lampe torche était miniature, mais c'était mieux que rien. Son téléphone portable remplirait très bien le rôle de l'appareil photo-caméra. Ces objets avaient le mérite de rentrer dans sa trousse imperméable qui s'attachait au poignet en cas de besoin. Il fourra le reste dans un sac et quitta l'hôtel.

Avant de regagner son bateau dans la marina, il fit quelques provisions dans une supérette ouverte la nuit.

Sa montre indiquait minuit moins le quart. Il entra les coordonnées GPS dans son navigateur de bord et appareilla. Un trajet nocturne d'environ huit heures l'attendait. Il arriverait à destination lorsque le soleil serait levé et devrait explorer l'île en plein jour. Au fond, cela lui était égal. Guéna avait sûrement exagéré la dangerosité de l'expédition. C'était son rôle de consultant que de l'inciter à la prudence. Sasha, quant à lui, considérait que le risque d'aller « secourir » une femme qui n'en avait peut-être pas besoin était déjà suffisamment inconfortable pour son amour-propre. Il n'allait pas, en plus, trembler devant la perspective d'affronter un gamin de vingt-deux ans.

Samedi 29 juin, matin, Victoria

Les prémices de l'aube apparurent enfin. L'espace se remplissait doucement de lumière, laissant la flore et la faune s'étirer et bâiller à leur guise. Victoria rampa hors de sa tente. Louis était encore dans les bras de Morphée. Elle ramassa un couteau, quelques feuilles de papier, un crayon et quitta le campement à pas feutrés.

Elle sortit sur le sentier principal et prit la direction de la propriété. Une rencontre avec le gardien ne l'effrayait plus. La vénalité sans artifice de cet homme avait dispersé la brume de mystère initial. Sa complicité intéressée avec un gamin fortuné discréditait son autorité. Du statut de terrible Dracula, personnage mythique, il avait dégringolé à la miteuse condition d'imposture, de sosie joué par un acteur raté. Et ce Dracula fictif essayerait certainement de l'éviter dans la mesure du possible. Pas tant parce qu'il redoutait une nouvelle offense pour ses tympans, mais parce qu'il n'avait rien à lui dire après son spectacle de la veille. Une mise en garde du genre : « Ah ! Vous êtes encore là, vilaine Cendrillon des mers ! Débarrassez-moi le plancher ! » serait ridicule.

Néanmoins, le gardien était au cœur du projet d'évasion de Victoria. Connaître ses horaires et ses habitudes était primordial pour réussir à voler ses clefs et son bateau. Son « invisibilité » compliquait la surveillance de ses allées et venues.

Brusquement un clic retentit au-dessus de Victoria, elle tressaillit et leva la tête. La feuillée verdoyante semblait receler des secrets, ceux de la vie de son microcosme particulier. En contemplant ce mur vivant de chlorophylle, Victoria prit conscience qu'une étrange mutation s'était opérée en elle au cours de sa nuit blanche. Le couteau dans sa main n'était plus un objet symboliquement rassurant, mais une arme. Elle était prête à planter la lame, geste inenvisageable auparavant. Était-ce dû à son humeur de guerrière, mais la lancinante plainte de son élongation s'était également tue. Son cerveau avait décrété l'état de crise et relevé au maximum sa résistance à la douleur. En revanche, la saleté et le manque d'hygiène la dégoûtaient toujours autant. Un détour par le ruisseau s'imposait.

À la lueur de l'aurore, la clairière était sereine et reposée. Victoria se déshabilla, se plaça sous les jets d'eau glacée et baissa les paupières. Sa chair se tendit au contact du froid. Elle demeura figée pendant quelques instants, écoutant son cœur battre sourdement. Ses yeux s'ouvrirent par réflexe.

À quelques mètres d'elle, les branches d'un arbre s'agitaient alors qu'il n'y avait pas de vent. Un rire nerveux s'échappa de ses lèvres. Le gardien n'avait rien à lui dire, mais il ne comptait pas vraiment l'éviter. Victoria se vêtit en toute hâte et s'assit sur l'herbe espérant lasser le voyeur par sa posture immobile.

Il s'écoula un long moment. Le soleil se leva, inondant la chute d'eau de ses rayons. Victoria se promena dans la clairière, scrutant la végétation. L'homme semblait avoir déserté les lieux. Elle attendit encore quelques minutes, debout.

L'objectif de la journée consistait à dénicher une planque adéquate pour observer les déplacements du gardien sans se faire repérer par la vidéosurveillance. L'orée de la forêt et de la plage paraissait être le lieu idéal offrant une vue sur le débarcadère et le bateau ainsi que sur l'accès au jardin bordant la façade de la propriété. Il fallait en outre trouver le moyen d'approcher cette planque en toute discrétion.

Victoria se remit en route, inspectant les alentours. Elle voulait profiter autant que possible du confort du sentier principal, avant que les sentinelles vidéo fixées sur l'enceinte arrière du domaine ne l'obligent à s'enfoncer dans le fouillis végétal.

En apercevant le toit de la maison, elle s'arrêta et vérifia une énième fois que personne n'était à ses trousses, ni le gardien, ni son ravisseur. L'absence de bruits bizarres la conforta définitivement dans l'idée de ne pas être épiée. Elle pénétra dans la forêt et prit la direction de la côte est.

L'ouest de l'île, visité la veille, était cerné de falaises et de broussailles. Victoria espérait que le rivage soit plus accueillant et lui permette d'atteindre son but en catimini.

Elle se fraya un chemin dans la nature peu coutumière des bipèdes. Sa première découverte fut une sente bien tassée par les pas qui serpentait vers le flanc gauche de la propriété. L'existence de cette voie de circulation oblique expliquait les apparitions, si soudaines, de Dracula près de la chute d'eau. Elle traversa le chemin, le laissant derrière son dos, et poursuivit son trajet.

L'azur marin miroitait déjà au travers des ramures, Victoria se figea d'un coup, le cœur battant à toute allure. La végétation se terminait abruptement au bord d'une falaise dont le relief dentelé constituait un redoutable piège. À sa gauche et à sa droite, la terre recouverte de forêt empiétait sur la mer tandis qu'un interstice dans la roche ouvrait un précipice à ses pieds. Quelques pas de plus et elle aurait péri en se brisant les os.

Des milliers de pensées affluèrent vers son cerveau. Louis ne l'avait pas avertie du danger. Sa survie durant l'Expérience n'était pas garantie, l'essentiel étant de participer… Elle expira bruyamment et recula enfin. Le frôlement de la mort n'avait pas, hélas, ce goût vertigineux décrit par les aventuriers. C'était la triste conscience de son insignifiance, de la cristallisation de sa vie dans ce que les optimistes appellent l'Éternité et les pessimistes, l'oubli.

Cependant, Victoria ne s'attarda pas sur l'amertume de la condition humaine et se mit à chercher une pente plus clémente. Après avoir erré une bonne demi-heure, elle remarqua un vieil escalier en métal, étroit et rudimentaire, qui plongeait directement dans la mer. Ses yeux se levèrent instinctivement, fouillant la feuillée du regard pour débusquer les caméras. Il n'y en avait pas et elle entama sa descente s'évertuant à ne pas déraper sur les barres rouillées qui servaient de marches.

Arrivée en bas, elle traversa, en équilibre fragile, un dédale d'excroissances rocheuses qui pointaient à peine hors de l'eau. En fin de ce parcours périlleux, elle s'immergea doucement dans la transparence azur et nagea sur le dos afin d'apprécier les falaises gris verdâtre dans leur ensemble. La masse imposante et dangereuse ne lui inspira que de la tristesse. Il aurait été plus intelligent et plus discret de partir à la nage directement depuis la crique jusqu'au sud de l'île. Sauf que sa fichue phobie des requins la limitait dans ses moyens.

Mécontente d'elle-même et de sa faille, Victoria cessa de scruter l'escarpement et se mut en brassant rapidement la densité marine. Son couteau la gênait, le papier et le crayon coincés dans son bustier furent mouillés. Le soleil l'aveuglait, l'obligeant à plisser les yeux et à battre frénétiquement des paupières.

La bande de sable blanc apparut enfin comme une délivrance. Elle sortit de l'eau et continua sa progression en marchant à l'ombre des arbres qui bordaient la plage. Au loin se découpaient le débarcadère et une partie du jardin qui protégeait la façade de la propriété, mais, au grand dam de Victoria, le magnifique bateau blanc aux stries bleu nuit était absent du paysage. Déçue d'avoir raté le départ du gardien, elle ralentit. Assister à la procédure d'appareillage était primordial pour son projet d'évasion. Repérer les clefs, les gestes à effectuer pour enlever l'amarre et démarrer l'engin.

Toutefois, sa matinée n'avait pas été complètement inutile puisqu'elle avait expérimenté avec succès une approche de la demeure par la côte est. À présent, il fallait choisir un emplacement adéquat pour son futur poste d'observation des allées et venues de Dracula. Cette quête l'absorba tout entière.

Elle avança accroupie entre les arbres et les plantes, réduisant au fur et à mesure la distance qui la séparait de son objectif. À force de s'obstiner, elle finit par tomber sur l'endroit rêvé : un arbuste et deux arbrisseaux accolés, situés à la lisière de la forêt et de la plage, à environ deux cents mètres du débarcadère. En s'y tapissant en position latérale, Victoria avait également un angle de vue sur les allées du jardin. Elle les contempla d'un œil distrait et songea au téléphone enfermé dans la demeure. La tentation de profiter de l'absence du gardien pour essayer d'y pénétrer fut trop forte. Après tout, Louis lui avait fabriqué une réputation de femme « fantaisiste et lunatique qui risquait d'inventer des choses saugrenues ou extravagantes ». Le temps était venu de jouer ce joker.

L'imagination de Victoria s'emballa, elle se figura en train de grimper à un arbre poussant à proximité de l'enceinte, passer de l'autre côté, courir vers la maison, casser le carreau d'une vitre, s'introduire à l'intérieur et téléphoner... Et même si cela ne fonctionnait pas, peut-être que Dracula serait excédé par ses frasques et exigerait que Louis la renvoie à Paris.

Elle se mut à quatre pattes, s'éloignant de sa cachette dont elle ne voulait surtout pas trahir l'emplacement. À son retour, le gardien visionnerait inévitablement les enregistrements de la journée et serait surpris de la voir se matérialiser tout à coup devant les caméras du jardin. Les bandes-vidéo des divers accès au domaine ne le renseigneraient pas sur le chemin emprunté par la Cendrillon des mers, du moins Victoria l'espérait.

Quoi qu'il en soit, l'homme ne la croyait pas victime d'enlèvement. Dans son esprit, elle n'avait qu'à demander à Louis pour retourner à Paris, elle n'avait pas besoin de « s'évader ». Il considérerait probablement que Victoria jouait à cache-cache avec la vidéosurveillance par amusement ou par provocation.

Après avoir martyrisé ses genoux sur plusieurs centaines de mètres, Victoria se redressa et émergea de la forêt. À peine eut-elle fait quelques pas vers le jardin qu'une alarme assourdissante retentit. Elle sursauta planquant ses mains sur ses oreilles. La sirène était entrecoupée d'une voix masculine qui déclamait en anglais : « Vous avez violé le territoire d'une propriété privée. Vous êtes sommé de quitter cette île immédiatement, dans le cas contraire, vous vous exposez à des poursuites pénales. L'alerte de votre présence a déjà été donnée ». Des voyants rouges clignotaient à côté de toutes les caméras.

Victoria faillit se réjouir en apprenant que « l'alerte de sa présence avait déjà été donnée », mais son enthousiasme retomba aussitôt. Il y avait peu d'espoir que l'alarme soit reliée à un poste de police. Compte tenu des distances géographiques à parcourir, cela paraissait même superflu. Les voleurs avaient largement le temps de dévaliser la propriété et de s'en aller, sans hâte, bien avant l'arrivée de policiers.

La voix désagréable continuait à seriner le même message en anglais, espagnol, en portugais et dans une autre langue. Mais Victoria n'avait pas envie de se rendre, de s'enfuir comme une gazelle craintive, régalant le gardien de sa peur. Ses tympans s'habituèrent au vacarme stressant, son rythme cardiaque cessa de galoper. Elle fit le tour de la muraille encerclant la demeure, examinant du regard la solidité de tous les arbres susceptibles de lui servir de passerelle.

Était-ce dû à la malchance ou à la prévoyance des propriétaires, mais aucun tronc n'était à la fois suffisamment proche, haut et résistant pour espérer atteindre par son biais le sommet de la construction de pierre. Seul, un palmier poussant à cinq mètres de la forteresse était susceptible de lui offrir une vue sur l'intérieur de la propriété. C'était mieux que rien. Elle s'apprêtait à grimper lorsque l'alarme s'arrêta…

Victoria se figea. Se pouvait-il que Dracula soit déjà revenu sur l'île et ait coupé l'alarme… ? Elle attendit un long moment. Cependant, le maître des lieux tardait à se manifester. Perdant patience, Victoria revint vers l'avant de la maison et salua les caméras du portail avec les mains. Personne ne répondit à ses salutations, elle se dirigea vers le débarcadère. Le bateau manquait toujours à l'appel. Victoria en conclut que le système s'était débranché automatiquement.

Quelque peu désorientée, elle retourna sur ses pas et se mit à grimper en calant ses pieds sur le tronc et en agrippant l'arbre avec ses bras. D'en bas, elle devait ressembler à un singe. Sauf que, contrairement à un primate, son épiderme supportait difficilement le contact de l'écorce. Tous ses membres tremblotaient, se contractant dans un effort inhabituel. Son ventre gargouillait plaintivement, réclamant sa dose de nourriture.

Malgré tout, Victoria parvint à se hisser à la hauteur nécessaire, se cramponna fermement et tourna la tête vers l'objet convoité.

...Des piques en métal et des tessons de bouteilles étaient plantés sur le sommet, assez épais, du mur de pierre. Les pelouses et les petits chemins ombragés de la propriété étaient zébrés de dizaines de faisceaux de lumière rouge. Leur capacité de nuisance était probablement nulle, mais la couleur sang produisait son effet, ravivant le souvenir de scènes de films où des rayons de lasers découpaient en morceaux réguliers la chair humaine qui se délitait au ralenti... Des images horrifiques, teintées d'hémoglobine, que le dispositif était censé éveiller. Victoria eut du mal à s'en détacher, ses prunelles cherchaient inconsciemment des cadavres déchiquetés d'oiseaux et de petits rongeurs... Des stores métalliques baissés sur les fenêtres complétaient l'arsenal de dissuasion. Il fallait, hélas, renoncer une bonne fois pour toutes à appeler les secours et se concentrer sur la subtilisation du bateau.

Victoria entama la descente de l'arbre. Ne maîtrisant plus son corps, elle ne put s'empêcher de glisser, se brûlant la peau et se cognant la tête en choyant à terre. La chute et le manque de glucides dans ses veines lui donnèrent le tournis. Le bon sens commandait de revenir à la crique. Son ravisseur était probablement en train de déjeuner. Toutefois, rien que l'idée de voir son visage, de l'entendre dire « Blonde Prada » ou « Blondie » amplifiait son envie de vomir. En temps normal, Victoria se moquait d'être traitée de Blonde et compagnie, c'était de la taquinerie sans importance. Mais, le gamin le disait sans humour et sans mépris. Il exprimait ainsi son désir, il se projetait. Ces mots étaient les véhicules de ses illusions, les navires qui transportaient les mensonges rêveurs qu'il se racontait.

Victoria demeura un temps prostrée dans le vide, méditant ses rapports étranges avec Louis, puis choisit la feuille de papier la plus sèche, chauffa un peu la mine du crayon et déversa son blues sur la page blanche :

« Blonde Lada Blues »
« Mais d'où vous vient ce joli blond ?
Me demandait le pauvre con
« Ça ferait classe dans mon salon »
S'extasiait le pauvre con

« Votre teint blanc est si excitant ! »,
Le pauvre con voit la vie en grand
« Vos yeux bleus sont très mignons »
Preuves romantiques de son pognon

Drôle de méprise sur mon apparat !
Me voilà parée en Blonde Prada !
Rien d'étonnant à cette vue d'esprit
Pour ceux qui ne jugent que l'étui...

Mais quand les douze coups de minuit,
Figent les traits de la nuit
S'évanouit le spectre de la Blonde Prada,
Je redeviens une Blonde Lada

Dadada dadada dadada

Qui rêve d'un gars viril,
Sevré au miel et à la vodka !
Dadada dadada dadada
Dadada dadada dadada

Samedi 29 juin, matin, Sasha

Sasha aperçut le nord de l'île vers huit heures du matin. De petites falaises gris verdâtre se découpaient dans ses jumelles. Il y avait un endroit où la roche empiétait sur la mer, formant une anse plus élevée que l'ensemble. On aurait dit qu'un géant avait placé ses bras devant lui en entrelaçant les doigts de ses deux mains. L'étroit passage entre les phalanges du géant menait certainement vers une crique intérieure. Un lieu idéal pour se baigner. Sasha jugea prudent de ne pas y accoster.

Il fit le tour de l'île, étudiant les rivages de loin, avec ses jumelles. Le relief abrupt de la côte ouest paraissait inaccessible. Le sud était, au contraire, doté d'une magnifique plage de sable blanc et d'un débarcadère complètement vide. Cependant, aucune bâtisse ne se profilait entre les arbres. Louis devait réellement apprécier le camping.

Finalement, Sasha jeta l'ancre près de la côte est à une vingtaine de mètres d'un escalier rouillé. Les étroites barres métalliques servant de marches commençaient dans l'eau et permettaient de grimper au sommet de l'escarpement. Il prit sa trousse imperméable contenant toutes les affaires nécessaires à son expédition et s'approcha de l'escalier par un dédale d'excroissances rocheuses qui pointaient de la mer.

Usant de la force de ses bras pour agripper les barres trop fines pour y poser correctement les pieds, Sasha ressentit toute la fatigue d'une nuit blanche et d'un long trajet. Étrangement, ce constat le rassura. Depuis la disparition de Victoria, son corps ne lui envoyait plus aucun signal, comme si sa chair avait disparu elle aussi, partie à la recherche de l'érotisme de l'Aurore Boréale.

Arrivé en haut, Sasha se retrouva dans une forêt densément boisée et qui n'offrait pas de perspective à plus de quelques mètres. Il tendit l'oreille, tâchant de se familiariser avec les bruits naturels de la flore et de la faune, puis avança doucement droit devant lui, écartant la végétation et déjouant les pièges des toiles d'araignée. Son portable était en mode caméra, prêt à filmer.

Au bout de dix minutes de marche, Sasha déboucha sur une sente qui, selon ses pronostics, descendait vers la jolie plage de sable blanc et son débarcadère. Guéna avait parlé d'un campement à l'abri du vent, mais proche de la mer. S'il avait été à la place de Louis, Sasha aurait élu domicile dans cette partie très accueillante de l'île. C'était le rivage le plus accessible et le plus facile à explorer. Sa végétation luxuriante offrait de nombreuses cachettes. Sasha s'engagea sur le petit chemin, décidant de commencer par ce qui était facile pour ne pas perdre inutilement du temps et de l'énergie.

À peine, avait-il effectué quelques pas, qu'un sifflement sur sa gauche l'obligea à se figer. Surpris, il scruta les ramures pour démasquer le serpent. Un bruit sourd et une vive douleur à la nuque furent les dernières choses que son cerveau imprima.

… Le soleil filtrait au travers une grande fenêtre-lune dont les vitres ressemblaient à la surface de l'eau vue depuis les profondeurs. Une ancre luisante était suspendue au plafond voûté et scintillant. Sasha était couché sur un canapé blanc qui dessinait un demi-cercle autour d'une table basse en forme de poulpe gris irisé. Sa tête gardait encore le souvenir du coup que quelqu'un lui avait asséné. Une frappe méthodique, paramétrée pour assommer sans blesser. Il se redressa et contempla la pièce. L'impression de s'être échoué au royaume de Neptune le saisit instantanément. Un royaume onirique et onéreux… Guéna avait eu raison de l'inciter à la prudence. Louis n'était, à l'évidence, pas l'unique résident de l'île.

Une porte s'ouvrit. Un homme de courte stature, à la musculature sèche, au maintien droit et brin théâtral, entra, un plateau-repas dans les mains. Ses yeux foncés ne reflétaient aucune émotion. Un regard neutre, presque stérile. Il posa sa charge et resta mutique face à Sasha, souhaitant certainement que celui-ci parle en premier.

— C'est vous qui m'avez cogné ?

— Je vous ai neutralisé, précisa l'inconnu.

— Dans les règles de l'art, le complimenta Sasha, où suis-je ?

— À votre avis ?

— Je me suis égaré cette nuit et, en apercevant cette île au matin, j'ai accosté pour dormir à l'ombre. Je ne me sentais pas en état de continuer, je manquais cruellement de sommeil.

— Votre vœu a été exaucé, vous avez dormi à l'ombre durant six heures. Il est temps de vous réveiller et d'arrêter de mentir.

— C'est la stricte vérité. J'ai loué un bateau aux Iles Vierges…

— Je sais, Monsieur Darov où vous avez loué votre bateau et d'où vous venez. On m'a confirmé votre identité.

Ce que j'ignore, en revanche, c'est ce que vous fabriquez sur le territoire d'une propriété privée.

— J'étais fatigué, je vous dis. Je ne suis pas un voleur. Cette île semblait abandonnée. Je m'étais figuré qu'un petit somme au frais ne dérangerait personne.

Sasha remarqua un pistolet à la ceinture de son hôte et remercia mentalement Guéna de lui avoir conseillé d'effacer les coordonnées de l'île de son GPS avant de débarquer. Son sympathique garde avait dû passer ses affaires au peigne fin. Sans parler du mystérieux « on » qui lui avait confirmé son identité. Il valait mieux éviter de manifester un quelconque intérêt pour l'endroit où il avait atterri pour dormir.

— Écoutez, je suis désolé de vous avoir causé des soucis. Je ne cherche pas d'embrouilles, je suis en vacances. Je me suis disputé avec ma copine hier, j'ai beaucoup bu. Je n'aurais pas dû naviguer dans un tel état. Sasha s'aperçut soudain que la bibliothèque au fond du salon contenait des livres en russe. Son interlocuteur s'exprimait en anglais avec aisance, mais ce n'était pas sa langue maternelle.

— Vous parlez russe ?

L'homme le toisa avec mépris.

— Vous avez des livres en russe, justifia sa question Sasha.

— Restaurez-vous et prenez ce comprimé avant de reprendre la mer. Un long trajet vous attend.

Sasha n'insista pas, mangea rapidement le repas proposé, avala le cachet d'ibuprofène et se leva en silence. Son garde l'escorta jusqu'au débarcadère où il avait déplacé son bateau, lui restitua ses papiers, ses clefs, son portefeuille et son portable.

Retenant son souffle, Sasha vérifia l'historique de ses appels. Les précautions de Guéna concernant leurs communications téléphoniques n'étaient pas « des trucs de détective pour impressionner son client », comme il les avait considérées jusqu'à présent. Grâce aux instructions insistantes de son consultant, Sasha avait fini par effacer de son smartphone tout ce qui le reliait à Victoria. Raison pour laquelle le type armé, à la mine placide, ignorait le but véritable de sa visite. La réalité du danger s'imposa à Sasha avec acuité pour la première fois depuis le début de ses investigations.

Il appareilla sous le regard vigilant de son hôte. Et, tandis qu'il quittait l'île, une embarcation avec plusieurs hommes à bord se dirigeait vers le ponton.

Il était trois heures de l'après-midi. Le trajet de jour s'annonçait moins long et fatigant que de nuit. Sasha pourrait être de retour à Virgin Gorda vers neuf heures du soir. Il avait hâte de soumettre les nouvelles informations à Guéna afin qu'il réinterroge Henri. Le petit n'allait pas tarder à craquer. Cela faisait plus de vingt-quatre heures qu'il était otage. Sasha venait d'expérimenter cette condition et s'en voulait terriblement d'infliger ça à quelqu'un d'autre. Hélas, le frère spirituel de Louis était son unique source.

Au fur et à mesure que Sasha s'éloignait de l'île, sa frustration augmentait. Il avait été si proche du but, de la fin de l'incertitude qui ne le laissait pas en paix. Sauf qu'il repartait bredouille, sans preuves et avec un supplément de questions sans réponses : Victoria était-elle sur cette île ? Si oui, habitait-elle cette luxueuse villa ? Et si oui, était-ce de son plein gré ? Et si non, comment en obtenir la confirmation ? Et pourquoi Henri avait-il parlé d'une « immersion dans la nature » tandis qu'une superbe maison appartenant à des compatriotes de Victoria était susceptible de l'abriter ?

Retenter une expédition sur l'île de suite était contre-productif car trop risqué. Le gardien armé allait sûrement demeurer sur le qui-vive après l'intrusion de ce matin. Et compte tenu de la rapidité avec laquelle il avait neutralisé Sasha, il valait mieux temporiser.

En revanche, Sasha effectua une rapide escale sur l'îlot de « dépannage » indiqué par Henri et ne trouva qu'un pan de terre minuscule, cerné par la mer et complètement inhabitable. Oui, il était urgent de s'entretenir avec le détective.

Chapitre XI : LES GENOUX SERRÉS

Samedi 29 juin, après-midi, Victoria

… Victoria se réveilla en sursaut et jeta des regards inquiets autour d'elle. Sa joue gardait l'empreinte d'une caresse. Elle passa le doigt dans son sillon comme pour l'effacer. Sa mémoire se souvenait vaguement des péripéties matinales.

— Louis ! sa voix atone sonna comme un murmure, Louis, montre-toi !

Victoria pivota la tête dans toutes les directions. La sensation d'une présence était trop vive. Elle contempla le couteau, la feuille blanche et le crayon posés à côté. Le texte écrit avant sa sieste impromptue avait disparu !

— Sale petit voleur ! Sors, je sais que tu es là !

Victoria se leva, furieuse. Elle avait l'impression d'être observée, comme pendant le sournois « cache-cache » de Dracula dans la forêt. Elle se rua vers le ponton et constata, horrifiée, que le bateau manquait toujours à l'appel. Le souvenir des hurlements de la nuit resurgit dans son esprit et la transit comme une bise glaciale. L'absence du gardien amplifia son angoisse. Son départ était peut-être dû à des démêlées avec les visiteurs nocturnes… Lesquels n'avaient peut-être pas tous quitté l'île ou étaient revenus profitant de l'éloignement du maître des lieux.

Victoria se précipita vers le sentier principal. Elle crut entendre des pas derrière son dos et fit une volte-face, son couteau tendu en avant. Mais, personne ne la poursuivait bien que l'air fût saturé d'une menace invisible. Ses membres ankylosés refusaient d'obéir. Elle marchait en se retournant, perdait souvent l'équilibre, s'agriffait aux branches pour ne pas tomber. Une peur inexplicable oppressait ses poumons, éteignait son intellect, floutait sa vision, insufflant le chaos le plus absolu dans tout son être. Elle tressaillait au moindre bruit, se sentant en proie à des hallucinations auditives.

En arrivant au campement, elle s'effondra sur le lit de son ravisseur et s'enroula dans le sac de couchage pour étouffer ses sanglots. Le tissu absorba ses écoulements lacrymaux, le bruit familier de l'enclave de verdure lui fit recouvrer sa lucidité. Elle se releva et trébucha contre un livre jeté par terre. C'était « Suicide, mode d'emploi ». L'ouvrage était gondolé, Louis l'avait certainement jeté à l'eau la nuit de l'enlèvement. Elle tourna les premières pages et hoqueta de surprise. Il s'agissait d'un guide intitulé « Réussir mon potager ». La couverture morbide n'était, en réalité, qu'un protège-livre !

L'odeur de poisson détourna son attention. Une nuée d'insectes voltigeaient au-dessus des feuilles de bananier qui recouvraient le mets. Le gentleman-kidnappeur avait pensé à lui réserver un déjeuner à l'ombre. Elle chassa les bestioles et s'empara de la nourriture, la dévorant en une minute. Ses doigts se couvrirent d'un film gras qui empestait le poisson. Elle arracha sans vergogne quelques pages du livre afin de les essuyer.

Rassasiée, Victoria se dirigea prudemment vers la crique. Cette partie de l'île lui paraissait plus sûre, même si la peur lui noyait toujours les entrailles. Les falaises et le minuscule lac étaient déserts. Surprise, elle héla son ravisseur. Sans résultat. L'absence de ce dernier de la « zone autorisée » lui parut suspecte, elle rebroussa chemin vers le campement. En s'engouffrant dans l'oppressante clairière, elle remarqua un nouveau passage découpé dans la végétation. Il avait échappé à son attention jusque-là. Elle se faufila à l'intérieur et déboucha sur une parcelle de terre labourée, délimitée par une cloison en bois où s'affairait son ravisseur. C'était à l'évidence le fameux potager pour lequel Louis avait ramené son ouvrage. Visiblement de bonne humeur, il lui sourit.

— Qu'est-ce que tu en dis ?

— Tu aurais pu répondre à mes appels.

Louis haussa les épaules.

— Où est mon texte ?

— De quoi tu parles ?

Le jeune homme la jaugea de la tête aux pieds d'un regard réprobateur.

— Tu as l'air d'une rescapée de tsunami.

— Rends-moi « Blonde Lada Blues » !

— Blondie, la dernière fois que j'ai vu une Lada, c'était à Moscou, il y a cinq ans.

— Si ce n'est pas toi qui l'as volé alors il y a un intrus sur l'île. Dracula étant absent depuis le matin.

— Sonny est là, je l'ai vu faire sa ronde tout à l'heure.

— Et qui a pris son bateau ? !

— Aucune idée. Je ne lui ai pas parlé, il était loin.

— Tu es sûr que c'était Dracula ?

— Oui.

— Hum. C'est donc lui qui a coupé l'alarme…

— Quelle alarme ? !

— Celle qui protège la propriété. Oh ! Tu n'étais pas au courant ? Je croyais que ton complice te disait tout ?

— Comment l'as-tu déclenchée ?

Louis expulsa chaque syllabe de sa gorge tentant de contenir tant bien que mal son courroux.

— Je passais à côté de l'enceinte de la maison et brusquement, une voix se mit à déclamer en quatre langues « Vous venez de violer une propriété privée, vous êtes sommé de la quitter blablabla ». Il y avait des lumières rouges partout. C'était très stressant. Je suis même montée sur un arbre pour comprendre ce qui se passait..., Victoria servit sa version des faits pour atténuer l'effet du récit que son ravisseur allait entendre de la bouche du gardien.

— Tu n'arrêtes pas d'enfreindre les règles ! Je t'ai pourtant prévenue que le sud de l'île nous était IN-TER-DIT !

— Je n'ai pas réussi à fermer l'œil de la nuit, j'avais besoin de prendre l'air. Au moins, là-bas on voit l'horizon. Je deviens claustrophobe dans cette crique.

— Tant pis pour toi ! Sonny risque de sévir et de poser des pièges.

— Genre un truc qui me coupera la jambe en deux ?

— Genre un truc qui te fera mal aux fesses ! Ne viens pas pleurnicher s'il charge son fusil avec du sel et qu'il te tire dessus.

— S'il m'agresse, c'est parce que tu le lui auras demandé. C'est peut-être déjà au programme ? Oh, Pardon ! J'avais oublié que tu étais contre la violence. Quoique soudoyer un homme pour tirer sur sa prisonnière avec du sel, c'est plutôt pacifique, non ?

— J'ai payé Sonny pour camper dans cette partie de l'île. Au-delà du ruisseau, c'est défendu. Il a le droit de faire respecter le contrat comme bon lui semble.

— Épargne-moi tes mensonges ! Ton cher Sonny s'est rincé l'œil sur ma nudité quand je me lavais à la chute d'eau. Puis, il m'a caressé la joue pendant que je dormais dans son domaine prescrit. Il tire des avantages de mes « infractions », Victoria planta ses yeux dans ceux de

Louis, et toi, tu es fâché parce que tu n'as pas aimé ce que j'ai écrit sur toi et tu as piqué mon texte !

— OK. J'ai lu tes gribouillis, mais je ne les ai pas « piqués ». Et sincèrement, je me moque de ce que tu penses de moi.

— M'as-tu caressé la joue ?

— Non !

— Alors, c'est ce vicieux de Dracula.

— Ou une grosse araignée qui passait par là. Limite-toi au territoire autorisé et tout ira bien. As-tu mangé ? Le poisson risque de se gâter avec la chaleur.

— Oui. Quelle heure est-il ?

— Trois heures et demie.

— Déjà ? On va parler au pervers ?

— Pour quoi faire ?

— Pour le questionner sur les hurlements de cette nuit et lui dire qu'on m'a dérobé mon poème. J'étais couchée dans l'angle de vue d'une caméra, il doit avoir les images du voleur !

Victoria plaça ses mains sur les hanches, un sourire sarcastique aux lèvres.

— Zut ! J'avais totalement oublié ces cris bizarres ! J'irai le voir. Seul.

— Je fais partie de l'Expérience, cela me concerne.

— Bon, d'accord. Mais, tu m'attendras sagement devant la propriété. Je ne souhaite pas de nouveaux incidents. Compris ?

Elle hocha légèrement la tête. Louis alla se nettoyer les mains dans la mer et ils se mirent en route, marchant côte à côte.

Victoria observait le jeune homme d'un coin de l'œil. Jusqu'à cet instant, son cerveau n'avait enregistré que l'allure générale de son ravisseur. Le peu de temps qu'ils avaient passé ensemble ayant été dans l'obscurité.

Elle prit soudain conscience que la nature ne l'avait pas dépourvu de beauté. Sa silhouette était mince, élancée, à la musculature bien dessinée et nerveuse. Cependant, ses qualités physiques n'étaient nullement mises en valeur par sa personnalité. Il y avait chez Louis une crispation et une tension qui aplatissaient le relief de son caractère, le soumettant à une charge invisible, mais palpable. Victoria tenta de l'imaginer en société, et plus particulièrement, avec les femmes. Sans grand succès. Elle devinait que Louis s'était débarrassé de sa virginité comme d'un défaut encombrant, pour éviter les moqueries de ses copains, et qu'il ignorait tout des rapports humains.

En enlevant Victoria, il avait simplement suivi son instinct primitif d'appropriation. Son calcul n'était pas bête : trois longues années en sa seule compagnie lui garantissaient une relation avec sa prisonnière. Le temps éroderait la montagne d'incompréhension qui les séparait actuellement. La rudesse du quotidien, la solitude les rapprocheraient inévitablement. Victoria se demanda si elle serait assez forte pour y résister. Les premières années peut-être, mais vers la fin de l'Expérience, lorsque se poserait la délicate question de son retour à la civilisation, pourrait-elle dire « non » à son ravisseur…, ? Des scènes désolantes s'esquissèrent dans son imagination, elle grimaça, réprimant ses larmes.

— Qu'est-ce que tu as ?

Louis posa sa main sur son épaule droite. Elle se dégagea d'un mouvement emporté.

— Aïe, aïe, aïe ! Tu es couverte d'égratignures, d'entailles, d'ecchymoses. On dirait que tu as passé une semaine dans une machine à laver en mode essorage intensif. Si tu continues comme ça, tu n'auras bientôt plus de peau. Ton cycle du sommeil est déréglé, tes prises de repas sont trop irrégulières, tu te chagrines pour des broutilles. Tes nerfs ne sont pas en acier, tu sais ?

— Épargne-moi tes inquiétudes de bon prince !

— Je ne suis que comte. Déçue ? ironisa le jeune homme.

— Si tu avais vécu dans la rigidité de l'étiquette royale, j'aurais mieux compris ton besoin de fuir la civilisation.

— Donc déçue, conclut Louis, toutes les femmes rêvent d'épouser un prince.

— C'est tout ce que tu as trouvé pour expliquer ton impopularité ? Remarque, quand j'étais petite j'avais effectivement un faible pour le roi de la Pop, Sir Michael Jackson.

— Pff ! Menteuse !

— C'est la stricte vérité.

Il y eut un silence. Victoria tenta de distancer son compagnon de route, mais celui-ci s'adaptait avec habileté à la cadence irrégulière de sa démarche.

— Soit plus optimiste, reprit-il sur un ton enjoué. À ta place, n'importe qui aurait profité de ce paradis. Pourquoi ne pas t'installer à l'ombre, avec quelques feuilles de papier et un crayon, puisque tu aimes écrire ? Siroter du lait de coco face à la mer, aller nager, faire la course avec les poissons ? Moi, je me sens en osmose…

— Je n'ai pas envie de jouer avec les poissons que je vais manger. Le lait de coco m'écœure et je n'en bois qu'à défaut de meilleure offre. Le climat tropical m'insupporte, car je suis une fille du froid. La vie des gens du nord dans de telles contrées n'a été rendue possible que par le progrès technique. Crèmes solaires, lunettes protectrices, produits d'hygiène efficaces, sprays anti-insectes. Sans cette armure civilisée, je ne suis qu'une pauvre chose trop blanche et trop fragile face à une Mère Nature toute puissante. Et je n'éprouve que de la souffrance.

La mine de son ravisseur s'assombrit. Durant une fraction de seconde, il eut l'air d'un gamin malheureux. Cette expression infantile raviva dans la mémoire de Victoria le souvenir d'une phrase qui l'avait interpellée lors de leur premier dîner « Les vraies mères sentent quand leurs enfants sont en vie. » C'était un défi lancé à un destinataire inconnu, étant donné que les parents de Louis n'étaient plus de ce monde. Avait-il menti ? S'agissait-il d'une mort symbolique de ses géniteurs ?

Victoria imagina l'ambiance dans laquelle avait baigné le jeune Louis. Une famille où les émotions étaient sûrement considérées comme des manifestations de faiblesse. Une famille aux valeurs puritaines qui inculquait la culpabilité devant le plaisir et l'instantané. C'est pourquoi Louis était une corde raide, réglé comme une horloge, incapable de lâcher prise. Le désordre, l'insouciance et la langueur le rendaient nerveux. Les rares instants de communion avec l'extérieur qu'il s'autorisait se résumaient à la contemplation de la flore et de la faune. Ses semblables, en revanche, ne lui inspiraient que de l'hostilité.

Son besoin impérieux de travestir Victoria en « Blonde Prada » en était le parfait exemple. Ce format rétréci de la personnalité de sa prisonnière l'aidait à gérer les émotions et les pulsions qu'elle déclenchait chez lui. Le plaisir, le désir, l'incontrôlable, l'imprévisible, la somme de ce qui était implicitement interdit.

Victoria tenta de nouveau de se figurer le milieu dont Louis était originaire. Son entourage avait probablement tenté de s'adapter à la modernité en modifiant la forme de son puritanisme, le non-dit a dû céder la place au parler-cru. Sauf qu'en substance rien n'avait changé.

Victoria entendait presque le jeune homme et ses amis parler de la gent féminine et du sexe avec un détachement affecté et une grossièreté tranchante afin de dépouiller la chair de tout son mystère, de sa sensibilité, de ses peurs palpitantes et de sa grâce indicible. Dans cette profanation verbale, le « cul » se substituait au « sexe », glissant de devant à l'arrière pour mieux se reculer de la jouissance.

Et ce « cul » castré du sexe se collait sur les langues des jeunes gens leur offrant le loisir d'évoquer le dessous de la ceinture sans jamais vraiment s'y aventurer. Mais, en rentrant chez eux le soir, c'est d'une tout autre volupté dont ces garçons rêvaient. D'une volupté tendre, absolue, aux rythmes tantôt félins, tantôt affolants. Une volupté qui s'évanouissait sous la pâleur de l'aube laquelle éclairait chaque matin leur réalité orpheline de sensualité.

Victoria s'imagina à la place des jeunes filles que fréquentaient ces messieurs et une douloureuse boule se forma dans sa gorge. Ces frêles créatures faisaient les frais de ce puritanisme moderne. Leurs courbes étaient sans cesse scrutées, jugées, dénigrées, remodelées. On leur imposait le devoir d'être des filles bien, c'est-à-dire celles que l'on ne remarque pas trop. Et même les compliments qui façonnaient leur perception d'elles-mêmes étaient toujours doublés d'une contrainte : « Tu dois être belle parce que la société l'exige, mais attention cocotte, ne t'avise pas d'être sensuelle ! ». Et ces piques enrobées de douceur étaient encore plus dévastatrices que leur absence. Victoria avait maintes fois croisé les demoiselles qui avaient osé se rebeller contre une telle éducation. Leur révolte passait par un assassinat symbolique de « la fille bien ». Et ce crime consistait en une expression agressive de leur féminité, une garde-robe racoleuse et un langage de camionneur.

Victoria venait effectivement d'un milieu opposé à celui de Louis. Elle avait eu la chance d'être un fleuve sauvage, au cours aléatoire, ses parents n'étant intervenus que pour lui éviter des tournants un peu brusques et des rivages peu accueillants. Chez elle, la féminité ne « s'assumait » pas comme une responsabilité, la féminité « était », tout simplement, tel un état de grâce. Et c'était sûrement pour cette absence d'architecture coulée de béton que son ravisseur l'avait choisie.

Elle était son contraire, le contraire de la société dans laquelle il avait grandi. Il espérait probablement apprendre d'elle et lui apporter en échange une évolution intellectuelle…

Victoria se surprit à éprouver de la compassion envers Louis, comme le soir où il avait lu Suicide – mode d'emploi, seul, au milieu de l'euphorie collective. Le soir où son empathie avait fini par convaincre son kid-nap-peur qu'elle était celle qui l'aiderait à retrouver le paradis perdu.

Victoria étudia de nouveau Louis en catimini. Il marchait silencieux, d'un pas décidé, sa mine arborait son expression favorite : une extrême concentration avec une pointe de dédain. Cet air hautain était sa défense, Louis se sentait donc agressé par ses propres démons. Victoria eut envie de vérifier la justesse de son analyse.

— Louis…

— Quoi ?

— Parle-moi de toi, de tes amis, de ton enfance. Si on doit passer du temps ensemble, il faut qu'on apprenne à se connaître.

— Qu'est-ce que tu veux savoir ?

— Tu étais heureux à l'école ? Tu avais des copains, des copines ? Ou tu étais le vilain petit canard ?

— Je n'ai jamais été à l'école. Je suis surdoué, j'ai suivi un cursus spécial avec des professeurs qui venaient à la maison. J'ai eu mon BAC à quinze ans.

— J'ai eu le mien à seize, je ne suis pas une surdouée pour autant. Et je suis allée à l'école.

— Pas de chance. J'ai échappé à cette perte de temps, pas toi.

— Ce n'est pas une perte de temps. Les premiers flirts, les voyages avec sa classe, les sorties collectives au cinéma et au musée ont cette odeur particulière de l'enfance et de l'adolescence qui nous nourrit, qui nous forme.

— C'est justement « l'odeur collective » qui t'est si chère qui m'insupporte. C'est tellement niais et ça sent surtout les pieds, les boutons, la malbouffe et le chien mouillé.

— Ne me dis pas que tu n'as jamais fait de virées au cinéma avec tes potes ?

— Non, je préfère le home cinéma.

— Ah… Et tu as eu des flirts ?

— Oui, avec des femmes qui avaient une dizaine d'années de plus que moi. C'était plus « nourrissant et formateur ».

— Pas pour elles en tout cas, se taper un jeunot, franchement, ça sent le lait et les boutons.

Louis la fusilla du regard, mais se retint de répondre. Le silence s'instaura, Victoria le rompit.

— Pourquoi certaines personnes disent « cul » au lieu de « sexe » ?

Son ravisseur la dévisagea, interloqué.

— Pour quelle raison tu me demandes ça, là, maintenant ?

— Bah, parce que je suis blonde.

— N'importe quoi ! Qu'est-ce que tu manigances ?

La peur se lut dans les yeux du jeune homme. Celle de voir sa douce et gentille prisonnière prendre des initiatives, lui faire des avances, sortir les filets de la dépendance sexuelle et inverser le rapport de force.

— Relax. Je me posais la question depuis longtemps et comme je réfléchissais à la caresse de Dracula, laquelle était très déplacée… Cela m'était revenu et, toi, tu t'y connais mieux en français que moi…

Louis parut soulagé, même si quelques gouttes de méfiance s'étaient cristallisées au fond de ses iris bleus.

— C'est pour vulgariser le propos.

— « Vulgariser » pour montrer qu'on est un dur à cuire, hors de l'atteinte de l'émoi sexuel ?

— Je suppose… Qu'est-ce que cela a à voir avec Sonny ?

— À l'évidence, il est attiré par moi. Je m'inquiète.

— Ne lui réponds pas des inepties du genre « C'est parce que je suis blonde » et ne te lave pas tous les jours, c'est mauvais pour la peau.

— Toi, tu m'appelles Blondie et moi, je n'ai pas le droit d'en rire ?

— C'était pour rendre mon raisonnement plus accessible.

— Aaaah, tu vulgarisais ton propos…

— Tu comprends vite. Tu es la bonne personne pour réussir cette Expérience.

— Quand il s'agit de cul, tout le monde est la bonne personne !

Victoria asséna une tape dans le dos de Louis.

— Pff ! Petite conne !

Vexé, son ravisseur releva son menton expressif et ralentit pour marcher quelques mètres derrière, creusant autant que possible l'écart qui les séparait.

Ils débouchèrent sur la plage, la propriété n'était plus qu'à trois cents mètres. Des voix masculines parvinrent à leurs oreilles… L'adrénaline monta au cerveau de Victoria, elle partit comme une fusée, courant vers le jardin d'où provenait la discussion animée. Les éclats de rire progressaient en direction du débarcadère. Elle voulut crier pour signaler sa présence. Hélas, ses cordes vocales enraillées ne produisirent qu'une quinte de toux qui saccada sa respiration et ralentit sa vitesse. C'est alors que la terre se déroba sous ses pieds…

Victoria s'effondra, glissa quelques mètres sur le ventre, entraînée par l'élan de sa course. Son espace visuel se scinda en millions de particules blanches et scintillantes.

Elle ouvrit la bouche pour appeler à l'aide, mais, à ce même moment, Louis plaqua son visage dans le sable, la réduisant au silence.

Elle suffoqua, haleta, tâcha de recracher le sable qui cheminait vers ses poumons.

Une éternité plus tard, elle réussit à tourner la tête, que son ravisseur maintenait à terre par la pression de ses doigts métalliques. Elle avala une bouffée d'air et s'agita dans des convulsions frénétiques, expulsant de sa glotte une mélasse de salive grisâtre mouchetée de rouge.

Les premières inspirations d'oxygène ne lui apportèrent aucune délivrance, car la douleur arriva, par vagues, gagnant en intensité. Son corps se consumait sur le bûcher du sol chauffé par le soleil. Sa poitrine, son abdomen, ses cuisses, son visage et les paumes de ses mains brûlaient.

Soudain, la conscience d'une autre sensation encore plus violente, la secoua tout entière. La verge durcie de son ravisseur, son désir incontrôlé, bestial, les quelques coups de reins qu'il lui asséna instinctivement explorant l'entrée dans son vagin... Durant la chute, sa robe s'était relevée jusqu'aux aisselles et le bassin de Louis avait atterri directement sur ses fesses.

Les larmes jaillirent de ses yeux...

Le moteur d'un bateau fendit le silence. Ce son saisit Louis comme une décharge électrique. Il se crispa, resserrant encore plus l'étau de ses bras, et ne bougea plus.

Des minutes s'écoulaient dans le chaos immobile de l'étreinte forcée. Victoria eut l'impression que Louis s'était évanoui, et qu'il n'avait repris ses esprits uniquement parce qu'elle tentait de se libérer de son emprise. Bien qu'il fût couché sur elle, il la rejeta comme une braise incandescente. Victoria se balança sur le côté, vomissant les grains de sable qui entravaient son souffle. Sa lèvre fendue saignait profusément. Tout son corps n'était qu'un gigantesque spasme.

Louis restait muet. Elle tourna la tête et lorsque leurs regards se croisèrent, l'expression de sa rage hébétée la glaça. Il la haïssait, il la désirait et la haïssait encore plus férocement…

Elle essaya de se lever. Sans succès. Louis sortit de sa torpeur et se précipita pour l'aider.

— Je… je… je ne voulais pas, sa voix tremblante était pleine de reproches, je ne voulais pas te faire de mal ! Tu n'aurais pas dû courir ! C'est de ta faute…

Louis n'eut pas le temps d'esquiver sa main, elle tomba sur sa joue avec un léger sifflement, laissant une marque rouge. Rouge du sang de Victoria, rouge du sang qui affluait vers les pommettes du jeune homme. Sans lui offrir de répit, elle lui envoya une deuxième, puis une troisième gifle, toutes aussi bruyantes que la première.

… Victoria ne se souvenait plus depuis combien de temps elle était assise à côté du ruisseau. Ses blessures étaient nettoyées, sa robe séchait suspendue à une branche. Son esprit était étonnamment vide et serein.

Un craquement sourd se fit entendre derrière son dos. Elle ne prit pas la peine de se retourner. Ce son, celui du bris d'une matière végétale par une pression volontaire et rapide, elle le connaissait désormais par cœur. Il était très différent des bruits naturels produits par la forêt. Les distractions auditives qui accompagnaient Victoria dans ses déplacements sur l'île étaient l'œuvre du gardien qui se nourrissait de ses expressions apeurées. Elle n'avait d'autre moyen de défense que de l'ignorer. Bien qu'isolée de la civilisation, elle n'aurait jamais le luxe de la solitude. Il lui fallait donc apprendre à faire abstraction.

Quelque chose cliqua à trois mètres. Elle frémit, mais resta stoïque et ne bougea pas la tête. Un mouvement rompit des tiges de végétaux avec insistance. L'indifférence de Victoria énervait.

Une légère odeur de pourriture s'insinua dans ses narines. Ce relent lui était familier, le cadavre d'un animal devait se décomposer dans l'humidité de la clairière.

Les ombres du crépuscule enveloppèrent la forêt. L'heure tant redoutée arriva. Elle devait regagner le campement et affronter son presque violeur. La risée lui amena une énième portion de l'odeur putride.

Victoria, qui était assise en chien de fusil pour cacher les parties les plus intimes de son corps, se leva rapidement et alla récupérer sa robe. Le tissu était sec, mais en attrapant la bretelle, sa main s'englua dans une substance transparente et nauséabonde... C'était de la bave animale aux effluves pestilentiels. Elle se pétrifia, songeant avec horreur que l'animal qui avait réussi à lécher la bretelle de sa robe mesurait au moins un mètre cinquante de haut.

Une voix hystérique à l'intérieur d'elle lui enjoignit de se sauver tandis qu'une autre, tout aussi paniquée, lui rappela qu'apparaître devant son ravisseur en tenue d'Ève était suicidaire. Elle jeta son vêtement dans le ruisseau et se mit à le frotter frénétiquement, s'aidant de petits cailloux. Ses paumes écorchées frictionnaient sa robe pour la débarrasser de la sécrétion puante. Ses blessures se rouvrirent et le sang se mélangea à l'eau gelée. La matière se décolora, usée par ce lavage intensif, Victoria l'essora, l'enfila mouillée et déguerpit de la clairière complètement hébétée.

Lorsqu'elle arriva à la crique et s'approcha du feu, son ravisseur se précipita à sa rencontre. Elle tremblait, reniflait, ses lèvres se contractaient sans qu'aucun mot ne sorte de sa bouche. Le jeune homme la fit asseoir, visiblement affolé par son état.

— Je suis désolé... Je n'avais pas l'intention de te... Tu n'aurais pas dû courir... Je ne te ferai jamais de mal...

Cesse de pleurer, s'il te plaît ! Ça va s'arranger, je te promets.

Louis se couvrit le front avec la main, persuadé que le choc de leur chute sur le sable était à l'origine de la crise de nerfs de sa prisonnière.

Victoria secoua la tête en signe de dénégation.

— Mange un peu, tiens ! Puis, va te coucher. Une bonne nuit de sommeil réparateur, c'est ce qu'il te faut !

Victoria secoua de nouveau la tête.

— Ne pleure pas, je t'en supplie ! s'écria Louis, se sentant impuissant à la consoler.

Les deux rivières qui creusaient des sillons sur les joues de Victoria le mettaient dans un profond désarroi.

— Lou… Louis, il y a un énorme animal dans la forêt, les sanglots engloutirent sa voix durant quelques secondes.

— Euh… Tu l'as vu ?

Son ravisseur paraissait ahuri.

— Non… mais il a léché la bretelle de ma robe. Sa bave sent la charogne et il mesure au moins un mètre cinquante ! Il faut fuir cette île au plus vite.

— Ta robe est complètement mouillée…

— Elle séchait à quelques mètres de moi, suspendue à la branche d'un arbre et lorsque j'ai voulu m'habiller, j'ai trouvé un liquide poisseux dessus… J'ai dû la relaver… Et quelqu'un avait rôdé autour de la clairière ! Je pensais que c'était le gardien, mais c'était un animal !!!

—… Je comprends que tu sois très affectée… Du fond du cœur, je suis désolé d'avoir… De t'avoir renversée tout à l'heure. Mais, il n'y a aucun animal de cette taille ici. Sinon, on l'aurait déjà aperçu, du moins, ses empreintes ou ses excréments.

— Je suis sérieuse ! J'avais flairé cette odeur pestilentielle dès le deuxième jour. Il faut partir immédiatement !

— D'accord, ne t'inquiète pas. Tout ira bien. Il fait déjà nuit et nous n'avons aucune marge de manœuvre avant le lever du soleil. J'exposerai le problème à Sonny dès l'aurore. En attendant, tu as besoin de dîner et de dormir.

Le débit de parole de son ravisseur se fit apaisant et monotone comme celui des médecins qui discutent avec des patients perturbés. Il ne la croyait pas, attribuant son traumatisme aux événements de l'après-midi. Victoria n'avait pas la force nécessaire pour le convaincre. Sa robe était propre, débarrassée de l'immonde bave, seule preuve matérielle de son récit. Ses larmes et ses tremblements la discréditaient.

Les brochettes posées entre ses mains par le jeune homme refroidissaient. Il voulut essuyer ses larmes, mais elle s'écarta en chuintant un « Ne me touche pas ! ». Il détourna le regard et s'assit en face.

Le silence, ponctué par le crépitement des flammes, aida Victoria à se rasséréner un peu. Elle porta la nourriture à sa bouche et son palais reconnut un goût familier.

— Il y a du curry et de la vanille… ?

Incrédule, Victoria leva ses yeux humides vers son ravisseur.

— Oui, ça te plaît ?

— Des offrandes de Dracula ?

— Ma commande a été livrée aujourd'hui. On a des blocs-notes, des stylos, des crayons et même une gomme. On a aussi des épices, un stock d'allumettes et une brosse pour tes cheveux…

— Oh ! Je ne vais pas être obligée de me les arracher puisque nous n'avons même pas de ciseaux pour les couper. Quelle grandeur d'âme !

Les voix d'hommes avaient donc été celles des livreurs. Elle soupira.

— J'ai aussi fait une entorse au règlement et acheté du dentifrice bio et des brosses à dents.

— On ne va donc pas s'arracher les dents non plus. Ton Expérience devient de moins en moins gore… Et qui avait pris le bateau ce matin ?

— La vie privée de Sonny ne m'intéresse pas. D'ailleurs, Louis toussa un peu pour s'éclaircir la voix, je te recommande de ne pas commettre de gestes inconsidérés. Si, par malheur, les livreurs acceptaient de t'amener avec eux, je doute fort qu'ils se conduisent comme des gentlemen. Leurs mœurs sont différentes des nôtres.

— Alors que toi, tu es un vrai gentleman ! Connard !

Louis se rembrunit et se plongea dans l'étude de ses mains. L'incident de la journée allait à l'encontre de son désir de plaire. Hélas, le sentiment qui le rongeait n'était pas la culpabilité, mais le regret. Pas celui d'avoir attenté à ses prétendus principes, mais celui d'avoir terni son image.

Victoria brida sa colère, la présence de l'animal sur l'île rendait la compagnie de son kidnappeur indispensable.

— Et les hurlements de la nuit dernière ? Dracula a une explication ?

— Il n'a rien entendu.

— Ben voyons ! J'avais anticipé sa réponse. Une hypothèse sur cette surdité sélective ?

— Je suppose que la femme qui a emprunté son bateau ce matin avait passé la nuit dans ses draps. En conséquence, il n'était pas devant son poste de surveillance et n'avait pas effectué de rondes nocturnes. La villa a une isolation phonique très performante. Et la seule personne qui ait déclenché l'alarme, c'était toi, en milieu de matinée.

— Pourquoi ne pas avoir débranché le dispositif d'alerte après le départ de sa copine ?

— J'imagine qu'il était fatigué et a profité de son absence pour dormir. C'est toi qui l'as réveillé. Il s'en est plaint.

Louis se remit à étudier ses mains.

— En réalité, il n'a de gardien que le titre. L'alarme a braillé une heure durant. Il manque à ses devoirs, il prête le bateau des propriétaires à ses amis. Si un accident survenait, il ne nous serait pas d'un grand secours.

— N'exagère pas. Il a le droit de se reposer.

— Et mon texte ? Vous avez visionné les images ?

— Je n'allais pas l'embêter avec ça !

— « L'embêter » ? ! Parce que moi, on peut me voler, on peut me sauter dessus, me violer, mais lui…

— Je ne t'ai pas violée !!!

— Pardon, presque violée.

— J'en ai assez entendu ! Je vais me coucher. Passe le bonjour à ton animal puant !

Louis bondit sur ses deux jambes, ramassa les ustensiles et s'en alla vers la « maison ».

Victoria n'envisageait pas de rester seule dans l'obscurité. Elle se traîna dans le campement derrière son ravisseur. Ils se brossèrent les dents pour la première fois depuis quatre jours. Pour Victoria, ce petit plaisir avait le goût amer de tout ce qu'elle avait perdu la nuit du vingt-cinq au vingt-six juin.

Chapitre XII : LES HISTOIRES ET LA PRÉHISTOIRE

Samedi 29 juin, soir, Sasha

À l'approche des Iles Vierges, Sasha appela Serguei et lui demanda de transmettre les informations au détective. Intuitivement, il évita de nommer les personnes et les lieux en les désignant d'une façon neutre, mais compréhensible pour son ami de longue date. Serguei s'adapta immédiatement à ce langage épuré et lorsqu'il confirma à Sasha son rendez-vous téléphonique avec Guéna, son SMS disait « Tu peux joindre ton fils au même endroit, chez sa copine)), vers 21 h 45 ». À peine avait-il lu le message que son portable vibra. Sasha décrocha :

— Monsieur Darov ! J'ai eu un mal fou à vous joindre… Où étiez-vous passé ? s'enquit l'inspecteur Waks en guise de bonjour.

— Je faisais une balade en bateau.

— Vous êtes toujours en mer ?

— Oui.

— J'ai du nouveau, avez-vous la possibilité de venir à mon bureau ?

— S'agit-il… de mauvaises nouvelles ?

— Nous n'avons toujours pas retrouvé les corps, si c'est ce que vous sous-entendez par « mauvaises nouvelles ».

— D'accord. Je serai à Road Town, dans vos locaux vers 21h30, ça vous convient ?

— Parfait.

— À tout à l'heure.

Contrarié de devoir décaler sa conversation avec le détective depuis la cabine téléphonique de l'île de Virgin Gorda, Sasha prévint Serguei de son détour par l'île de Tortola.

— Comment allez-vous Monsieur Darov ? l'accueillit l'inspecteur dans une salle d'interrogatoire, vous ronflez de manière drôlement mélodieuse ! Musicien jusque dans les songes ?

Le limier plissa les yeux.

— Euh… c'est possible.

— J'étais revenu sur le « Lazy John » le lendemain de l'ouverture de l'enquête pour recueillir des informations complémentaires auprès de l'équipage. Vous dormiez sur un transat du pont principal.

— Ah… Oui, mes amis m'en ont parlé.

— Monsieur et Madame Paul et Grace Haltmann ?

— Exact.

— Je me souviens d'eux. Ils m'avaient confié que Mademoiselle Svetlechkova n'était pas très bavarde et n'avait pas réellement participé aux conversations.

— En vacances, il est normal de se déconnecter des autres.

— Votre balade en mer aujourd'hui c'était pour vous déconnecter des autres ou vous aviez de la compagnie ?

— C'était pour me changer les idées.

— Vous avez l'air éreinté.

— J'ai quelques heures de sommeil à rattraper.

— Des insomnies ?

— Vous m'avez dit que vous aviez du nouveau ?

Sasha commençait à perdre patience.

— Voyez-vous, le profil de Mademoiselle Svetlechkova, établi sur la base des témoignages reçus par la police française et le portrait que vous m'avez dressé de votre petite amie sont à l'opposé l'un de l'autre.

L'inspecteur marqua une pause, jaugeant la réaction de Sasha. Il y eut un court silence.

— Notre disparue souffre apparemment de nymphomanie sévère et d'anorexie alternée par des épisodes boulimiques.

— Vous parlez bien de nymphomanie au sens médical du terme ? demanda Sasha, ahuri.

— Oui. Cela se traduit par un besoin incontrôlable de coït. Dans ce cas, le sexe, l'âge et l'apparence des partenaires n'ont généralement pas d'importance.

— Elle n'a jamais manifesté un comportement compatible avec de telles maladies. S'agit-il de témoignages de médecins ? Le secret médi…

— Non, l'interrompit l'inspecteur, dix de ses anciens collègues ont décrit ces troubles de façon très circonstanciée. Mademoiselle Svetlechkova vous a-t-elle expliqué les motifs de sa démission ?

— Oui. Il y avait un climat de compétition non professionnelle et de crêpages de chignons quotidiens au sein de l'équipe.

— C'est plutôt fréquent dans le monde du travail.

— Tout est une question de mesure. Selon les propres mots de Victoria, dans son cabinet, la dose de médiocrité était toxique. Elle craignait que cela finisse par l'étouffer et déteindre sur son caractère.

— Avez-vous eu des rapports physiques avec Mademoiselle Svetlechkova ?

— Je vous ai déjà dit que non.

— Et avez-vous essayé ?

— Elle se remettait doucement d'un chagrin d'amour. Je ne l'ai pas pressée.

La tournure que prenait l'entretien tendit Sasha.

— Pourtant, lorsque le responsable de voyage vous a appris que Mademoiselle Svetlechkova était partie pour une escapade en amoureux avec un comte, vous n'avez pas jugé cette situation comme impossible ?

— Au début, je n'y ai pas cru. J'avais d'ailleurs signalé sa disparition à la police.

— Mais ensuite vous avez éprouvé de la jalousie, c'est bien ça ?

— Oui. De la jalousie à cause des rumeurs infondées. Quelle importance ?

— Voyez-vous, la jalousie est un bon mobile de meurtre.

Sasha se figea. L'inspecteur le contempla, satisfait de l'effet produit par son accusation.

— Avez-vous tué Mademoiselle Svetlechkova ?

— Non.

— C'est tout. Je vous accuse d'un crime et vous ne protestez qu'avec un « non ».

— C'est votre travail de suspecter les gens. Je suis le seul que vous ayez sous la main.

— Le seul qui ait un mobile. Je pense que Mademoiselle Svetlechkova suivait un traitement et était parvenue à maîtriser ses pulsions. Raison pour laquelle elle n'a manifesté aucun signe de sa maladie en votre compagnie. Sauf que la nuit du vingt-cinq au vingt-six juin, Monsieur de La Dressey a décidé de tenter sa chance avec elle et s'est présenté à sa porte. Votre amie a dû craquer et accepter ses avances. Les empreintes de Monsieur de La Dressay ont été relevées un peu partout dans sa cabine. Vous n'auriez rien su de cet écart, si vous n'étiez pas revenu frapper à la porte de votre amie pour certainement tenter, vous aussi, votre chance… Et ce, peu de temps après lui avoir souhaité bonne nuit. La cabine de Mademoiselle Svetlechkova n'était pas verrouillée et vous l'avez surprise en flagrant délit. Le choc visuel a dû être violent, le lit n'était pas défait, les deux jeunes gens s'étaient enlacés debout. Votre romantique jeune femme, celle-là même qui se refusait à vous depuis trois jours, dans les bras d'un autre… La jalousie vous a submergé. Remarquez, n'importe qui se serait senti trahi, humilié, en colère. C'est humain. Vous vous êtes emporté, vous avez perdu contrôle et avez commis un acte que vous regrettez sûrement. D'où votre besoin de vous soûler et de vous « changer les idées ». Passez aux aveux, soulagez votre conscience. La vérité est libératrice.

— Tout ce que vous avez raconté n'est que pure spéculation. Vous perdez votre temps. Je n'ai commis aucun crime.

— Dans les triangles amoureux, le meurtrier est rarement extérieur au trio.

— Je serais extrêmement doué alors. Assassiner un couple sans laisser ni traces, ni témoins dans une marina bondée de touristes, quel exploit !

— Le fait que Monsieur de La Dressey ait pu enlever Mademoiselle Svetlechkova « sans laisser ni traces, ni témoins dans une marina bondée de touristes » ne vous paraît pas impossible ? Pourquoi serait-il plus doué que vous ?

— Et quel était mon intérêt d'alerter l'équipage, la police, d'insister pour qu'on considère ma demande ?

— Éloigner les soupçons. Une telle sollicitude pour une femme rencontrée quelques jours auparavant, ce n'est pas commun, Waks plissa les yeux.

— Je n'ai rien à me reprocher. Les collègues de Victoria ne sont pas une source fiable. Vous présumez d'une maladie très grave et cela fausse votre raisonnement.

— Les amis proches et la mère de Mademoiselle Svetlechkova qui appelait sa fille de Moscou tous les jours via Skype confirment qu'elle était persuadée d'être suivie, espionnée, qu'on fouillait ses affaires et qu'on lui prêtait des aventures au bureau.

— C'était peut-être vrai. C'était une belle femme, intelligente, drôle et qui a préféré aller servir des cafés plutôt que de travailler avec eux.

— C'était une belle femme... ?

— Pour ses anciens collègues, elle était.

— Vous avez réponse à tout, Monsieur Darov.

— Seulement aux attaques infondées.

— Pourquoi votre amie voyageait-elle en solitaire ?

— Retrouvez-la et posez-lui la question.

— Et vous, pourquoi voyagez-vous sans compagnie ?

— Je guette l'inspiration.

— Oh ! La muse vous tient chaud le soir ! Je comprends. Il y avait des textes de vos chansons dans la cabine de Mademoiselle Svetlechkova. Elle les avait amenés de Paris. Comment expliquez-vous cela ?

— Comme une heureuse coïncidence. Nous n'avons discuté de mon métier qu'une fois.

— Un poète et une jeune fille en fleurs se rencontrent sur un bateau dans les eaux turquoise des Caraïbes. La belle disparaît et son chevalier servant la cherche désespérément. Un conte de fées ! Il ne manque que le méchant.

— Puisque nous sommes dans un conte de fées, vous devriez le trouver rapidement. Happy End oblige.

— Mademoiselle Svetlechkova a-t-elle évoqué devant vous ses problèmes d'argent ?

— Brièvement.

— Qu'avez-vous fait la nuit de sa disparition ?

— Je vous l'ai déjà dit. Après avoir raccompagné Victoria jusqu'à la porte de sa cabine, je suis allé me coucher dans ma cabine.

— Vous l'avez embrassée avant de la quitter ?

— Nous nous sommes embrassés avant de nous souhaiter bonne nuit. Et c'était avec la langue, et c'était bon. Mais, je ne l'ai pas tuée. Ni ce garçon.

— Et pourtant vous me cachez quelque chose, Monsieur Darov. Waks planta ses yeux dans ceux de Sasha. Et je découvrirai de quoi il s'agit.

— Je n'en doute point.

L'inspecteur se leva. Sasha l'imita.

— Au fait, qu'avez-vous visité aujourd'hui, Monsieur Darov ?

— Rien.

— Vous avez navigué sans accoster à une île alors qu'il y a tellement de merveilles à voir dans les Iles Vierges ? ! L'inspecteur secoua la tête, réprobateur. Surtout qu'en France, vous possédez un beau bateau et avez tout le loisir de vous balader en mer. L'instruction va durer encore un bout de temps, profitez-en pour explorer notre archipel !

— Est-ce une demande courtoise de ne pas quitter le territoire ou une injonction officielle ?

— Une recommandation, Waks se fendit d'un sourire sarcastique.

— D'autres conseils ?

— À bientôt, Monsieur Darov.

Sasha arriva sur l'île de Virgin Gorda peu après minuit. Guéna devait l'appeler à la cabine publique attenante au bar, utilisée lors de leurs premières communications. Sasha se dépêcha.

— Mon cher ami, comment s'est passé votre dîner ? Vous a-t-on cuisiné ou mangé tout cru ? lui demanda Guéna d'un ton mondain.

— On me soupçonne de meurtre.

Sasha relata l'interrogatoire au détective.

— Rassurez-moi, si on fouillait vos affaires, on n'y trouverait aucun objet compromettant ?

— J'ai effacé tout de mon portable, mais je ne peux pas jeter le carnet.

— Ce que vous êtes têtu ! Expédiez-le discrètement à Moscou, à l'adresse d'un ami de confiance.

— Pourquoi pas à Paris ?

— Parce que la police française a ouvert sa propre enquête et vous n'avez pas besoin d'avoir ça là-bas. Demain, en allant à la poste, munissez-vous de cartes postales, histoire de ne pas attirer l'attention sur le pli.

— D'accord. À votre avis, les flics d'ici me surveillent ?

— Heureusement pour vous, pas encore. Autrement, ils auraient déjà découvert votre penchant fétichiste à conserver les journaux intimes des femmes disparues.

— Hum.

— Ça va, rassurez-vous. Il n'y a pas assez d'éléments pour vous mettre sur écoute ou perquisitionner votre chambre d'hôtel. Néanmoins, mieux vaut prévenir que guérir.

— Entendu.

— J'ai appris les détails de votre excursion sur l'île. Une forteresse de luxe et un propriétaire qui lit le russe ?

— Du moins, l'un des habitants est russophone. Il y a des livres en russe. L'homme qui m'a reçu avait un accent d'origine indéterminée.

— Et son arme ?

— Je ne m'y connais pas. Mais le coup à la tête était parfaitement calibré pour assommer en douceur. Le dispositif de sécurité est impressionnant. La maison est cachée dans la végétation, invisible depuis la mer. Le débarcadère était vide, mais sous vidéosurveillance.

— Vous avez eu la présence d'esprit de raconter une explication cohérente. On vous a laissé partir. C'est déjà très bien.

— Qu'en dit le petit ?

— Le petit ne sait pas grand-chose. Il jure que Louis fait du camping sur l'île. Un numéro inconnu a téléphoné plusieurs fois d'affilée aujourd'hui. C'était sûrement Louis qui souhaitait avoir un compte rendu sur la visite nocturne d'Henri chez Victoria. Je ne l'ai pas autorisé à décrocher. Les frères spirituels ont souvent des mots d'alertes codés entre eux. Je le prépare à la conversation de demain. Espérons que Louis rappellera et qu'il sera bavard. Il faut qu'on sache s'il est au courant de votre visite sur « son » île.

— Et après on relâche le petit. Ce qu'il endure c'est…

— C'est le pied total. Je lui ai trouvé une baby-sitter de choix. Il a l'impression d'être James Bond. D'abord, un méchant russe, ensuite une divine créature qui souffle le chaud et le froid sur sa peau de puceau. Son unique regret, à mon avis, est de ne pas avoir le droit de poster les clichés sa « captivité » sur Facebook. Ne vous inquiétez pas, 007 n'est pas à plaindre.

— Tant mieux. Qu'est-ce que je fais maintenant ?

— Vous vous reposez. Soleil, plage, cocktails. Ne donnez aucune raison à la police de vous soupçonner. Vous êtes en vacances. Dans quelques jours, vous annoncerez votre départ à Paris.

— Et Victoria ?

— Vous n'envisagez tout de même pas de retenter une expédition sur l'île ?

— Pas cette nuit, c'est sûr.

— C'est dangereux, Alexandre. Le dispositif de sécurité que vous avez dépeint et le professionnalisme avec lequel on vous a maîtrisé sont des avertissements. Vous n'aurez pas de seconde chance. Les propriétaires ne veulent pas d'intrus. J'ai effectué des recherches sur leur identité, ils ont assuré leur anonymat par des montages juridiques savants. Ne vous jetez pas dans la gueule du loup. Ce n'est plus de votre ressort. Je vais plutôt creuser du côté de Louis. Attendez les résultats de mes investigations.

— Merci. Au fait, vous ne dormez jamais ? Il est six heures et demie du matin à Paris.

Guéna éclata de rire.

— Demain, après être allé à la poste, repérez une autre cabine et envoyez le numéro à Sergueï comme une série de dates. Quand un numéro inconnu vous bipera, allez là-bas et décrochez à la troisième sonnerie.

— Ça marche.

— À bientôt.

Sasha rentra enfin à l'hôtel, se doucha longuement et s'endormit d'un sommeil profond.

Samedi 29 juin Dimanche 30 juin, Victoria

Victoria sombra dans un demi-sommeil agité. Ses yeux s'ouvrirent quelques heures plus tard sous la pression des larmes provoquées par ses cauchemars. Elle grelottait de froid. La moustiquaire de sa tente était relevée alors qu'elle l'avait rabattue et zippée avant de se coucher. Le danger empoigna son plexus solaire d'une menotte métallique, bloquant sa respiration.

Quelqu'un marchait dans le campement. L'intrus fouinait, reniflait, sifflait de manière à peine audible. Victoria plaqua une main sur sa bouche pour s'empêcher de hurler et trouva à tâtons le couteau qui ne quittait plus son chevet. Une masse plus sombre que l'obscurité habituelle glissa devant l'interstice ouvert de son fragile abri en toile. Elle se statufia. Il lui sembla que les pas s'éloignèrent en direction du potager, puis revinrent vers le lit de son ravisseur.

Elle entendit Louis maugréer d'une voix ensommeillée « Victoria, laisse-moi… Aïe… Tu es encore mouillée… Hum… et tes doigts sont gelés. T'as été te laver, c'est ça ? » N'ayant pas obtenu de réponse, le jeune homme se rendormit en balbutiant quelque chose d'inintelligible à son interlocuteur.

Les pas résonnèrent de nouveau. Leur rythme était étrange. Lorsqu'un pied se posait à terre, l'autre mettait plus de temps qu'il n'en faut pour atterrir. Comme si l'intrus faisait des sauts de danse classique. Il s'affaira pendant un temps près du rangement avec la vaisselle et les ustensiles, puis s'en alla dans la forêt.

Victoria ne put fermer l'œil de la nuit et attendit qu'une première lueur du soleil perce la pénombre. Elle se mut, dégourdissant ses membres ankylosés par une nuit passée sur le qui-vive. Prudemment, elle pivota la tête au-dehors. Son ravisseur ronflait légèrement. Tout semblait être en ordre. En revanche, elle ignorait comment convaincre Louis de la réalité du danger qui planait sur eux. Le jeune homme était obnubilé par son Expérience de la vie en dehors de la civilisation. L'Humanité tout entière ne faisait pas le poids face à ce désir de fuite.

N'ayant personne à qui parler de son désarroi, Victoria prit un bloc-notes et un stylo, réintégra sa tente veillant à bien la refermer de l'intérieur et se mit à assembler les mots qui flottaient dans son esprit tels des lambeaux du brouillard qu'un géant aurait déchiré…

Le ciel était blond vénitien
Je discutais avec deux chats martiens
Ils m'ont parlé de leur inconscient
M'ont fait des éloges sur les sentiments humains

Je discutais avec un Vénusien
Il m'a tenu des discours baudelairiens
M'a conté la force destructrice des sentiments malsains
Il s'est réjoui de la richesse du cœur des humains
Je discutais avec un Terrien
Il m'a dit que la vie ne valait rien
M'a confié que ses idées sombraient dans le déclin de l'Humanité

Le soleil éclaira la Terre, Victoria s'abandonna au sommeil.

Son réveil fut pénible. Les blessures causées par la chute avec Louis l'élançaient. Ses narines humèrent une odeur infecte, elle se redressa. Le bloc-notes et le stylo avaient disparu. Le couteau, en revanche, était planté dans une feuille de papier. Victoria reconnut son écriture… C'était le « Blonde Lada Blues » qu'on lui avait dérobé la veille. Un petit crabe mort et un bout d'algue complétaient le tableau.

Elle renifla le papier, l'effluve de décomposition l'avait imprégné. Prise de nausée, elle se rua au-dehors et renvoya tout le contenu de son estomac contre le tronc d'un arbre. Se rinçant rapidement la bouche à l'eau claire, elle se précipita vers la crique. Louis était en train de fabriquer un grand parasol. Il l'accueillit avec une mine morose.

— Viens ! C'est urgent ! Victoria ignora l'hostilité de son ravisseur et se plaça face à lui de sorte qu'il n'ait pas d'autres options que de la regarder.

— Quoi encore ? Un animal ? Un extraterrestre ? Un nouveau soupirant ?

— Un avertissement !

— Quel avertissement ?

Le jeune homme exhala un soupir las.

— Viens voir !

— OK, mais après, tu me fiches la paix !

Victoria tourna les talons. Louis marcha derrière elle, maugréant tout le long du trajet. En arrivant au campement, elle l'invita à regarder à l'intérieur de sa tente.

Il demeura interdit pendant un moment, puis s'exclama :

— Ça pue, bon sang !

— C'est le texte qu'on m'a subtilisé hier. On distingue nettement des traces de bave séchée.

— Pourquoi y a-t-il un crabe et une algue dessus ?

— J'imagine que Sonny s'amuse à me faire croire qu'il y a un monstre dans les parages et que celui-ci vient de la mer. Mais, comme tu l'as si justement remarqué, excepté l'odeur immonde et la salive, il n'y a nulle trace du gros animal. Par contre, quelqu'un a fouiné dans nos affaires cette nuit ! Et au petit matin, j'avais ramené un bloc-notes et un stylo dans ma tente, ils n'y sont plus… J'avais écrit un nouveau texte.

— Pff ! Sonny n'aurait jamais inventé un truc pareil ! Planter un couteau dans ton poème, juste à côté de ton lit, ce n'est pas un avertissement, c'est une menace. Sonny n'y a aucun intérêt et il est assez intelligent pour ne pas essayer de nous persuader qu'un animal puisse agir de la sorte.

— Tu le connais depuis combien de temps ?

— J'ai effectué deux courts séjours ici, l'année dernière. Il a toujours été très correct.

— Étais-tu accompagné d'une femme ?

— Non, mais qu'est-ce que cela change ?

— Le couteau a été planté dans ma tente…

Brusquement, Louis s'esclaffa.

— Ah non, tu as vraiment failli m'avoir ! C'était bien tenté !

Son ravisseur lui riait au nez.

— De quoi tu parles ?

— Arrête Victoria ! Tu as monté ce canular toi-même pour me convaincre que Sonny est dangereux et qu'il est impératif de quitter l'île. Son pseudo-béguin pour toi, le vol de tes écrits, la bretelle de ta robe prétendument léchée par une grosse bébête, c'est du bluff !

— Tu as raison ! Attendons que ce détraqué me fasse du mal et, ensuite, on avisera ! Et où aurais-je trouvé un truc qui empeste comme ça ?

— J'aimerais bien le savoir ! Je compte lancer un nouveau parfum en rentrant à Paris, Louis pencha la tête sur le côté, « Le souffle de Dracula » ! Tu poserais pour la campagne publicitaire ?

— Ce n'est pas une blague !

Mais, son ravisseur s'en fut, hilare, vers la crique avec la ferme conviction qu'elle était une menteuse.

Désemparée, Victoria s'assit en chien de fusil et posa sa tête sur ses genoux. « Sonny n'y a aucun intérêt », la phrase du jeune homme résonnait dans son crâne. « Sonny n'y a aucun intérêt », répéta-t-elle à haute voix. Sauf qu'il l'a fait. Il connaissait l'île dans ses moindres recoins. Un intrus n'aurait pas eu suffisamment de temps pour manigancer tout cela. Le gardien l'aurait aperçu sur ses enregistrements vidéo de la veille et l'aurait déjà neutralisé.

Et s'il n'avait rien eu à se reprocher, il aurait prévenu Louis d'un éventuel danger.

Victoria tenta de retourner le problème dans tous les sens et « l'intérêt » du gardien devint limpide. L'homme avait la quarantaine passée, sa carrière de Monsieur Muscle allait bientôt se terminer. Or il s'était habitué au luxe. Il vivait dans une somptueuse villa, naviguait à bord d'un magnifique bateau et jouissait d'un pouvoir quasi absolu sur le territoire de l'île. La retraite qui se profilait à l'horizon était pour lui synonyme de train de vie modeste et d'une baisse de son statut social.

Mais voilà que Louis et sa fortune surgissent dans le paysage. Le gardien prend un risque calculé en acceptant de l'accueillir sur l'île flairant une proie facile. En l'état actuel des choses, Louis ne dispose ni d'un moyen de navigation propre, ni d'un appareil de liaison satellite. Il est à la merci d'un être armé et corrompu. Si ce dernier décidait de le brutaliser pour l'obliger à transférer une grosse somme d'argent sur un compte offshore, Louis serait dans l'incapacité de lui résister ou d'appeler des secours. Une fois le virement effectué, Dracula n'aurait plus qu'à partir avec le bateau des propriétaires.

Le temps que les gestionnaires du jeune homme comprennent que ce dernier a besoin d'aide, qu'on obtienne des propriétaires la permission de fouiller leur île, que quelqu'un se déplace jusqu'ici, le gardien se sera évanoui dans la nature. Et en effrayant et en menaçant Victoria, il teste sûrement les capacités de défense et le courage de Louis. La réaction normale de la part du jeune homme serait de se positionner en protecteur de son amie, d'assommer son bailleur de questions du genre « Qui espionne ma copine ? ! Qui a pu lui voler son texte ? ! Qui a planté un couteau au chevet de son lit ? ! », de prévenir ses gestionnaires. Constatant que cette réaction n'a pas eu lieu, le gardien en déduira qu'il peut plumer son locataire sans risquer de représailles…

Victoria sentit une crampe dans le bas du ventre et gémit.

— Je t'ai mis des brochettes de côté…

Elle sursauta.

— Mange, ça te fera du bien.

Son ravisseur lui tendit les feuilles de bananiers qui enveloppaient la nourriture.

— Tu m'as fait peur.

— Même ton ombre te fait peur. Tu n'aurais pas une information plus fraîche ?

Victoria se pinça le nez, l'odeur du poisson l'écœurait.

— À quand la première récolte ? demanda-t-elle esquissant une moue dégoûtée.

— Mon potager est expérimental. Si mes légumes sortent de terre, cela relèvera du miracle. Il y a trop d'insectes.

La montre de Louis indiquait seize heures quarante-cinq, Victoria s'obligea à manger. D'un geste inconscient, sa main dessinait des mouvements circulaires sur son ventre pour apaiser les spasmes.

— Tu as vomi contre le tronc de l'arbre ? ! se rendit brusquement compte le jeune homme.

— Hum.

— Tu n'es pas enceinte, au moins ? !

— J'ai des nausées, une faim de loup, des accès de panique et des crises de larmes incontrôlées. Tu as raison, je dois être à six semaines, mentit-elle.

Son ravisseur blêmit, déglutit, claqua sa langue dans la bouche et quitta l'enclave à grandes enjambées.

Victoria revint à ses tristes pensées. Elle ignorait comment convaincre son imbécile de kid-nap-peur de la réalité du piège qui l'attendait. Bien sûr, elle pouvait se tromper sur les intentions de Dracula. Il n'était pas exclu que le couteau planté dans son texte n'ait été qu'une façon, un brin perverse, de faire respecter l'interdiction de se balader dans le sud de l'île.

Quoi qu'il en soit, il fallait qu'elle aille parler au gardien. Elle lui exposerait ses inquiétudes au sujet de l'intrus qui rôdait sur l'île et se plaindrait de la passivité de Louis face au danger. Et, en milieu de phrase, elle se mettrait à pleurer en confiant être enceinte d'un autre homme que Louis. Ces informations justifieraient indirectement l'absence de réaction de ce dernier. En outre, le gardien serait rassuré de savoir que ses locataires ne le soupçonnaient pas. Victoria espérait ainsi gagner un peu de temps.

Elle inspecta sa robe et sa peau. « Une chiffe, essorée, décolorée, effilochée, sale » étaient les qualificatifs qui seyaient le mieux à sa personne. Une présentation parfaite pour annoncer « un heureux événement ». Elle partit en direction de la villa.

Les arbres défilaient devant ses yeux, elle parcourait rapidement le sentier principal, craignant que son ravisseur ne se rende compte de son absence et ne l'oblige à revenir. Soudain, quelque chose de pointu heurta sa voûte plantaire, elle poussa un petit cri et recula d'un mouvement instinctif.

Un crustacé écrasé gisait au sol tandis qu'un autre, encore vivant, remuait ses pinces, désorienté par un environnement inhabituel. Des empreintes de pattes longues d'au moins cinquante centimètres marquaient profondément la terre humide. On distinguait parfaitement les cratères laissés par les orteils que reliaient des membranes. À leurs extrémités, la terre avait été éventrée… « Des griffes », conclut Victoria à voix haute.

L'odeur de décomposition n'était pas aussi omniprésente que dans l'espace confiné de sa tente, mais elle sentit son estomac se tortiller. Étrangement, elle n'avait pas peur. S'il ne s'agissait pas d'une énième farce du gardien et que l'animal existait vraiment, sa discrétion indiquait qu'il préférait éviter les humains. La bête avait eu maintes occasions de la dévorer et n'en avait pas profité. Son régime alimentaire était donc inoffensif pour l'homme. Victoria rebroussa chemin, pressée de montrer sa découverte à son ravisseur.

Arrivée à la crique, elle héla le jeune homme qui pêchait sur l'une des falaises. Il se retourna, elle agita ses bras, gesticulant avec son couteau en direction de la forêt.

Louis fut à ses côtés en un temps record. À peine avait-elle ouvert la bouche qu'il la souleva et l'allongea sur le sable.

— Ne bouge pas ! Ne bouge surtout pas ! Qu'est-ce que tu t'es fait ?

La voix du jeune homme se fêla.

— Il a laissé des empreintes ! Il y a réellement un animal sur l'île !

Il tendit une main devant lui et balbutia d'une voix suppliante :

— C'est normal d'être choquée, mais les fausses couches sont plus fréquentes qu'on ne le pense… Cela ne signifie pas que tu n'auras plus d'enfants.

Victoria le toisa, incrédule, puis contempla le jupon de sa robe. Une auréole ensanglantée grossissait à vue d'œil sur la fine soie bleu ciel. Mère Nature se manifestait avec deux semaines d'avance. Victoria rougit, gênée. Son ravisseur interpréta son malaise à sa manière et tenta de nouveau de l'allonger. Elle lui envoya du sable à la figure avec son pied.

— J'ai besoin d'un médecin et pas d'un voyeur !

— Ce n'est pas forcément dangereux… Ton système immunitaire te protégera. En un sens, c'est un mal pour un bien…

Victoria prit une profonde inspiration, tâchant de réprimer son courroux.

— Il y a des empreintes de pattes au beau milieu du sentier principal avec les crustacés et l'odeur infecte ! Des empreintes d'environ cinquante centimètres de long ! débita-t-elle.

— Tu es sûre que ce sont des traces de pattes ? Les hormones influent sûrement sur ta perception.

— Inculte va ! Les hormones ne créent pas d'hallucinations. Et, de toute façon, je n'étais pas enceinte et ce n'est pas une fausse couche. Si tu ne m'avais pas privée d'un minimum de dignité, on n'aurait pas eu à discuter de mes règles.

Louis la fixa quelques secondes. La méfiance se lisait sur son visage.

— C'était peut-être une tortue géante ? finit-il par supposer.

— La créature est bipède. Tu as déjà vu une tortue bipède ?

— Les animaux ne plantent pas de couteaux et ne volent pas de poèmes, du moins pas encore.

— Et les animaux capables de se déplacer sur leurs deux membres et qui ont des nageoires n'existent pas, du moins pas encore. Et, pourtant, ses pas ont marqué la terre dans la forêt.

— Il va bientôt faire nuit, il faut que je finisse de pêcher pour notre dîner.

— Louis, la bête a des griffes ! Ton Sonny est au courant de son existence et ne t'en a pas informé.

— Ne recommence pas ! Je ne suis pas facile à berner !

— Ce n'est pas une ruse de ma part pour quitter l'île. Les traces sont des preuves matérielles.

— Bon, OK ! Repose-toi, j'y vais en vitesse.

— Je t'accompagne !

Son ravisseur partit exprès en courant, pour la larguer. Elle trottina comme elle put pour le rattraper. Au bout de six cents mètres, Louis freina abruptement alors que les empreintes étaient censées se situer beaucoup plus loin. Il s'accroupit, renifla la terre, la malaxa entre ses doigts… Victoria voulut le rejoindre et accéléra son trot.

Subitement, quelque chose tomba sur le jeune homme et son corps inerte se hissa sur une créature filiforme, blanc verdâtre, au tracé veineux apparent. Victoria hoqueta, tétanisée. C'était un reptile de deux mètres de haut, luisant, d'une mucosité puante, avec des bras-nageoires aux cinq doigts et des jambes longilignes, comme celles d'un humain, terminées par des nageoires puissantes, dotées de griffes. Le monstre s'éloigna en bondissant, brinquebalant Louis comme un jouet.

Une voix intérieure, tel un écho lointain, enjoignait à Victoria de courir, mais ses membres cotonneux refusèrent d'obéir. Elle se serra dans ses bras, errant du regard sur un paysage qui, dans sa vision floue, ne formait plus qu'une tache de pointillés verts et noirs. Les larmes jaillirent enfin de ses yeux, l'extirpant de l'inconscience dans laquelle la scène horrifique l'avait acculée. Son instinct de survie se réactiva. Elle courut jusqu'au campement, rassembla des affaires – couteaux, compas, cartes maritimes, bougies, papier, crayon, médicaments et allumettes – fourra le tout dans le grand sac à dos de Louis et revint sur le sentier.

Le soleil déclinait, dessinant des ombres derrière les arbres. Elle ne savait pas où aller. Le reptile venait de la mer, mais se déplaçait avec une aisance déconcertante sur la terre ferme. L'île était dangereuse, la mer était hostile, le gardien était menaçant. Sauf que ce dernier était humain et, de ce fait, préférable à une créature préhistorique. Victoria se mit en route vers la propriété. Les pensées morbides fusaient dans son esprit « Son ravisseur était mort » « Les monstres existaient » « Elle était désormais seule au milieu de nulle part »

Elle scrutait les alentours, complètement hébétée. Ses doigts s'agrippaient au grand sac à dos de Louis comme si cette toile imperméable remplie d'objets pouvait lui servir de bouclier. Le manche du couteau, celui-là même qui avait été planté dans sa tente, pointait hors du sac. Il suffisait de l'empoigner en cas de besoin.

...Lorsque Victoria se présenta devant le portail métallique de la propriété, elle était au bord de la crise d'hystérie. Les dernières lueurs du jour éclairaient sa silhouette et l'auréole de sang qui s'était étalée sur sa robe. Elle offrit son visage inondé de larmes à la vidéosurveillance, ses lèvres l'implorèrent de lui ouvrir. Mais, sa détresse demeura sans réponse. Désespérée, elle tambourina le métal du pied. En vain.

Livrée à son sort, elle se dirigea vers le débarcadère, monta sur les planches en bois encore tièdes et fixa l'objectif de la caméra avec défi. Le gardien ne se souciait pas d'elle, pas encore. Elle jeta ses affaires dans le bateau, lança un dernier regard provocateur à la caméra et saisit l'amarre. La chaîne se déroula et tomba avec fracas à l'intérieur de l'embarcation. Ahurie, Victoria comprit que le gardien avait omis de la cadenasser. Elle se rua vers le poste de pilotage et trouva les clefs sur le contact… Un frisson de panique l'ébouriffa. Dracula n'aurait jamais laissé son unique moyen de transport en l'état. À l'évidence, il s'apprêtait à appareiller et quelque chose avait dû le distraire… Le monstre s'en était sûrement pris à lui aussi ! Victoria démarra le moteur en toute hâte et augmenta progressivement la vitesse. L'engin fendit les vagues.

L'obscurité recouvrit complètement la mer. Instantanément, d'aveuglantes lumières s'allumèrent à ses pieds. Déboussolée, Victoria se pencha, plissant les paupières. Des projecteurs, alimentés par des batteries solaires, étaient fixés à l'aide de ventouses tout autour du poste de pilotage ainsi que sur le pont avant du bateau. Ne comprenant pas la finalité de cet éclairage, elle palpa un spot avec la main pour essayer de l'éteindre. La brise ramena une nuance presque insaisissable de l'effluve de décomposition. Le sang de Victoria se glaça. L'odeur envahit soudain tout son espace vital. Elle se figea, accroupie près des sources lumineuses. Une jambe couverte d'écailles blanches apparut à quelques centimètres de sa tête. Elle leva les yeux et distingua les contours de la créature dans le halo scintillant des projecteurs. Par instinct, Victoria se rua vers le pont arrière, espérant récupérer le couteau dans son sac. Mais, une sensation de froid dans son oreille droite l'immobilisa en une fraction de seconde. La pointe de la langue du reptile, pleine de mucus pestilentiel, était plongée dans son orifice auditif. Les jambes de Victoria vacillèrent, elle chut sur les genoux. La douleur de la chute lui fit reprendre connaissance. La langue glissa hors de son oreille creusant un sillon baveux sur sa joue et son front.

Le temps se délita, elle n'osait pas bouger, plissant les yeux, se préparant au coup de grâce. Le bateau continuait à progresser vers le large, dardant la nuit de ses faisceaux de lumière artificielle. La pesanteur de l'air fusionna avec celle de l'attente, compressant ses voies respiratoires. À travers ses cils, Victoria vit un petit crabe escalader des griffes noires et crochues telles une crête montagneuse. Elle hurla et se précipita, avec toute l'énergie du désespoir vers le bord du bateau. Et, comme pour exaucer son vœu, les bras-nageoires du reptile la propulsèrent dans la mer.

La dernière chose que sa conscience enregistra fut l'eau froide et sombre qui la submergeait en chassant l'oxygène de ses poumons.

Dimanche 30 juin, Sasha

Sasha dormit toute la matinée, épuisé par les voyages des deux jours précédents. Vers midi, il ouvrit les yeux et mit un temps à se resituer géographiquement. C'était la première fois qu'il dormait dans sa chambre d'hôtel sur l'île de Virgin Gorda, sa dernière nuit dans un lit remontant à la croisière.

Il attrapa son portable et consulta ses messages. La veille, Guéna l'avait chargé de dégoter une nouvelle cabine téléphonique et d'envoyer son numéro sous forme d'une série de dates sur le portable de son fils, Aleksy.

Sasha quitta son lit à contrecœur, se doucha et commanda un copieux petit-déjeuner. Une fois restauré, rasé de frais et vêtu de propre, il dissimula le journal intime de Victoria dans une sacoche et sortit se balader.

Conformément aux instructions de son consultant, il acheta une dizaine de cartes postales, une poupée pirate et un grand livre de photos des Iles Vierges et emporta le tout au bureau de poste. Les messages à écrire sur les cartes l'occupèrent un moment, car il n'avait pas l'habitude de prodiguer ce genre de « délicates attentions ». Le volumineux ouvrage et la poupée pirate ainsi que le carnet furent emballés dans un colis et expédiés à sa grand-mère paternelle résidant dans la banlieue de Moscou. C'était une femme intelligente qui n'avait pas besoin d'explication. Elle devinerait immédiatement la demande implicite de son petit-fils et préserverait son secret sans en piper mot.

Libéré de l'encombrante preuve de son entrave à une enquête judiciaire, Sasha partit à la recherche d'une cabine publique discrète. La généralisation de l'usage des portables avait raréfié ce type d'installation et sa quête dura une bonne demi-heure. Au final, la cabine dénichée n'était pas vraiment publique, elle dépendait d'un hôtel. La réceptionniste lui vendit une carte non nominative, indispensable pour activer la ligne. Dans l'attente du signal de Guéna, Sasha s'installa au bar de l'hôtel avec un journal.

À quinze heures trente, son mobile vibra et il regagna l'appareil à carte protégé par un auvent en verre fumé, introduisit son passe et décrocha, comme convenu, dès la troisième sonnerie.

— Sasha, j'écoute.

— Vous avez du nouveau ?

— J'ai passé la journée à flâner sur l'île. J'en ai profité pour envoyer quelques cartes postales et des souvenirs.

— Sage décision. Pas de limier en vue ?

— Ma vue n'est pas vraiment ajustée pour ce type de repérage, mais il me semble que non.

— Louis a appelé ce matin. Pas très prolixe, le garçon. Il a été surpris de découvrir que Victoria était avocate. Elle lui aurait menti prétendant travailler comme serveuse pour, je cite, « mieux se faire voir ». Et « si elle n'avait pas été aussi utile à l'Expérience », il aurait « expulsé cette emmerdeuse depuis longtemps ».

— Ce qui en langage normal signifie… ?

— Que Louis considère son camping comme une expérience unique et que Victoria lui sert de sujet d'observation. C'est la traduction d'Henri. Au rayon des bizarreries, il y a un détail qui mérite d'être souligné. Louis parle anglais à chacun de ses coups de fil. C'était prévu ainsi dès le départ. Cependant, Henri a le droit de lui répondre en français. On dirait que quelqu'un est à côté de Louis lors de ses conversations et que ce quelqu'un exige que Louis s'exprime dans une langue qui lui soit compréhensible. Je parie qu'il téléphone depuis la jolie maison. Probablement, en présence du maître des lieux.

— Et pourquoi Victoria aurait diminué son intelligence pour « mieux se faire voir » ? D'après la page Web de Louis, il est surdoué. Son CV est impressionnant. Il devrait apprécier le fait qu'elle soit cultivée.

— Louis peut mentir ou mal interpréter le comportement de Victoria. Henri n'est pas son confident. Louis lui assigne des tâches précises en distillant l'information avec parcimonie. Le petit s'exécute, car il a l'impression d'appartenir à une communauté secrète, d'être un élu. Bref ! Vous vous souvenez qu'Henri avait flashé des photos des petits copains de Victoria ? Eh bien, tout à l'heure, en les décrivant à son frère spirituel, le petit a intuitivement diminué leur beauté et le degré d'affection manifesté par Victoria. S'il a adopté inconsciemment ce comportement, c'est qu'il présume que la curiosité de Louis est d'ordre affectif.

— Il faudrait peut-être alerter l'inspecteur ?

— Maintenant que vous êtes un suspect, il en est hors de question. Imaginez qu'il soit arrivé quelque chose à Victoria. Or vous êtes allé sur cette île et vous y avez laissé des empreintes. Et, surtout, vous ignorez ce qui a pu être prélevé sur vous durant votre sieste forcée. La police des Iles Vierges n'est pas territorialement compétente et les autorités qui le sont, n'auront aucun fondement pour intervenir sur cette propriété privée. Et si le maître des lieux autorise les investigations, il aura suffisamment de temps pour s'y préparer. Il faut toujours envisager le pire scénario et dans le pire scénario, on peut vous piéger. Ne dites rien à personne.

— Je comprends. Quand allez-vous relâcher, Henri ?

— Pas avant votre retour à Paris. Votre billet est pour le 4 juillet, c'est ça ?

— Oui. En tenant compte du décalage horaire et des deux escales jusqu'à Miami, mon avion n'atterrira à Paris que le 5 juillet au petit matin.

— Bien. Je vous recontacterai, si j'ai du nouveau. Vous aussi, n'hésitez pas à utiliser notre intermédiaire pour me joindre.

— Entendu.

Guéna raccrocha.

Sasha se sentit dans une impasse. Tout ce qu'il avait entrepris jusque-là n'avait donné aucun résultat. Apparemment, Victoria était vivante, apparemment en train de camper sur une île privée, apparemment de son plein gré. Toutefois, il n'était pas exclu qu'elle soit morte ou séquestrée dans un endroit sordide ou maltraitée sur cette île ou qu'elle se soit simplement fait avoir par Louis et regrette amèrement son erreur.

Chapitre XIII : LE PARADIS SELON RAY CHARLES

Lundi 1er juillet, midi, Victoria

Victoria était au royaume des cauchemars. Elle pleurait, gémissait, contemplant son cadavre. Sa dépouille défigurée grouillait de petits crustacés. De temps en temps, les ombres se dissipaient et Victoria apercevait le large sourire de Ray Charles qui la consolait. Réconfortée, Victoria repartait à la charge, voltigeant au-dessus de son enveloppe charnelle pour chasser les charognards à pinces.

Le combat fut perdu, Victoria n'avait plus de chair et Ray Charles, nimbé d'une intense lumière, la rappela à lui. Nul doute, le paradis lui ouvrait ses portes. Elle n'y avait jamais cru et était heureuse de s'être trompée. Et que ceux qui y imaginaient Jésus en train d'accueillir les âmes innocentes, se soient trompés, eux aussi. Ray Charles, c'était tellement plus gratifiant pour tous les péchés qu'elle n'avait pas eu le temps de commettre dans sa courte existence.

Une douleur lancinante à la nuque lui amena la sensation d'être. Et si elle était, Ray Charles lui avait sauvé la vie. Son cerveau, enveloppé dans une épaisse couche de ouate, mit longtemps à comprendre qu'elle ne rêvait pas et qu'elle avait ouvert les yeux. La photographie de Ray Charles occupait le centre du plafond et le soleil inondait généreusement la pièce.

Victoria essaya de se relever sur ses coudes. La pièce tanguait, mais son décor swinguait. C'était un temple dédié au jazz et blues. Les représentations de différents instruments sur les murs formaient un joyeux big band se produisant dans un pub des années trente. Le sol était une mosaïque de disques vinyles, de disques laser et de figures de notes. Elle aperçut un plateau-repas sur une table de chevet en forme de trophée, récompensant les talents de « l'Artiste Anonyme ».

D'un geste machinal, elle souleva la couverture pour inspecter son corps. Sa robe sale, déchirée et tachée de sang était devenue sa seconde peau. Elle se demanda comment le gardien avait réussi à la sauver. Il s'était sûrement lancé à sa poursuite et avait inéluctablement assisté à sa noyade... L'esprit de Victoria se bloqua, refusant de se souvenir. Elle ne le força pas, concentrant son regard sur son lit gigantesque. En analysant les motifs du linge – des dalles en bois ! – elle comprit que sa couche circulaire représentait une scène. Remuant péniblement ses membres endoloris, Victoria atteignit le plateau-repas, attrapa la bouteille d'eau et la vida.

Elle se sentait perdue, incapable d'affronter la réalité et le gardien. « Louis est mort », souffla sa voix intérieure, feintant son amnésie défensive. Victoria la musela. Elle n'était pas prête. Afin d'échapper à l'horreur qui s'était figée en son sein, elle se réfugia dans la salle de bains. L'image onirique de son cadavre apparut dans le reflet du miroir, elle le couvrit aussitôt d'une serviette et se focalisa sur le décor.

Le lavabo était un saxophone. La baignoire représentait un verre de whisky à moitié plein. La boisson préférée des mauvais garçons a été versée dans le double fond hermétiquement fermé de la coque en faux cristal.

Victoria caressa une savonnette-boite à cigares qui abritait quelques savons imitant à merveille d'authentiques Cubaines. Dans le cendrier posé à côté se trouvaient des sels de bain à l'aspect de mégots. Il y avait différents flacons nominatifs des grands labels de jazz et des draps de bain à l'effigie de célèbres crooners. Le tapis était un billet pour le concert de Chet Baker. Victoria accepta l'invitation.

Tandis que son corps ramollissait dans l'eau chaude, son esprit s'enferma dans une apaisante inconscience. De l'extérieur, on aurait dit une fée clochette échouée dans un verre de whisky et enivrée par ce breuvage…

Quelques heures plus tard, elle se réveilla dans le bain refroidi, s'en extirpa avec peine et chancela jusqu'au lit-scène. Un nouveau plateau-repas trônait sur la table de chevet. Dracula avait eu la bonne idée de lui déposer des vêtements propres : un bermuda et un polo d'homme ainsi qu'une paire de tongs neuves taille quarante-trois… Les habits épousèrent parfaitement son anatomie, sans la mouler pour autant. Par chance, le gardien était plutôt petit et menu. Les Havaianas, en revanche, l'empêchaient de se mouvoir, ses pieds paraissaient minuscules sur leur surface aux contours masculins.

Elle dévora le contenu du plateau-repas et tâcha d'anticiper la discussion avec son hôte. Cet homme lui avait sauvé la vie et la traitait plutôt dignement. Ce n'était certainement pas par générosité, maintenant que Louis n'était plus… Les pensées de Victoria trébuchèrent, son rythme cardiaque s'emballa, les larmes poignirent de ses yeux.

La disparition de son ravisseur ne devait pourtant pas l'affecter. Il l'avait enlevée, privée de tout. Sauf que c'était encore un gamin, maladroit, buté, ridicule et vivant. Sa conception saugrenue du monde, son inadaptation sociale parurent soudain dérisoires, corrigibles et humaines. Ces défauts l'avaient acculé à s'isoler dans un endroit à l'image de son âme : presque inhabité. Il désirait changer, quêtait sa nature véritable. Et, à cette fin, il avait peuplé son espace désert par une femme chez laquelle il avait intuitivement détecté la même solitude, la même infirmité affective. Certes, c'était un état inhabituel pour Victoria, dû à un intense chagrin d'amour. La douleur l'avait pour un temps déconnecté de l'univers et placé au diapason de Louis. Ce dernier avait simplement saisi ce moment, celui d'un alignement accidentel de deux âmes.

Il pensait qu'ils s'en sortiraient ensemble grâce à son Expérience, en se remplissant de sève végétale, du bruit du ressac, du toucher de la terre et du sel de la mer. C'était naïf et naïvement cruel. Victoria sanglotait sous le sourire attendri de Ray Charles.

On frappa à la porte. Elle s'essuya les yeux, se racla la gorge et lança un « entrez » plaintif. Le gardien apparut dans l'embrasure, le visage placide.

— Merci de m'avoir sauvée de cette créature, renifla-t-elle.

— Quelle créature ?

Le ton du gardien était encore plus sec que d'habitude.

— Oh non ! Vous n'allez pas recommencer à tout nier ! Vous l'avez forcément vue puisque vous m'avez repêchée !

— Une emmerdeuse comme vous, même la mer n'en a pas voulu ! Elle vous a recrachée comme une arête qui lui obstruait la trachée !

— Recrachée ? !

— Oui, dégueulée ! Je la comprends. Franchement, voler un bateau sans avoir un minimum de connaissances de navigation ! Vous êtes tellement gauche que vous vous êtes débrouillée pour tomber par-dessus le bord, alors que le bateau fonçait vers je ne sais où ! Avez-vous conscience de l'effort que j'ai dû fournir pour le rattraper ? J'ai risqué ma vie en sautant à l'intérieur depuis mon scooter des mers ! Tout cela en pleine nuit ! Je ne suis pas un cascadeur ! Heureusement que je n'avais pas eu le temps de décharger les projecteurs solaires…

— Il n'y que votre bateau qui vous préoccupe ! J'ai été attaquée par un animal qui m'a jetée dans les flots ! Et…,

— Et c'est la petite sirène qui vous a ramenée au rivage saine et sauve ? !

— Le rivage ? ! Mais je n'aurais pas survécu…

— Je vous ai trouvée sur la plage, devant la maison. Je vous ai soignée, offert un logis et de la nourriture et tout cela aux frais de la princesse. Ne vous avisez pas à me mentir !

— C'est vous qui devriez cesser de mentir ! Vous avez forcément rencontré cette créature ! Vous vous êtes servi de sa salive pour m'effrayer ! Et cette muraille autour de la maison, les caméras un peu partout et le fusil qui ne vous quitte pas, je suis sûre que c'est pour vous protéger de cet animal ! À peine avait-elle terminé que Victoria regrettait déjà ses paroles. Insinuer que le gardien était au courant au sujet du monstre signifiait l'accuser d'avoir dissimulé son existence à Louis.

— Bien sûr ! Et c'est ce monstre qui a failli tuer Louis ?

— Louis est vivant ? !

— Ah parce que vous pensiez l'avoir assassiné ! D'où votre fuite précipitée. À présent, tout est clair, Dracula secoua la tête, toisant Victoria avec mépris.

— Vous êtes malade ! Où est Louis ? ! Demandez-lui, il confirmera mes dires.

— Il est hors de question que vous l'approchiez ! Quand il reprendra connaissance, il décidera lui-même de votre sort. En attendant, vous resterez consignée dans cette pièce.

— Je vous répète que c'est un animal mutant qui l'a attaqué hier et qui l'a emporté. J'ai couru vers cette maison, je vous ai imploré de m'ouvrir. Regardez les images de vos caméras ! J'étais complètement paniquée ! Mon unique chance de sauver ma peau était d'emprunter votre bateau. Et, je ne suis pas « tombée » toute seule par-dessus le bord. C'est la créature qui m'a propulsée dans la mer…

— Mademoiselle, s'il y a un monstre sur cette île, il est clairement dans votre esprit. J'ai trouvé Louis dans les ronces, près des falaises de la côte ouest. Il était inconscient et avait une blessure à la nuque. Je parie que c'est vous, le gardien pointa son doigt sur Victoria, qui l'avez frappé. J'ai un enregistrement où on vous voit couverte de sang. Vous pensiez avoir tué votre ami et vous avez tenté de retarder au maximum le moment de la découverte de son cadavre. C'est pour cette raison que vous l'avez abandonné dans la partie la plus inaccessible de l'île. Ensuite, comme à votre habitude, vous avez inventé une histoire à dormir debout pour essayer de négocier votre rapatriement vers un port. Comme je ne vous ai pas ouvert, car, moi, les emmerdeuses, ce n'est pas mon genre, vous avez volé mon bateau.

— J'étais « couverte de sang » et cela ne vous a pas alerté ?

— Non, sur le coup, j'ai cru que c'était votre propre sang.

— Attendez que Louis se réveille et vous explique ce qu'on a enduré !

— Oui, oui. Vous m'avez déjà raconté que vous avez été kidnappée par Louis et maintenant, brusquement, vous êtes toute retournée à l'idée de le perdre ! Pour une victime vous êtes drôlement amourachée de votre bourreau ! Bonne nuit, Mademoiselle ! Dracula claqua la porte.

Victoria se sentait salie et humiliée. Le soulagement de savoir Louis en vie fit rapidement place à l'inquiétude. Si le jeune homme était en si piteux état que le laissait entendre le gardien, ce dernier aurait dû l'évacuer vers un hôpital. Pourtant, à aucun moment, il ne s'était référé aux conclusions d'un médecin. Il craignait tellement qu'on démasque sa combine qu'il préférait priver son locataire illégal d'assistance médicale. Si Louis était dans le coma, s'il avait un traumatisme crânien, une hémorragie interne ou des os brisés, il n'allait pas survivre sans des soins appropriés…

De longues heures d'attente angoissante et abrutissante suivirent. Victoria dégringola dans le néant du désespoir. Son présent s'était figé entre quatre murs d'une chambre qui ressemblait à un décor de théâtre. Son passé s'était réduit à une unique soirée, qui, par sa violence inouïe, avait évincé le reste de ses souvenirs. Le déroulé des images resurgissait sans cesse dans sa tête : des écailles blanc verdâtre enduites de mucus nauséabond, le corps de Louis agité comme une chiffe, la lumière brutale des projecteurs du bateau, la langue froide explorant son conduit auditif, les griffes crochues, le petit crabe, la mer sombre et agressive…

Victoria avait la nette sensation de rater un détail crucial, enseveli dans sa mémoire sous des strates de visions cauchemardesques. Elle tentait de l'extraire afin de retisser les faits décousus et déformés par ses émotions. Hélas, la lueur de vérité qui miroitait dans les méandres de son cerveau était hors d'atteinte.

Trempée de sueur, elle voulut ouvrir une fenêtre pour diluer le confinement de sa geôle luxueuse, mais celle-ci était verrouillée et ne céda pas. Victoria réalisa un peu tardivement qu'elle n'entendait pas le chant des oiseaux du jardin et que sa chambre avait une isolation phonique particulièrement performante. Elle s'effondra sur le lit, fixant son compagnon d'infortune au plafond. Ray Charles l'irradia à nouveau de son sourire…

Lundi 1er juillet, dix-neuf du soir, Sasha

Sasha avait passé la journée à retourner la situation dans tous les sens et était parvenu à la conclusion qu'il n'était pas en son pouvoir d'établir les circonstances de la disparition de Victoria. Malgré le temps et l'argent dépensés, il ne savait toujours pas si elle avait fui volontairement avec Louis ou si ce dernier l'avait enlevée. Et cette incertitude était la plus inacceptable. Sauf qu'il avait épuisé toutes les options et devait se résoudre à abandonner.

Même en prenant le risque d'avouer sa visite sur l'île à la police, il n'obtiendrait aucun résultat. Personne n'irait fouiller la propriété privée d'un milliardaire sans un indice prouvant que les deux disparus y habitaient. Guéna avait raison sur ce point.

Sasha jeta un œil à sa montre. Dix-neuf heures, l'heure de dîner. La terrasse à ciel ouvert d'un restaurant de fruits de mer attira son attention. Le soleil s'était déjà couché, le personnel avait laissé quelques bougies pour éclairer les tables sans pour autant déranger l'obscurité et le magnétisme du ciel étoilé. C'était un endroit parfait pour une soirée en solitaire.

On l'installa à une petite table au bord de l'eau. Il commanda une bouteille de vin rouge chilien. Le serveur l'apporta et l'invita à la dégustation d'usage. À cet instant Sasha reçut un SMS de Serguei : « Appelle ton fils chez sa copine dans une demi-heure. Son portable déconne de nouveau ». Il régla la bouteille qu'il emporta avec lui et se dirigea à pied vers la cabine téléphonique à cartes prépayées de l'hôtel où le détective l'avait appelé la veille.

— Alexandre, j'écoute.
— Avez-vous quelque chose à me dire ?
— Rien que vous ne sachiez déjà.
— Tant mieux. Moi, j'ai du frais. Louis vient d'appeler Henri. Il lui a demandé de se renseigner sur un reptile bipède, d'environ deux mètres de haut, et qui serait à l'aise aussi bien sur terre que dans l'eau. La bête aurait en prime des écailles blanc-verdâtre sécrétant une substance poisseuse toxique, mais non mortelle.
— C'est une blague ?
— J'ai pensé, moi aussi, au début que c'était un message codé. Sauf qu'Henri supporte vraiment mal la pression, surtout en présence de la divine créature. La requête de Louis est à prendre telle quelle.
— Cette espèce de reptile existe ? s'enquit Sasha incrédule.
— Alexandre, je sais que vous êtes compositeur et que certains détails prosaïques de notre monde vous échappent, mais, franchement, un peu de bon sens !
— Vous pensez que Louis délire après avoir consommé des substances psychotropes ?
— Je crois plutôt que Louis a été informé de votre expédition avortée sur l'île et a compris que c'est Henri qui vous a procuré les coordonnées. Maintenant, il embrouille exprès son ami espérant vous embrouiller vous par son intermédiaire.
— Et ?
— Et rien. On attend le prochain appel. Louis a dit qu'il, je cite, « irait faire du repérage demain et poser des pièges pour capturer la bête ».
— Je ne comprends rien. Il est fou ou très rusé ?
— Les deux, je présume. Le garçon a tout de même organisé sa propre disparition, simulant des tendances suicidaires dans l'unique but de camper sur une île avec un mec armé. Les gens sains d'esprit ont des passe-temps

plus joyeux. Surtout, lorsqu'ils se retrouvent à la tête d'une grosse fortune à un âge aussi jeune.

— Ses parents sont morts ?

— Oui. Il n'a personne, à part quelques lointains cousins.

— Cela explique beaucoup de choses.

— En effet. Il a laissé un testament pour nommer les gestionnaires de son patrimoine au cas où « il serait porté disparu ». Il y a apparemment des instructions très détaillées sur une durée de trois ans. J'imagine qu'il renaîtra de ses cendres, une fois ce délai écoulé.

— Attendez, quand j'étais sur l'île, j'avais entendu un sifflement, je m'étais mis à scruter les ramures pour débusquer le serpent et c'est là que…

— C'était une diversion de la part de l'homme qui vous a assommé. Je vous le répète, ce reptile de deux mètres de haut est une affabulation. Soyez patient. Je vous biperai dès que j'aurai du nouveau.

— OK. À bientôt.

— Reposez-vous, Alexandre.

Sasha était complètement abasourdi. Il s'acheta un sandwich ainsi qu'un gobelet en plastique pour le vin emporté du restaurant et alla pique-niquer sur la plage la plus proche.

Chapitre XIV : MONSTRE RÉEL OU MONSTRE SOCIAL

Lundi 1er juillet, vingt heures trente du soir, Victoria

Victoria souleva doucement les paupières et vit un large sourire, mais ce n'était plus celui de Ray. Au travers le flou de sa vision ensommeillée, elle distingua les traits d'un homme.

— Ça va, toi ? La voix de Louis la tira des limbes en une fraction de seconde.

— Louis ! Comment tu te sens ?

— Bien. J'ai eu de la chance, la créature ne m'a mordu qu'une seule fois, répondit-il fièrement.

— Tu as une empreinte de ses dents ? ! Montre ! Victoria se redressa et s'écarta du miraculé, prête à découvrir les entailles du monstre.

— C'est sur ma nuque, mais on n'y voit rien, dit Louis sans bouger la tête, Sonny m'a posé un pansement pendant que j'étais inconscient. Je dois le garder pour éviter les infections. Selon lui, il s'agit d'une lacération de couteau et non d'une morsure.

— Ah, oui, il m'a accusée d'avoir tenté de te tuer et m'a consignée dans cette chambre.

— Je sais, Louis sourit, secoua légèrement la tête, grimaça, sa nuque endolorie devait le peiner, ne t'inquiète pas, c'est arrangé.

Il serra la main de Victoria. Elle la retira avec précaution.

— Je croyais que la créature t'avait attaqué pour se nourrir. À l'évidence, ce n'était pas son but. Alors, pourquoi t'avoir sauté dessus ?

— C'est exactement la question que je me pose. Sa salive est vénéneuse. J'ai eu des hallucinations atroces et des crises de panique des heures durant. Cela m'a rappelé l'effet du LSD.

— Tu as déjà pris du LSD ? s'étonna Victoria

— Oui, j'ai eu ma phase « paradis artificiels » à l'adolescence. Et toi, qu'est-ce qui t'est arrivé en mon absence ?

Le jeune homme la sondait du regard avec une intensité nouvelle. Une interrogation non verbalisée flottait dans l'air. Victoria n'avait aucune envie d'y répondre. La proximité du danger les avait rapprochés, balayant le rapport ravisseur/victime, mais ce n'était qu'une trêve. Elle fit un effort d'abstraction et se mit à relater les événements que Louis avait manqués.

— J'ai couru vers le débarcadère, le bateau n'était pas amarré et les clefs étaient sur le contact. Sur le coup, je m'étais dit que Dracula avait été emporté par le monstre au moment d'appareiller.

— Cela ne t'aurait pas déplu, avoue-le !

— C'est un être humain tout de même. Détestable, certes, mais humain.

— Tu es une bonne nature, je te l'avais dit !

Le jeune homme lui tapota l'épaule. La condescendance de son ravisseur sonna la fin de la trêve. Victoria maîtrisa sa colère et poursuivit.

— À présent, je ne m'explique pas comment il a pu me laisser m'emparer de son bateau. Lui, qui est si vigilant, il l'avait abandonné sans surveillance, prêt à partir.

— Comme, tu l'as si justement remarqué, il est humain. Il a dû avoir une envie pressante et n'a constaté le vol qu'après être revenu au débarcadère. En plus, il ne sait même pas que tu rêves de quitter l'île et ne s'est pas méfié.

— C'est vrai... Pour lui, je suis ta copine et non ta victime.

— Nous voilà déjà au refrain ? ironisa Louis, un brin irrité, que s'est-il passé sur le bateau ?

— Dès que le soleil s'est complètement couché, des projecteurs se sont allumés et aussitôt la créature s'est matérialisée à mes côtés. Bizarrement, elle ne m'a pas attaquée d'emblée. Je crois qu'elle souhaitait me goûter au préalable. Elle a plongé sa langue dans mon oreille, Victoria grimaça, je me suis brièvement évanouie en tombant à ses pieds. Elle aurait pu m'écrabouiller, mais elle s'est contentée de m'observer... Enfin, je n'en sais rien. Les spots m'aveuglaient et je n'ai vu que ses pattes.

— Hum...

— Ce dont je suis certaine, c'est que ce sont les faisceaux de lumière qui l'ont attirée. Ces projecteurs n'étaient pas là par hasard.

— Et comment t'es-tu retrouvée sur la plage ?

— Mystère. J'ai tenté de m'échapper en sautant à l'eau et le reptile m'a aidée en me propulsant avec ses bras-nageoires...

— Il « t'a aidée » ? !

— Oui. Je m'étais précipitée vers le bord et il a donné de l'élan à mon plongeon. Sauf que sa force m'a envoyée dans les profondeurs. Je me rappelle très bien manquer d'oxygène et me noyer.

— La créature ne t'a pas mordue ?

— Non. J'étais déjà couverte de bleus et d'éraflures en tout genre. J'ai une nouvelle bosse à la tête et une douleur assez localisée au centre de ma nuque. Victoria souleva ses cheveux.

— Je ne vois rien.

— Justement, pas de marques apparentes, mais si tu tâtes la peau, là, elle pointa son index sur l'endroit, il y a un durcissement circulaire.

— Sa langue est vraiment entrée dans ton oreille ?

— Oui.

— Ce qui signifie que seules ses dents recèlent du venin, sa salive n'est pas nocive, conclut Louis, méditatif.

— À ton avis, c'est une espèce non répertoriée ou un mutant ?

— Je pencherais pour une folie scientifique.

— J'espère que la folie n'a pas encore trouvé un moyen de se reproduire.

— Mouais.

Louis se massa le menton, absorbé dans ses réflexions.

— Et Dracula ? Il en pense quoi ?

— Au début, il croyait que c'est toi qui m'avais blessé et que je te couvrais par amour. J'ai eu droit à un discours sur la vénalité et la futilité des femmes. Il était bloqué sur le vol du bateau et ta conduite, en général. Puis, j'ai compris que, toi aussi, tu avais évoqué un énorme reptile. Deux personnes qui ne s'étaient pas concertées ne pouvaient raconter la même histoire, à moins de l'avoir vécue. C'est logique, Sonny n'a rien trouvé à me rétorquer. Il a même admis avoir déjà humé une forte odeur de décomposition, mais a juré n'avoir jamais aperçu l'animal.

— C'est un menteur !

— Pas forcément. Nous sommes convenus d'effectuer des recherches dès demain, pour faire toute la lumière sur cette chose. Ensuite, on avisera des mesures à prendre pour la capturer. En attendant, notre Expérience est suspendue.

— Tu plaisantes ? Vous n'allez pas vous aventurer dans la forêt ? ! Il faut appeler une équipe spécialisée, alerter les autorités !

Victoria était ahurie.

— Du calme, Blondie. Avant d'alarmer quiconque, il est indispensable de récolter des preuves, d'installer des pièges. J'ai appelé un ami à Paris afin qu'il ratisse le Web sur le sujet d'une grosse bébête puante.

— Tu es cinglé ! Il peut y avoir d'autres spécimens. Et si c'était un bébé ?

— Ah non ! C'est un adulte.

— Louis, nous avons failli mourir tous les deux ! Nous n'aurons pas de seconde chance.

— Tu ne risques rien, la maison est sécurisée. Et c'est plutôt confortable ici, les lèvres de son ravisseur se fendirent d'un sourire empreint de tristesse, le confort, c'est ce que tu désirais, non ?

— Tu as bien vu les empreintes dans la forêt ? Comment un gardien peut-il rater un monstre de deux mètres de haut ? ! Et les projecteurs ? C'est clairement pour traquer la créature la nuit. Et pourquoi il ne faut pas que t'examines la morsure ? Il n'y a qu'un seul pansement dans cette villa ? Il n'est pas médecin, mais il a pris le risque de te « soigner ». D'ailleurs, ce venin peut avoir des effets néfastes indétectables à court terme. Tu devrais consulter un docteur de toute urgence.

— Victoria, cesse de te tracasser. Je suis en forme. La décision de signaler la créature aux autorités ne relève pas de Sonny, mais des propriétaires. C'est leur île qui sera immédiatement envahie par les scientifiques, les militaires, les journalistes et les opportunistes en tout genre. Et n'oublie pas que nos témoignages sont inutilisables devant les propriétaires puisque notre camping est illégal. Sonny doit donc recueillir ses propres informations.

— Et tu te sacrifies pour l'aider ?

— Rencontrer une telle créature est une occasion unique. Et, de toute manière, j'ai engagé trop de moyens pour organiser mon Expérience, je ne flancherai pas.

— Si tu meurs, qu'adviendra-t-il de moi ? Je n'ai pas d'argent, personne ne connaît ma situation géographique.

— Un ami à Paris est au courant de tout.

Victoria arqua les sourcils.

— Il te rapatriera si je me fais dévorer. Mais n'y compte pas trop Blondie.

Louis lui tapota de nouveau l'épaule d'un geste paternaliste.

— Je vais écrire une lettre à envoyer à ma famille au cas où je ne survis pas à ton Expérience. La transmettras-tu à ton ami ?

La voix de Victoria se fit glaciale.

— Oh ! Tu dramatises tout. C'est impossible d'avoir un échange rationnel avec toi. Si nous ne parvenons pas à neutraliser l'animal dans les trois mois à venir, je te promets que nous quitterons cette île.

Victoria demeura interdite. Dans son esprit, rassembler les preuves était une question de quelques jours.

— Vic…

— Victoria ! Pour toi, je suis Victoria ! Tu te fais berner comme un petit garçon ! Ton cher Sonny a utilisé la bave de la créature pour salir ma robe ainsi que le papier avec mon texte où il a planté un couteau. Ce n'est donc pas juste « une odeur de décomposition » qu'il a humée.

— Stop ! Le vol des poèmes, la prétendue menace dans ta tente, c'est ton œuvre ! Tu t'es servie de cette substance sans savoir ce que c'était.

— En excluant cet épisode de ton analyse, tu fausses tout ton raisonnement. Le couteau dans ma tente, c'est Dracula.

— Admettons. Dans quel but ?

— Tu es riche. En menaçant celle qu'il présume être ta petite amie, il te testait. Il voulait s'assurer que tu étais facile à plumer. Vu que tu ne lui as jamais demandé de comptes pour son comportement déplacé envers moi, il se frotte les mains.

Victoria se tut. Louis demeura mutique quelques instants, la mine concentrée.

— C'est financièrement impossible. J'ai très peu de liquidités rapidement disponibles. Réunir un montant supérieur au prix de la location, prendrait trop de temps et laisserait trop de traces. Mes gestionnaires sentiraient immédiatement une ruse. Sonny ne l'ignore pas. Nous en avions discuté lors de la négociation du prix de la location et des modalités de versement.

— Ne me prends pas pour une idiote ! S'il nous brutalisait, là, tout de suite, tu trouverais d'un coup l'argent nécessaire.

— Bon, c'est tordu, comme à peu près tout ce qui sort de ton imagination débordante, mais j'y réfléchirai.

— Tu es naïf. Sonny reconnaît m'avoir poursuivie avec un scooter des mers. Selon lui, il a sauté dans le bateau comme un cascadeur. Crois-tu qu'il ait pu ne pas voir, même de loin, un reptile de deux mètres de haut illuminé par les projecteurs ? Et je doute fort qu'il m'ait retrouvée inconsciente sur la plage. Si j'avais été drainée par un courant, mon cerveau aurait été privé trop longtemps d'oxygène. Je serais morte à l'heure qu'il est. C'est Sonny qui m'a repêchée dans la mer.

— Il n'est donc pas si méchant que ça. Il t'a sauvé la vie. Je pense qu'il se sent coupable de ne pas m'avoir averti du danger et prétends ignorer l'existence de la créature pour éviter d'avouer sa faute. Il considérait peut-être ce reptile comme inoffensif. Peu importe. Dès demain, nous travaillerons de concert pour capturer cette curiosité. Il est déjà neuf heures du soir et nos recherches sont prévues pour quatre heures du matin. Je vais me coucher.

—… Adieu alors.

— Ne t'inquiète pas. Je gère la situation.

— Bonne chance.

— Bonne nuit.

La porte se referma pour se rouvrir aussitôt. Le gardien pénétra dans la pièce et déposa un plateau-repas sur la table de chevet.

— Merci, murmura Victoria. Le désir de l'assommer, de le ligoter et de courir vers le téléphone la démangeait. Elle se crispa pour se contenir.

Dracula hocha la tête et se dirigea vers la sortie. Soudain, il se retourna, planta ses iris dans ceux de Victoria et l'avertit d'un ton qui caractérisait toute la stérilité de son être :

— Je vais vous enfermer pour la nuit, je ne souhaite pas que vous vous déplaciez dans la maison sans surveillance.

— Ah oui, j'avais oublié que j'étais la créature la plus dangereuse de cette île, Victoria soutint son regard avec défi.

— Si vous avez une urgence, et uniquement une urgence, vous appuierez sur le bouton à côté de votre lit.

— « L'urgence » c'est comment selon vous ? Une crise de claustrophobie ? Un accès d'hystérie ?

— Vous êtes complètement folle.

— C'est le plus beau compliment qu'on m'ait fait depuis une semaine.

Dracula claqua la porte. Une clef cliqueta dans la serrure.

Victoria était enfin seule, terriblement seule sur le lit-scène du joyeux club de jazz.

Louis préférait le monstre réel au monstre social. La tournure virile de son Expérience l'excitait. Le danger l'aimantait. L'aile de la mort l'avait frappé une fois sans l'atteindre. Il était impatient de s'y frotter à nouveau. Et le bon sens ne pouvait pas rivaliser avec la vitalité qu'un homme ressent avant la bataille. Victoria s'étira sur le lit, fourra sa tête sous l'oreiller et se força à se remémorer des sensations agréables de son existence passée, pour s'endormir et ne plus penser.

Lundi 1er juillet, dix heures du soir, Sasha

Sasha avait fini son sandwich et savourait son vin chilien allongé sur la plage. Il était dix heures du soir passé, mais Sasha n'avait pas envie de revenir dans sa chambre d'hôtel. La confusion qui entourait la situation de Victoria l'oppressait. Il était de nouveau suspendu dans l'incertitude, assigné à l'attente sans avoir la garantie d'obtenir un jour l'explication souhaitée.

Son portable vibra. C'était un SMS de Serguei. « Ton fiston attend ton appel ». Sasha se dépêcha de regagner à pied la discrète cabine téléphonique à carte utilisée quelques heures auparavant. Il subodorait que le détective allait lui annoncer une information importante. Il introduisit son passe et activa sa ligne. La sonnerie retentit quelques minutes plus tard. Sasha décrocha à la troisième.

— Alexandre, j'écoute.

— Toujours rien à me dire ?

— Calme plat.

— Louis vient de rappeler Henri. Il a reparlé du reptile. Et, au détour d'une phrase, il a lâché un mot codé. Il avait convenu avant son départ d'un certain nombre de mots codés avec Henri. Celui qu'il a prononcé tout à l'heure signalait un danger. Concrètement, cela signifie que si Louis ne recontacte pas son ami dans les prochaines vingt-quatre heures, on doit dépêcher des secouristes sur l'île.

— Sa vie est en danger et il faut laisser s'écouler vingt-quatre heures avant d'envoyer des secouristes ?

— Selon le petit, c'est le niveau maximum d'alerte.

— A-t-il parlé de Victoria ?

— Non. Leur conversation a été brève.

— Donc Victoria est également en danger.

— À condition qu'elle soit toujours en vie et habite l'île.

— Si je pars maintenant, je peux y être dès l'aube.

— Je vous le déconseille fortement.

— Je ne vais tout de même pas attendre vingt-quatre heures pour peut-être ne rien apprendre et demeurer de nouveau dans l'incertitude. Je me suis lancé dans cette investigation, je dois la mener jusqu'au bout.

— Une investigation ? C'est plutôt une aventure. La tentation de l'adrénaline. Soyez franc avec vous-même. Victoria n'est qu'un prétexte, n'est-ce pas ?

— Je vous mentirais si je disais être amoureux d'elle. J'avais acheté cette croisière pour échapper à une certaine routine solitaire. En revanche, le destin de Victoria me préoccupe réellement. J'ai besoin de savoir ce qui lui est arrivé. Et il est clair que rester coincé ici à faire semblant de profiter des vacances est une torture.

— On vous soupçonne de l'avoir tuée. L'inspecteur vous a recommandé de ne pas quitter les Iles Vierges. Il vous faudra relouer un bateau et, cette fois, la police suivra vos déplacements en vous localisant par GPS.

— Je louerai une embarcation qui n'en a pas. Je laisserai mon portable allumé à l'hôtel. Je ne crois pas avoir été filé jusque-là. Selon vos propres mots, les flics n'ont pas assez d'éléments contre moi.

— Pour l'instant. Et si le sympathique résident de la jolie villa blindée vous capture une seconde fois ? Qu'allez-vous lui expliquer ? Que vous espériez échapper à une certaine routine solitaire ? Il va insister pour savoir comment vous avez obtenu les coordonnées de son île. Vous allez céder sous la pression et lui dévoiler mon existence.

— Ah… C'est parce que vous n'avez pas confiance en moi que vous m'appelez sur les téléphones publics ? Sasha sourit.

— Je n'ai confiance en personne, Guéna sourit aussi à l'autre bout du fil, je suis payé pour cette formidable qualité. L'hypothèse que Victoria ait été assassinée sur l'île demeure valable. En vous pointant là-bas, vous ne deviendrez que plus suspect. Imaginez que Louis ait donné une fausse alerte à Henri pour vous provoquer. De toute évidence, au moment de vous relâcher, l'homme armé ignorait le motif véritable de votre visite. Toutefois, il a pu en discuter avec Louis après votre départ.

— OK, OK, OK. Je reste ici et j'attends.

— À bientôt, Alexandre.

Sasha retourna à son hôtel avec la ferme intention de faire l'exact opposé de ce qu'il avait promis à Guéna. Si Louis était aussi fin stratège que le supposait le détective, c'est que Victoria était véritablement en danger. Et même si Guéna, Sasha en était certain, avait dramatisé la situation exprès pour dissuader Sasha de retenter une expédition, quelque chose de pas net se tramait sur cette île. Autrement, Louis n'aurait pas raconté une histoire aussi improbable et n'aurait pas donné l'alerte.

Sasha se mit à rassembler les objets nécessaires à son voyage. Percer enfin le mystère qui entourait la disparition de Victoria s'imposa comme une absolue nécessité. Débarquer à nouveau sur l'île était très risqué, mais cette fois Sasha savait à quoi s'attendre. La topographie de l'île, l'emplacement de la propriété équipée de caméras et la présence d'un homme armé étaient des données désormais connues. En outre, il n'avait plus envie de jouer les héros, il avait retenu la leçon. Obtenir une preuve rattachant l'un des deux disparus à l'île serait son unique objectif. Une telle opération était dans ses cordes. Ensuite, la police prendrait le relais. D'autant que si Louis ne rappelait pas Henri dans les prochaines vingt-quatre heures, il faudrait de toute façon envoyer des secouristes sur l'île.

Sasha envoya un SMS laconique à Serguei « Je vais participer à l'étude des reptiles. Ne t'inquiète pas », effaça tout l'historique et laissa son portable allumé dans sa chambre d'hôtel. Il n'eut aucun mal à louer un bateau à moteur qu'il choisit moins moderne et sophistiqué que celui qui lui avait servi lors de sa première visite.

Mardi 2 juillet, petit matin, Victoria

Victoria fut réveillée par son propre cri. Elle se redressa chassant les coulées de sueur qui inondaient son visage. Les prémices lactescentes de l'aube découpaient les contours de la pièce. Le voyant lumineux de la montre indiquait quatre heures du matin. Le cœur de Victoria tambourinait, propulsant dans ses veines des rafales d'adrénaline. Le swing du big-band avait cédé la place à la terrifiante cadence de la peur. Viscérale, sournoise, moite et nauséabonde… Les entrailles de Victoria se noyèrent. L'odeur de la créature lui comprima la gorge, l'étouffant par son étreinte létale. Elle glissa ses pieds hors du lit, un courant d'air chatouilla sa peau brûlante. La porte de sa chambre était entrouverte. Un sifflement parvint de la salle de bains et résonna comme un coup de fouet. Victoria détala à toute vitesse.

L'enfilade de portes closes du couloir fusa devant ses yeux. Elle dévala l'escalier, trébucha en bas des marches et s'étala à plat ventre. Son corps anesthésié par le stress ignora la douleur. Elle se retourna…

L'objet à l'origine de sa chute était le cadavre du gardien qui gisait face contre sol, le sommet du crâne échevelé et la nuque sanguinolente.

Le bruit à l'étage ne lui laissa pas le temps d'assimiler ce qui se présentait à sa vue. Elle se remit debout et se rua à travers le long corridor vers l'entrée du salon océanique. La porte était verrouillée. Victoria agita frénétiquement les poignées des portes voisines. En vain. Les bonds de la créature se rapprochaient dans son dos. Elle se retourna les yeux fermés dans l'attente du coup fatal.

Les minutes s'égrenaient. Victoria souleva à demi les paupières et découvrit, pour la première fois de près, la longue gueule du monstre. Ses fines écailles de teinte blanc verdâtre comme la morve étaient ciselées de raies rouges. Ses globes noirs sans iris et sans expression témoignaient de l'absence d'une quelconque forme d'intelligence.

Le reptile poussa un sifflement. Sa langue sortit et disparut aussitôt dans la fente de son museau conique. L'effluve de décomposition emplit les poumons de Victoria. Son estomac convulsa et propulsa un jet de vomis hors de sa bouche. La créature sonda de nouveau l'air avec sa langue puante et poussa un hurlement assourdissant. Victoria faillit s'écrouler, s'adossant au mur sur sa droite. La face livide de Louis qui descendait l'escalier à pas feutrés, armé d'un vase de taille imposante, vacilla dans sa vision nébuleuse. Le reptile fit volte-face et s'élança vers le jeune homme lequel déguerpit dans la seconde.

Victoria rassembla ses dernières forces et agita méthodiquement les poignées des portes les unes après les autres. Un battant céda, s'ouvrant sur une grande pièce. Elle s'engouffra à l'intérieur, ramassa le trousseau de clefs qui traînait par terre et essaya chaque clef dans la serrure. Le double-clic du verrou sonna comme une délivrance. Soulagée, elle se retourna et contempla son refuge.

Un mur d'écrans diffusait les enregistrements des caméras de la propriété. Victoria s'en approcha, hypnotisée. Le défilé des images s'effectuait selon un ordre précis. Elle pianota machinalement les différentes touches du poste de commande dans l'espoir de localiser Louis. Sans succès. Le programme continuait son cycle. Il lui a fallu attendre quelques minutes et scruter les moniteurs.

La chambre « jazzy », où elle avait passé les dernières vingt-quatre heures, se présenta sous divers angles. Victoria frémit, découvrant les gros plans de la salle de bains…

La vue de Louis allongé dans une énorme cage d'oiseau suspendue au plafond se colla brusquement à sa rétine. La pose étrange du jeune homme, membres étendus, bassin de travers, laissait supposer qu'elle était le dernier être humain encore en vie dans la maison. Victoria chut dans le fauteuil à roulettes posé devant un ordinateur et bougea la souris par réflexe. L'écran quitta le mode « en veille » et…

Une jeune femme pâle, aux cheveux blond platine, darda sur elle un regard furieux. Le poil de Victoria se hérissa. D'autres photographies se succédèrent, en couleur, en noir et blanc. Toutes chargées d'une intensité émotionnelle que seuls savent capturer de véritables artistes. L'existence de Victoria depuis le débarquement sur l'île avait été suivie dans ses moindres détails. Tous ses faits et gestes, ses mimiques jusqu'aux plus infimes contractions de ses muscles faciaux avaient été immortalisés.

« Elle transportée par Louis depuis un bateau sur la plage de la crique, les pans de sa robe relevés offrant une perspective sur ses fesses et son string encore en place » « La figure concupiscente de l'homme de main de Louis, resté sur le bateau » « Elle amenée par Louis dans l'enclave de verdure » « Louis penché au-dessus de son corps, dénudant ses parties intimes... » « Louis organisant le campement » « Elle dans les limbes d'un sommeil profond » « Son réveil douloureux après quarante-huit heures d'inconscience » « Elle en train d'escalader les falaises de la crique » « La coulée de sang serpentant sur son mollet » « Son premier dîner en compagnie de son ravisseur » « Sa première visite au ruisseau dans l'obscurité » « Sa rencontre avec le gardien à la lueur d'une allumette » « Sa course dans la forêt »...

Des images nocturnes, parfaitement capturées. Un travail de professionnel. Le diaporama continuait à la meurtrir de ses clichés.

« Elle gesticulant devant le portail »...« Elle dans les chambres de la maison, souvent nue » « Elle qui grimpe sur le palmier pour entrevoir l'intérieur de la propriété zébré de lumières rouges » « Elle qui écrit » « Louis qui la renverse sur la plage... ». Chaque étape de leur chute a été magistralement saisie.

Victoria comprit brusquement qu'il ne s'agissait pas de photographies, mais de plans extraits des séquences d'un film. Sa vie de prisonnière, sa douleur, son stress, sa tension, sa tristesse et, au-delà de tout, sa peur. Le fil conducteur de toutes ses expressions était la peur, s'amplifiant de jour en jour, d'heure en heure, de seconde en seconde. Et comme pour confirmer la justesse de cette observation, la créature fit son entrée dans cette fiction-réalité imagée. Victoria appuya rapidement sur la touche « échapper ».

Le fracas avec lequel le reptile tenta de défoncer la porte du centre de vidéosurveillance la fit sursauter. Elle ouvrit précipitamment tous les tiroirs et réussit à dénicher un petit pistolet, dont elle ne savait évidemment pas se servir.

La frénésie de la bête la rapprochait de son but à chaque secousse. Le battant finit par s'effondrer au sol, le reptile atterrit dessus. Les sécrétions de son derme le firent glisser sur la surface polie, l'empêchant de se redresser. Victoria observa les bras-nageoires se débattre à un mètre d'elle, braqua son arme sur la gueule et appuya sur la détente. Mais de coup de feu point. Une fumée rouge forma un cœur dans l'air et se dissipa aussitôt. Le pistolet était un faux, une farce de foire.

Ahurie, Victoria renversa le fauteuil à roulettes sur le museau de la créature et tenta d'enjamber ses membres postérieurs pour sortir. Le reptile ondula et la fit chavirer. Elle s'aplatit dans le couloir, se fendit les lèvres contre la plinthe. Crachant du sang, elle tâcha de ramper vers le cadavre du gardien dans l'espoir de s'emparer de son arme.

Mais, une morsure à la nuque crispa le corps de Victoria dans une crampe.

Sa conscience s'éteignit.

Enfin.

Mardi 2 juillet, matin, Sasha

Sasha arriva à proximité de l'île lorsque le soleil s'était déjà levé. Il l'observa un long moment avec ses jumelles. Évitant soigneusement les rivages sud, est et ouest, il s'approcha à la rame de la côte nord. Sa petite embarcation trouva place dans le renfoncement de l'une des falaises qui formaient l'anse ressemblant aux mains d'un géant.

Sasha fourra les affaires nécessaires dans sa pochette imperméable et sauta à l'eau. Il nagea jusqu'à un passage qui selon ses estimations devait l'amener vers une crique intérieure, et s'engouffra dedans. Sa supposition se révéla exacte. Il se retrouva dans une crique pratiquement fermée et s'immobilisa, maintenant prudemment sa tête à la surface afin d'étudier la petite plage sauvage et déserte qui bordait la crique.

Un panneau mentionnant « Propriété privée – interdiction d'accoster – tout trouble de jouissance donnera lieu à des poursuites » lui rappela qu'il était n'était pas le bienvenu. Il nagea jusqu'à une cavité dans la roche et s'y réfugia prêt à attendre une heure ou deux avant de s'aventurer sur l'île.

Son calcul était simple. Si l'un des habitants se montrait dans les parages, Sasha pourrait le filmer sans quitter son poste d'observation et repartir tout de suite vers son bateau.

Il s'adossa à la surface humide de sa cachette, cala confortablement ses pieds contre les excroissances rocheuses immergées dans l'eau et se mit à scruter le sentier de terre battue qui s'enfonçait dans la forêt.

L'attente fut longue. Aucun être vivant n'apparut dans son champ de vision durant les deux heures qu'il s'était accordées. Il fallait donc prendre le risque d'explorer la terre ferme.

Sasha sortit lentement de l'eau, l'ouïe aux aguets et, sans perdre de temps, s'engagea sur le sentier bien tassé par les pas. Il n'y avait pas âme qui vive. La nature paraissait être l'unique maîtresse des lieux.

Attentif aux moindres détails, Sasha remarqua au bout de deux cents mètres une étroite sente sur sa gauche. Il l'emprunta et dut écarter les branches et les tiges de végétaux pour se frayer un chemin.

Quelque chose de fin lui chatouilla la joue. Il tapa avec sa main croyant chasser un insecte. Ses doigts agrippèrent une mèche de cheveux longs et blonds… qui pendait comme un trophée de chasse de l'arbre hostile à tous ceux qui osaient pénétrer en son royaume.

Les mises en garde du détective résonnèrent dans le crâne de Sasha. Il sortit son appareil et filma les fils blonds esseulés, arrachés sauvagement à leur propriétaire. Puis, poursuivit son périple à travers la flore ennemi.

Après quelques minutes de cette pénible avancée, il déboucha sur une petite clairière circonscrite par une végétation foisonnante. Son pouls s'accéléra. Un campement rudimentaire composé d'une tente, d'un lit de fortune avec un sac de couchage posé dessus et d'un rangement contenant vaisselle et outils y était établi.

Il n'y avait personne. Une étrange sensation saisit Sasha. Son regard se posa sur la gourde au goulot sale qui gisait par terre, le bouchon dévissé avait été jeté à un mètre. Un broc cassé et un couteau négligemment planté dans la terre renforcèrent ce sentiment, sur lequel Sasha n'arrivait pas à poser le mot juste. Il fit quelques pas, prenant la précaution de ne rien toucher.

Les ustensiles de cuisine sentaient le poisson. Un récipient en terre cuite était rempli d'eau douce où flottaient des cadavres d'insectes. La mémoire de Sasha déroula les images de Victoria humant avec plaisir les aliments, mangeant lentement, savourant chaque bouchée. La gourmandise qui se dégageait de ses souvenirs s'accommodait mal d'une Victoria sauvage, prête à se nourrir de poisson et à se désaltérer avec une eau tiède et impropre.

La tente était ouverte, Sasha y jeta un œil. Le sac de couchage était taché de sang séché. De longs cheveux blonds s'étaient déposés un peu partout sur le tissu synthétique. Henri n'avait pas menti. Louis et Victoria « s'immergeaient » dans la nature. Sauf que leur lieu de vie était bien moins garni que celui de Robinson Crusoé…

Sasha filma la scène de désolation et réalisa, soudain, qu'inconsciemment, il ne craignait pas que les habitants du campement rappliquent. Tout en ce lieu semblait abandonné, étranger à la vie, étranger à l'instinct de survie, étranger au bon sens.

Il était probable que Louis et Victoria aient quitté l'île, auquel cas, la mission de Sasha devenait inutile. Il demeura indécis, balayant du regard chaque détail de la clairière. La tristesse qui se dégageait de l'endroit l'obligea à reconsidérer l'hypothèse de Guéna, selon laquelle Victoria ne serait plus de ce monde.

À défaut d'avoir décidé de la prochaine étape de son expédition, Sasha fit le choix de se planquer aux abords du campement et de patienter dans l'espoir de voir tout de même quelqu'un revenir…

Sa montre indiquait dix heures moins vingt. Il examina les différentes possibilités de cachettes et découvrit un passage fraîchement ouvert dans la végétation qui partait du campement vers la forêt. Sasha s'y faufila, tâchant de ne pas faire de bruit.

Une cinquantaine de mètres plus loin, il déboucha sur une parcelle de terre labourée, débarrassée des plantes et délimitée par une cloison artisanale en bois. L'amoncellement régulier de la terre ressemblait à une tombe… Abasourdi, Sasha mit sa caméra en marche.

— Monsieur Darov ! Vous vous êtes encore égaré ? ! Quel plaisir de vous revoir ! Jetez votre caméra à vos pieds, levez les mains, posez-les sur votre nuque, puis, tournez-vous face à moi.

Sasha s'exécuta. Il nota que l'homme, dont le visage lui était, hélas, familier, avait l'air fatigué tandis qu'une blessure marquait sa tempe droite.

— Le plaisir est partagé. Je suis venu vous demander conseil, Sasha tenta de paraître décontracté, mais au fond de lui, il avait peur.

— Sans blagues ! Le seul conseil que je puisse vous donner, c'est de me dire toute la vérité, maintenant ! But de la visite, noms de celui ou de ceux qui vous paient, comment les joindre. Et croyez-moi, c'est un très bon conseil.

— La police et d'autres personnes sont au courant que…

— La police ? Ha ! Il ne me reste plus qu'à l'appeler pour qu'elle vienne vous chercher.

— Je sais de source sûre que Victoria Svetlechkova et Louis de La Dressey sont ici. Mademoiselle Svetlechkova se trouve sur cette île contre son gré.

— Des connaissances à vous, je présume ? Présentement, il n'y a que vous et moi. « Chabadabada, chabadada, chabadabada », chantonna l'homme dévoilant sa parfaite dentition dans un rictus de carnassier, et moi, j'ai une arme pointée sur votre petite tête de mauvais menteur.

— Écoutez. Tout ce que je souhaite, c'est de parler à Victoria, m'assurer qu'elle va bien. Et après, je vous donne ma parole que vous ne me reverrez plus jamais.

— Votre parole ? Oh, elle doit valoir de l'or ! Là, tout de suite, vous allez revenir sur le sentier de terre battue et vous diriger vers le sud de l'île. Et pas de mouvements brusques, j'ai de fâcheux réflexes.

Sasha n'eut d'autre choix que d'obéir.

Chapitre XV : UN HEUREUX DYSFONCTIONNEMENT OU PAS

Mardi 2 juillet, fin d'après-midi, Victoria

La nuit était magnifique. Victoria flottait sous la voûte céleste, juste au-dessus de la Terre. Il lui suffisait de se retourner pour contempler la planète bleue avec ses océans, ses forêts, ses montagnes et ses déserts. Le Soleil sur sa gauche était une bulle incandescente, virile et agressive. Mais Victoria n'avait plus peur de ses rayons, ici, dans le Cosmos, elle n'était qu'une poussière interstellaire.

Émerveillée, elle caressa du regard la Lune, voluptueuse splendeur, dégageant de ses courbes scintillantes, une subtile féminité. D'innombrables étoiles filantes parcouraient l'Espace. Toutes les galaxies étaient désormais à sa portée. Son enveloppe charnelle s'était affranchie de l'attraction terrestre. Elle était libre, évanescente dans le firmament. La sensation de disparaître, de ne plus être, de se fondre dans les miroitements lointains était une joie immense. Victoria s'y abandonna sans retenue. « Merci » pensa-t-elle, sans savoir à qui elle adressait son adieu. À cet instant, une amertume sucrée emplit sa bouche, la ramenant à la vie qui tourbillonnait dans ses veines, à la pesanteur et à la réalité cosmique de sa chambre…

Comme à son premier jour sur l'île, l'éveil fut lent et angoissant. Quelqu'un avait ôté une partie de ses souvenirs, balayé ses rêves, anéanti son activité cérébrale pendant de longues heures. Et cette absence d'esprit, au sens premier du terme, était comme une blessure secrète dans son espace temporel.

La planète bleue n'était qu'un globe phosphorescent, suspendu à mi-hauteur du sol. Victoria avait été allongée dessus et ce singulier lit à eau épousait son anatomie à chaque fois qu'elle bougeait. Le soleil, la lune, les étoiles, les galaxies n'étaient que des meubles, savamment éclairés, fixés avec des supports invisibles dans la pénombre. Une Voie lactée servait d'escalier pour descendre de la Terre-lit. Victoria l'emprunta.

Après la dernière marche, ses pieds s'enfoncèrent dans une matière souple et profonde qui la fit aussitôt rebondir. Elle écarta les bras pour rétablir son équilibre. Ses pas marquaient le sol de luminescences vertes, aussi fugaces que les existences humaines dans l'infini cosmique. Victoria sautilla vers Uranus, éternellement gelé, ouvrit un petit réfrigérateur encastré et décapsula un soda, qu'elle fit pétiller sur ses lèvres fendues. La boisson évacua les gouttelettes de sang et rafraîchit sa bouche. Elle jeta la bouteille vide dans un astéroïde-poubelle.

Prudemment, elle s'approcha de la porte entrebâillée de la salle de bains et la poussa avec appréhension. Un espace circulaire, baigné par la pâle lueur des astres artificiels se découvrit à ses yeux. Elle y pénétra, évitant de se regarder dans les miroirs.

La cabine de douche, une fusée Spoutnik estampillée des initiales d'un pays où elle était née « CCCP[1] » et qui n'existait plus, l'accueillit solennellement en son sein. Elle

[1] CCCP est l'abréviation russe « URSS ».

tourna les robinets en forme de demi-lunes. L'eau jaillit tel un éclat rose et un tourbillon de reflets lumineux ruissela sur son corps.

Victoria ferma les yeux. Des photographies d'un esthétisme machiavélique envahirent sa vision la secouant d'un violent haut-le-cœur. Des sanglots s'échappèrent de sa cage thoracique, tels des mugissements. Ses poings s'abattirent sur les parois du Spoutnik avec une frénésie désespérée.

Sa crise dura une dizaine de minutes et se consuma avec le renvoi du contenu de son estomac dans l'espace intergalactique. Hébétée, Victoria revint s'allonger sur la Terre-lit.

— Salut ! retentit en russe une voix masculine.

Elle sursauta. Malgré la pénombre cosmique de la pièce, elle distinguait nettement tout ce qui s'y trouvait. L'homme se dérobait volontairement à sa vue.

— Où êtes-vous ? répondit-elle d'une voix tremblante.

— À ton avis ?

— Je n'ai pas d'avis. Montrez-vous !

La tête et les épaules de l'inconnu pointèrent d'en dessous du globe terrestre où elle était couchée. Il monta l'escalier-Voie lactée en quelques enjambées et s'installa à ses côtés. Victoria l'étudia avec crainte et curiosité.

L'inconnu était beau, racé, doté d'une sensualité sauvage susceptible de provoquer un sentiment immédiat de dépendance chez tous ceux qui ne lui appartenaient pas encore.

— Alors, comment as-tu trouvé l'Expérience ? s'enquit l'apollon.

— Qui es-tu ?

— J'ai posé la question en premier.

— Qu'est-ce que tu as à voir avec l'Expérience de Louis… ?

— Non, sourit l'homme avec malice, Louis voulait véritablement jouer à Robinson Crusoé, le pauvre. Je te parle de mon Expérience, celle de la peur. Je parie que tu n'as jamais éprouvé de sensations aussi fortes.

Victoria perdit l'usage de la parole. Deux incendies se déclenchèrent au niveau de ses tempes, le sang bouillonna dans ses veines, des centaines d'interrogations lacérèrent son cerveau embrumé. L'aisance avec laquelle l'inconnu avait parlé de sa peur la paralysa.

— Plutôt réussi, hein ?

Elle continuait à le toiser, interdite.

— En temps normal, je trie mes candidats sur le volet et ils déboursent une coquette somme d'argent pour passer une semaine très spéciale sur mon île. Mais pour toi, j'ai fait une exception.

L'apollon lui adressa un regard scrutateur. À l'évidence, il attendait un remerciement.

Victoria inspira profondément, se frotta la figure pour chasser sa stupeur et s'assurer qu'elle n'était pas dans mauvais songe.

— Tu… Tu veux dire que c'était fait exprès… ?

— Ah, acquiesça-t-il.

— Tu es le propriétaire ?

— Ah.

— De l'île tout entière ?

— Ah, c'est un cadeau de mes parents.

— Et le monstre… ? Il t'appartient ?

— Le monstre, c'est moi. Attention, ce n'est pas un costume quelconque, mais une machine sophistiquée, capable d'émettre des sons, de bondir. C'est mon bébé le plus abouti.

Il observa une pause, inquiet de la mine médusée de sa victime :

— Je te le montrerai.

— C'était un canular ? Et Louis, il est…

Le souffle de Victoria se saccada, une nouvelle crise de nerfs menaçait de l'engloutir.

— Vivant bien sûr. Sonny aussi. Je devine que jouer à l'homme des cavernes était une idée de Louis ? Son manque d'imagination est pathétique !

L'inconnu plissa les lèvres en forme de bec de canard.

—... Et la substance puante ?

Victoria déglutit.

— « Le Sauve-qui-pue » est une de mes créations, se vanta l'imposteur en prononçant le « le Sauve-qui-pue » en français.

— Comment... comment tu sais pour les Sauve-qui-puent ? !!!

— C'est le surnom du gel dont j'enduis mon reptile. Tu connais l'expression française « sauve-qui-peut » ?

Elle opina.

— Un jour, à cause de mon accent, des amis français ont entendu « sauve-qui-pue ». Depuis, le terme est resté.

— Et les sifflements, les hurlements ?

— Sa gueule est équipée d'un appareil déformant la voix. J'émets toujours les mêmes sons et ils se transforment en cris monstrueux. Par exemple, « ppppp » donne un sifflement menaçant. Et l'imitation de l'âne est parfaite pour un rugissement terrifiant. L'apollon étudia le visage de Victoria avec une adoration asexuée qui la décontenança,

— Créer une impression de réalité, reprit-il son explication, nécessite la sollicitation de tous les sens des participants. D'abord l'ouïe, ensuite l'odorat, puis le toucher et, enfin, la vue. La montée en intensité doit être progressive, avec des accélérations et des temps morts. Il faut sans cesse changer de rythme pour conserver l'effet de surprise.

Victoria se souvint des craquements de branches, des clics, des sifflements, des relents dont elle ne comprenait pas la source, du toucher gluant sur la bretelle de sa robe, du rôdeur nocturne dans le campement, des empreintes de pattes… Oui, l'ouïe, ensuite l'odorat, puis le toucher et, enfin, la vue… Elle y avait cru. Tous ses sens avaient été mis en alerte.

— Est-ce que Louis était d'accord avec ce simulacre ? Et ne t'avise pas à me mentir !

— Non. Il ne savait même pas que j'étais sur l'île. Je lui ai parlé tout à l'heure et il était soufflé par le réalisme de l'Expérience. Selon ses propres mots, c'est la meilleure chose qui lui soit arrivée dans la vie.

— Les photos, les vidéos, c'est ton œuvre ?

— Tout est mon œuvre dans cette maison, l'informa l'homme avec désinvolture. Alors ? Tes impressions ?

— Après ce que tu viens de me révéler, tu trouves le culot de me demander ce que je pense de ta maison ?

— Non pas que ton opinion sur mes décors ne m'intéresse pas, mais je parlais de tes impressions sur l'Expérience. Des exclamations émerveillées seraient les bienvenues. Avoue que c'était magistralement exécuté, ton cœur a palpité du début à la fin !

Victoria était désarmée par l'insolence et le calme de son bourreau. Il était en pâmoison devant ses talents d'imposteur, incapable de réaliser la souffrance qu'il lui avait infligée.

— Hé, hé ! Victoria !

Il la secoua par l'épaule.

— Quoi ?

Elle posa son regard embué de larmes sur son beau tortionnaire.

— Tu n'as pas aimé mon Expérience ? constata-il déçu.

— C'était douloureux jusqu'à l'indicible, grotesque, sadique…

— T'exagères.

Il esquissa une moue boudeuse.

— Tu as délibérément éreinté mon système nerveux pour t'amuser. Tu n'espères tout de même pas que je te déroule un tapis rouge ?

— Ce n'était pas pour m'amuser ! Je n'avais, au départ, aucune intention d'interférer dans les plans de Louis. Quand je l'ai vu débarquer avec toi, j'ai commencé à filmer, comme ça, par habitude. Et puis, je me suis aperçu de l'expressivité de ton visage et de ton corps. Et je n'ai pas résisté…

— Tu n'as pas résisté à quoi ? À jouer à m'effrayer ? ! Et tu pensais que j'allais apprécier ? Oh, comme c'est excitant de se croire en danger de mort, d'assister au meurtre d'un être humain pour le voir ressusciter miraculeusement, de périr à son tour, de renaître péniblement pour finalement trépasser dans les pattes d'un monstre ? !!!

— Tu es encore sous le coup de l'émotion, conclut l'apollon, incrédule devant le manque d'engouement de sa victime pour son art, je ne te brusque pas, prends ton temps, repose-toi !

— Écoute-moi bien, le mégalomane ! J'ai été enlevée par Louis, retenue ici contre mon gré dans des conditions épouvantables ! J'ai dû affronter l'idée d'être coupée du monde, sur un pan de terre cerné par la mer, sans intimité, ni dignité durant trois longues années ! Et ce, en compagnie d'un jeune homme dérangé et d'un gardien pervers. Mes proches me croient morte à l'heure qu'il est ! Te rends-tu compte de leur chagrin ?

Victoria ravala bruyamment ses larmes.

— Tout cela à cause d'un caprice de Louis. Mon unique désir était de fuir. Et maintenant, tu m'annonces que sur son Expérience, tu as greffé une autre Expérience, et ce, parce que tu avais jugé mon expressivité intéressante ? T'es cinglé ! Vous êtes tous les deux cinglés !

— Tu as vraiment été enlevée ?

L'inconnu baissa les yeux, clignant un peu trop souvent de ses cils étoffés.

— Comme si tu l'apprenais ! J'avais informé Dracula dès le premier jour.

— Dracula ?

— Sonny. Vous vous étiez forcément concertés ! C'est toi qui l'as autorisé à me faire entrer dans la villa lors de ma première visite. Je me souviens, dès que j'ai formulé ma demande de me doucher, Dracula a disparu à l'intérieur, me laissant sur le perron. C'était pour discuter avec toi ! Et c'est également toi qui lui as suggéré de me nourrir... Une rétribution pour le spectacle, je présume ? !

Au fur et à mesure que les ficelles de l'ignoble farce se démêlaient dans le cerveau de Victoria, son envie d'étouffer le bellâtre s'amplifiait.

— Oui, oui, oui, acquiesça ce dernier sans gêne, Sonny m'assiste sur tous mes projets. Par contre, j'ignorais que Louis t'avait kidnappée. Lorsque tu t'étais présentée devant les caméras du portail, j'ai cru que tu venais par curiosité. Franchement, tu n'étais pas très convaincante.

— J'étais déboussolée parce que ton Sonny niait connaître Louis et m'avoir rencontrée sur le sentier la nuit précédente. Je n'ai pas insisté, car j'espérais dévier son attention pour téléphoner en douce. Ma priorité consistait à ne pas trahir mes intentions d'évasion devant un complice armé de mon ravisseur.

— Bah, tu as tellement bien camouflé « tes intentions », que ni Sonny, ni moi ne t'avons prise au sérieux. Le lendemain, Louis avait rigolé à ce sujet, assurant que tu avais inventé cette histoire d'enlèvement parce que vous vous étiez disputés.

— Je parie que l'information sur notre disparition a été diffusée dans les médias. Qu'est-ce que ça te coûtait de te renseigner ?

— Louis ne nous a expliqué qu'aujourd'hui que vous aviez semé des indices pour faire croire à une noyade accidentelle lors d'une croisière. Comment aurais-je pu deviner que vous étiez officiellement portés disparus ? Je n'ai pas accès aux nouvelles, ici.

— Il m'a maintenue artificiellement endormie pendant deux jours ! Cela ne t'a pas interpellé ?

— Je ne vous ai pas surveillés vingt-quatre heures sur vingt-quatre. Je m'étais dit que tu étais fatiguée… Et de toute façon, Robinson Crusoé n'a pas l'air d'un mec capable de kidnapper une fille. Quand tu ne suspectes pas quelqu'un, tu ne te poses pas de questions. Mets-toi à ma place. Il y a deux ans, Sonny m'avait parlé d'un type, prêt à payer un paquet pour camper trois semaines sur la côte nord. Il avait un bon profil. Aucun antécédent judiciaire, élève exemplaire, héritier d'une grosse fortune. J'ai donné mon feu vert. Il ne fallait juste pas que Louis sache que, moi, le propriétaire, j'étais au courant de son séjour.

— Pourquoi donc ?

— Pour garantir la confidentialité. D'habitude, je fais signer un contrat très strict à tous mes clients, stipulant qu'ils n'ont pas le droit de divulguer l'existence de mon île et des Expériences que j'organise pour eux. Louis croyait avoir violé une propriété privée et corrompu un gardien, il n'allait pas le crier sur les toits. C'était le meilleur gage de son silence. Après deux courts séjours, il a proposé à Sonny un loyer fixe pour s'établir dans les alentours de la crique pendant trois ans. Sonny, en bon conspirateur, a convenu avec lui du prix et des conditions tout en me consultant en secret. C'était rentable. Un gars qui habite dans la forêt ne coûte rien. En outre, il s'engageait de faire place nette en cas de besoin. L'entretien de cette maison est très onéreux. Mes parents sont généreux, mais une source supplémentaire de revenus est toujours la bienvenue. Dans mon esprit, tu étais sa petite copine, une marginale comme lui. L'idée que tu puisses être sa « prisonnière » ne m'a même pas effleuré.

— Waouh ! Vous avez dupé Louis sur toute la ligne... Il est passé du statut du roi de la forêt à celui de pigeon. Il doit avoir une sacrée dent contre toi.

— Tu te trompes. Il m'est sincèrement reconnaissant.

— Mouais... Et le fait que Louis et moi étions en conflit permanent ne t'a pas paru étrange ?

— Je ne maîtrise pas assez bien le français pour comprendre une conversation rapide qui se déroule à quelques mètres de moi. D'autant que Sonny me parlait souvent dans l'oreillette...

— J'ai déclenché l'alarme de ta maison, j'ai grimpé sur un arbre qui pousse près de l'enceinte, je me suis planquée dans les palmiers pour comprendre comment dérober ton bateau...

Victoria sonda, désespérée, les yeux de celui qui l'avait si allégrement jetée dans l'abîme.

— J'ai activé l'alarme moi-même afin d'introduire un peu d'action dans le... dans l'Expérience. Et pour le bateau, ce n'est pas comme si t'avais essayé de scier l'amarre. Victoria, tu ne saisis pas. Il n'y avait rien d'anormal dans vos rapports. Un homme qui enlève une femme, c'est pour la violer ou la torturer. Louis, c'était l'opposé. Il te traitait comme une reine, se coltinant toutes les tâches quotidiennes. Vu de l'extérieur, il était aux petits soins pour toi. À part votre dispute, un brin passionnelle sur la plage, il n'a pas manifesté d'agressivité. Et puis, tu étais véritablement chagrinée quand je, enfin le reptile, l'avait attaqué. Vos retrouvailles dans la chambre jazzy ont été chaleureuses. C'était quoi ça, le syndrome de Stockholm ?

— Le danger nous avait unis. Contre la créature et contre ton gardien véreux. À la différence de Louis, je n'ai jamais gobé ses mensonges. À mon sens, il constituait une menace. Mon ravisseur était devenu mon allié face à des ennemis communs. C'est humain.

— Peut-être… Mais ne me reproche pas de m'être mépris sur vos relations. Je ne suis pas médium.

— OK. Explique-moi simplement quel était ton intérêt de nous faire « bénéficier » de l'une de tes onéreuses Expériences alors que nous n'avons pas signé de contrat et que le camping de Louis était rentable ?

— Rentable, certes, mais dérisoire à côté de ce que dépensent mes clients. Louis n'avait loué que la partie nord de l'île, avec interdiction de dépasser le ruisseau sauf en cas de nécessité absolue. Toi, tu ne respectais pas l'accord. Cela aurait été ingérable. Et pour le reste, je vais attendre que tu te reposes et que tu prennes du recul…

— Non, non, non ! J'en ai marre d'être un pantin que tout le monde agite à sa guise. Tu me dois la vérité !

La voix de Victoria se fêla, les pleurs lui déchiraient la poitrine, elle se mit en chien de fusil et cacha son visage bouffi dans ses genoux.

Son interlocuteur la contempla, penaud.

— Mon but n'était pas de te blesser. La plupart des gens se damneraient pour une telle aventure. Les participants ignorent toujours en quoi consistent exactement mes prestations. Ils me contactent par le biais d'un parrain, c'est-à-dire un ancien client qui a prouvé sa fiabilité. Les nouveaux acceptent à l'aveuglette en contrepartie d'une promesse d'adrénaline. Ils remplissent un formulaire très détaillé qui me permet de cerner leurs désirs secrets. Je décide seul du scénario et des modalités. Je les accueille à l'aéroport, je leur bande les yeux jusqu'à la destination finale. Une fois l'Expérience terminée, je leur dévoile la réalité de leur vécu. Je n'ai eu que des compliments. Aucune réclamation. Tout le monde cherche à échapper à la routine. Les sensations que je propose sont très dépaysantes. Nombreux sont ceux, qui repartent littéralement métamorphosés, en mieux, bien sûr.

— Sauf que moi, je n'ai pas choisi de me shooter à l'adrénaline. Louis n'avait pas simulé mon kidnapping. Je vivais dans la captivité, ton île était ma cage. Et ton jeu macabre m'a achevée !

— Victoria, non pas que je ne te fasse pas confiance, mais, tout à l'heure, j'ai téléphoné à l'inspecteur chargé de l'enquête sur votre disparition et il n'a pas mentionné d'enlèvement. Il était content que ses « disparus » soient sains et saufs. « Une affaire classée », tels ont été ses mots. Il nous attend demain pour déposition. Louis continue à seriner que tu étais d'accord. Qui suis-je censé croire ?

— Louis n'est qu'un menteur. N'oublie pas qu'il avait graissé la patte de ton gardien. Et ce n'est pas parce qu'il a finalement été floué lui-même que cela change quelque chose. Jamais je n'aurais consenti à fuguer avec lui. Jamais !

Le corps de Victoria était agité par des tremblements nerveux.

— Bon, c'est à la police de tirer tout cela au clair. Je vais te chercher un calmant, d'accord ? Une note d'empathie perça dans la voix de son tortionnaire farceur.

— Tu comptes me ramollir le cerveau pour écourter la conversation ? Déguisé en monstre, Monsieur est courageux, mais dès qu'il s'agit d'affronter les dégâts causés, Monsieur se défile ? Quel est « le reste » que tu envisages de me raconter « quand j'aurais pris du recul ». Crache le morceau !

— Tu devrais manger et boire quelque chose avant. Tu dois être affamée, non ?

— Si cela peut te délier la langue.

— Sonny, oh pardon, Dracula va te concocter quelque chose. À propos, moi, c'est Vassily.

Il quitta la pièce cosmique. Victoria observa les luminescences provoquées par ses pas. Elle ne se sentait pas psychologiquement apte à supporter d'autres révélations. Cependant, sa raison exigeait de réintégrer la réalité.

Vassily revint une demi-heure plus tard et s'assit à ses côtés sur la Terre-lit. Il lui tendit un verre d'eau et un flacon de calmant. Elle refusa la mixture.

— Dracula va t'amener un plateau-repas. C'est marrant que tu l'aies surnommé ainsi.

— Pas si marrant quand on l'aperçoit à la lumière d'une allumette dans la forêt d'une île censée être inhabitée. C'était ma première nuit après mon éveil de l'inconscience artificielle où Louis m'avait plongée. Je venais tout juste de réaliser ma condition de prisonnière et voilà que je rencontrais Dracula en personne. Louis ne m'avait pas prévenue qu'il y avait une maison et un gardien.

— Hum. Ses parents l'ont appelé Sonny à cause de la chanson Sunny.

Vassily essayait d'alléger l'atmosphère. Son ton était celui d'un adulte qui tente de distraire un enfant qui se serait fait un gros bobo.

— Sunny et Sonny, je ne vois pas le lien.

Victoria n'avait aucune envie d'être distraite.

— Ils ne parlaient pas anglais, ils ont entendu Sunny et ont compris Sonny. À l'époque, en URSS, ce n'était que des cassettes pirates, sans titres.

— Il est russe ? !

— Aha.

— C'est un bon acteur.

— Aha. Il était acteur dans sa jeunesse et cameraman par la suite. Un passionné de cinéma, tout comme moi.

Le Dracula Ensoleillé frappa à la porte. Son expression vive et curieuse n'avait rien à voir avec le personnage sinistre que Victoria avait côtoyé durant une semaine.

Vassily le débarrassa de sa charge. Victoria mangea le sandwich et le brownie qui lui étaient proposés et vida d'une traite le verre de thé glacé.

— Je t'écoute.

— Tu as vu les clichés de toi dans le centre de vidéosurveillance ?

— Oui. J'imagine que ce n'était pas un hasard si cette pièce était la seule ouverte au moment où je cherchais à échapper au monstre ? Tu avais programmé cette finale en verrouillant toutes les portes du couloir, n'est-ce pas ?

— Aha, une lueur de satisfaction glissa dans les yeux de Vassily, je suis réalisateur de cinéma. Ma notoriété est encore faible, je ne propose que des courts-métrages sur mon site. Toutefois, j'ai plus de cinq cent mille visionnages et le bouche-à-oreille continue à drainer le public vers mes créations. Les Expériences organisées sur mon île servent, en partie, à financer mon activité. Pour mes divers projets, je recrute des acteurs professionnels et je tourne dans des décors que je fabrique moi-même ou dans des lieux auxquels j'arrive à avoir accès grâce à mes relations. Quand j'ai commencé à vous espionner avec mon objectif, je n'avais aucune exigence artistique envers moi-même. Mais j'ai vite constaté que le rendu avait une cohérence et un univers singulier. Tu donnais l'impulsion et moi, je t'orientais dans la direction nécessaire au scénario…

— Au scénario ?

— Aha, grâce à toi, j'ai réalisé un petit film sur la peur. Le résultat est au-delà de mes espérances. Tu es un parfait conducteur émotionnel. Toutes tes sensations sont instantanément canalisées, concentrées. Par exemple, la colère avec laquelle tu as fixé la caméra du débarcadère avant de voler le bateau était magique.

— Je vois. Le bateau était prêt à appareiller pour les besoins du film sur la peur ? Et moi, pauvre idiote, qui croyais avoir été happée par la mort !

— C'était un tel regard de défi ! J'ai observé un tas de personnes terrifiées. La frayeur se cristallise dans leurs pupilles dilatées, sans aucune évolution. Ce qui est normal, d'ailleurs. C'est un sentiment amoindrissant, qui nous renvoie à l'état primitif, à notre instinct de survie. Mais toi ! Oh toi ! Tu extériorises toute l'acuité de ton ressenti. C'est un heureux dysfonctionnement de tes réflexes de conservation !

Victoria était outrée. Vassily livrait avec verve l'extase artistique procurée par sa traque émotionnelle, l'obligeant elle, sa victime à endosser le rôle de spectatrice de sa propre déchéance. Les scènes que Vassily évoquait, resurgissaient les unes après les autres dans son cerveau enflammé.

— Le film te convaincra davantage que mes paroles. Je suis sincèrement désolé si je t'ai poussé dans tes derniers retranchements. Mais ça valait le coup ! Naturellement, je te dédommagerai, tu auras un cachet d'actrice. Louis a déjà donné son consentement et gratuitement, en plus.

— Les projecteurs… ? Un effet de lumière ?

— Aha.

Vassily ne semblait pas décerner l'ironie dans ses paroles et Victoria eut soudain un doute sur la santé mentale de l'apollon. Un tel égocentrisme était loin d'être « un heureux dysfonctionnement ».

— La manière dont tu as obtenu mes émotions est abjecte. Cela ne te perturbe pas. Soit. En revanche, l'argent ne rachètera pas ma souffrance et je ne te la vendrai pas.

Vassily voulut protester, mais elle l'arrêta d'un geste de la main.

— Ce n'est pas négociable. Tu ne disposeras pas de mon droit à l'image. En outre, j'ai subi la captivité sur ton île. Ma fabuleuse expressivité est le fruit d'un intense stress, antérieur et concomitant avec ton Expérience débile. Demain, nous irons à la police et je déposerai plainte contre mon ravisseur. Une enquête aura lieu et ton court-métrage deviendra un vulgaire fait divers. Tel n'était pas ton but, n'est-ce pas ?

Le front de Vassily se rida.

— Et je ne décline pas ta proposition financière afin de monter les enchères, précisa Victoria, Louis t'a concédé « gracieusement » son droit à l'image dans l'espoir d'échapper aux poursuites pour enlèvement. Si j'accepte d'intégrer pleinement ton projet, je renonce automatiquement à l'incriminer. Le film discréditerait mon accusation, laquelle à son tour compromettrait le film.

— Victoria… « L'inavouable » a été mis en ligne il y a six heures. Des milliers de connexions ont été enregistrées depuis. À présent, il circule via les téléphones portables, les mails… Il est lancé sur la toile et je ne suis plus maître de sa destinée.

Victoria sentit son univers basculer, les murs qui charpentaient l'édifice de sa personnalité se fissurèrent. Vassily l'avait dépouillée de sa détresse, exposant au jugement d'autrui ses sentiments, son corps. Elle n'était désormais qu'une chose visuelle. La révolte qui grondait en son sein explosa avec une violence inouïe. Le plateau-repas et la vaisselle vide qui s'y trouvait partirent à la figure de l'apollon tandis qu'un chapelet d'insultes résonna dans l'apesanteur cosmique.

—… Ah ! Arrête ! Tu es folle !

Vassily esquiva les ongles de Victoria et entrava ses mains avec les siennes.

— Stop ! Stop !

Victoria lui cracha à la figure.

— Tu avais anticipé mon refus, espèce de minable ! Tu t'es dépêché de diffuser ton navet pour me mettre devant le fait accompli ! Il y a donc internet sur cette île ! Tu dis que tu ignorais tout de mon enlèvement ?

Victoria essaya de libérer ses jambes que Vassily immobilisait avec ses genoux.

— Alors pourquoi ton gardien avait-il prétendu que la liaison satellite était en panne ? ! Cela ne t'arrangeait pas que je parte, hein ?

— Le téléphone était en panne ce jour-là ! brama Vassily.

— Et internet ?

— Il n'y en a pas ici, Sonny a effectué le voyage dans la journée, pendant que tu dormais ! Cesse de me frapper, bon sang ! Oh ! Je hais les nanas hystériques !

Victoria mordit Vassily au cou, celui-ci rugit et lâcha prise. Elle lui cracha son sang à la figure et lui tira les cheveux. Vassily riposta en la plaquant sur le lit de tout son poids.

— T'as deux secondes pour te calmer, sinon je te menotte et je te fais une piqûre de tranquillisant. Compris ?

La voix de l'apollon se fit autoritaire.

— Compris, mugit Victoria.

— Je vais me dégager. Pas de gestes brusques. Je ne rigole pas.

Vassily bascula sur le côté.

Victoria avait écumé sa rage, elle était vidée. Vassily lui tint les poignets encore quelques minutes, écoutant sa respiration, de plus en plus régulière, la vrillant d'un regard furieux.

— Je vais désinfecter la morsure, annonça-t-il.

— Tu reviens ? Nous avons des points à éclaircir.

— Oui, desserra-t-il à peine les lèvres.

Vassily s'en fut et Dracula fit son apparition dans la pièce, jaugeant « la folle » d'un œil intrigué.

— Ça va mieux ?

Victoria ne daigna pas répondre.

— Tenez, c'est de la valériane.

Victoria persista dans son mutisme. Le gardien posa prudemment le verre et les gélules sur le lit. Elle nota qu'il maintenait une distance de sécurité. Dracula avait peur d'être mordu ! Victoria partit d'un rire homérique. L'homme tourna les talons.

Vassily revint une éternité plus tard, un large pansement au cou. Victoria l'accueillit avec soulagement. Elle avait remis de l'ordre dans ses pensées et était impatiente de reprendre la conversation.

— J'exige que tu retires ton film.

— OK. Mais j'aurai à le justifier devant mon public et ce n'est pas dans ton intérêt. Tu es l'actrice principale.

— Tu n'as tout de même pas osé mentionner mon nom dans les titres ? !

— Si. J'étais certain que tu accepterais avec joie. Il paraît qu'il y a des centaines de commentaires élogieux à ton égard.

— J'y figure nue ?

Sa colère refit surface.

— Des nues artistiques. On ne voit pas ton sexe, c'est un film tout public. Tu n'as pas de quoi avoir honte. Tu es une belle femme.

La voix de Vassily ne trahissait aucun intérêt sexuel. Victoria était sa muse, une créature irréelle. Elle eut l'impression qu'une centaine d'aiguilles s'étaient plantées dans sa chair. Elle était loin d'être une muse aguerrie.

— Victoria, si l'histoire de ton enlèvement se répandait dans la presse, j'aurais des millions de spectateurs. Une fille enlevée, non consentante… Une publicité d'enfer. J'aurais pu vendre l'exclusivité à une chaîne de télévision et empocher un pactole de fric. Mais, je ne me doutais de rien, je te le jure. Il n'y avait aucun calcul. J'avais simplement hâte d'avoir un retour sur mon œuvre. C'est normal. Libre à toi de déclencher un scandale, je n'en serais que gagnant. Cependant, je te le répète : ce n'est pas dans ton intérêt. À présent, tu es une actrice applaudie par des cinéphiles anonymes. Demain, tu deviendras une victime connue, attisant la curiosité malsaine de n'importe qui. Sincèrement, je ne te souhaite pas le deuxième rôle.

Victoria demeura muette. Vassily venait de lui asséner le coup de grâce. Il sortit une cigarette de sa poche et l'alluma.

— Relativise, poursuivit son tortionnaire, il y a des choses bien plus graves dans la vie. Par exemple, on m'avait, moi aussi, filmé à mon insu. Malheureusement, ce n'était pas pour un projet artistique, mais pour détruire mon couple et heurter la personne que j'aime.

— Arrête, je vais pleurer.

— Ma fiancée s'est enfuie de Moscou et ne répond pas à mes appels. Une connasse m'avait drogué pour réaliser une sextape. Et la visionnant Ninel a eu une paralysie faciale. Toute la partie gauche de son visage s'est bloquée. Sa famille me hait.

— Décidément, tu sèmes le malheur autour de toi.

— Je sais que toi aussi, tu couves un sacré chagrin d'amour.

— Quoi ?

— Tu parles dans tes rêves, en pleurant et en gémissant. C'est le même prénom qui revient à chaque fois.

—… Lequel ?

— Théophile.

— On l'entend dans le film ?

Le sang de Victoria se figea.

— Non, je l'ai brouillé, c'était hors sujet. J'étais persuadé que tu avais suivi Louis par dépit, pour oublier ce Théophile. Et la peur est le meilleur remède. Elle évince toutes les autres émotions. Une sorte d'ouragan intérieur qui balaye et qui nettoie. Cela m'avait convaincu que tu adorerais mon Expérience et le film…

— Aaaaah, toi aussi tu es un sauveur !

— Non. Je désire simplement que tu comprennes mes motivations. Je regrette que tout cela ait viré au drame.

— Elles sont ignobles tes motivations. Tu tentes d'intellectualiser ton inhumanité pour l'anoblir. La peur n'évince pas les émotions, elle les déplace. Théophile ne hante plus mes journées, mais mes nuits. Il a modifié ses horaires, pas très efficace la tempête de frayeurs.

— On en rediscutera à Paris…

— Ah, parce que nous allons nous fréquenter selon toi ? Retire ton navet de ton site. J'engagerai un avocat pour interdire les autres sites de le diffuser. Et ne t'approche plus de moi.

— Ne traite pas « L'inavouable » de navet, tu ne l'as pas encore vu pour le critiquer.

— Je l'ai vécu ! C'est amplement suffisant.

Visiblement piqué, Vassily se leva et se mit à marcher dans la pièce.

— Mon but était de saisir la quintessence de la peur. J'ai réussi à la magnétiser, à la magnifier pour mieux l'appréhender. C'est un sentiment quotidien et, pourtant, inavouable, même à soi-même. Tous les jours, nous avons peur de mourir, de perdre ceux que nous aimons, peur de la solitude, de l'amour, de la maladie… Et j'ai essayé d'exposer cet animal préhistorique dans toute son absurdité et sa puissance. Mon film a une fin cathartique et ta participation y est pour beaucoup.

— Pitié ! Je vais finir par croire que c'est un chef-d'œuvre !

— N'en rajoute pas, Victoria ! Tu as détesté cette Expérience, le cinéma ne t'intéresse pas, tu ne veux pas d'argent et moi, je suis un connard. Ai-je bien résumé le fond de ta pensée ?

— Aha, imita-t-elle l'intonation de l'apollon.

Vassily continua à arpenter la chambre dans tous les sens. Le silence s'épaississait de seconde en seconde. Victoria était lasse, exténuée. Elle demanda une cigarette à Vassily. Il la lui alluma.

— Une dernière question… Les miroirs, c'est à cause de ce Théophile ? Vassily parlait au ralenti, il réfléchissait en même temps.

— Quels miroirs ?

— Tu évites de te regarder dans les miroirs…

— Tu as des caméras partout ?

— Pas partout… Alors, c'est à cause de lui ? Que s'est-il passé ?

— Ce ne sont pas tes affaires.

— Je t'ai fait une confidence très privée sur mon couple.

— C'était pour m'attendrir.

— Non ! Je t'ai filmée pendant toute une semaine et…

— Il est temps d'éteindre les projecteurs.

— Je veux comprendre comment ce type a réussi à te séparer de ton reflet. On dirait qu'il ne t'appartient plus. C'est extrêmement intrigant. J'avais réfléchi des journées entières à la manière de transmettre cet état de « déconnexion de soi » au spectateur sans tomber dans le cliché du style « casser le miroir » ou travestir son apparence. Et, toi, en quelques frémissements et mouvements de tête, tu as dégagé cette fragilité du corps qui porte une âme creuse, indépendante du reste et à qui seul son reflet rappelle vaguement qui elle était avant.

La justesse des observations de Vassily interloqua Victoria. Elle l'applaudit dans ses pensées comme elle avait applaudi le décor de sa maison onirique.

— Ben, je te filerai le numéro de Théophile, tu lui demanderas. Vous vous découvrirez sûrement des atomes crochus. Lui aussi, adore voler l'image des femmes pour les transformer en fantasme. Vous n'êtes pas mieux que Louis qui vole les femmes tout court.

Vassily la fixa pendant quelques secondes. Victoria eut la sensation d'être la dernière part d'un gâteau que l'apollon se retenait de manger pour mieux la savourer le lendemain. À l'évidence, il n'avait pas été complètement honnête avec elle en reportant la discussion de certains sujets. Il quitta la pièce cosmique sans dire un mot, laissant planer derrière lui sa gourmande frustration.

Chapitre XVI : JAMAIS D'ENTRACTE

Mercredi 3 juillet, matin

Lorsque Victoria se réveilla, elle était toujours allongée sur la Terre-lit. Elle se leva, emprunta la Voie lactée et quitta la pièce cosmique, pour la dernière fois, du moins elle l'espérait.

Elle avait perdu la notion du temps, les journées et les nuits s'étaient mélangées, déformées, déchirées, ressemblant à des lambeaux de lumière et d'ombre.

Le couloir du premier étage était vide et sombre. Elle entra dans la chambre « Mes déviations sont dans la norme » et regarda par la fenêtre. Le soleil était en train de se lever. Vassily lui avait promis qu'ils quitteraient l'île pour aller à la police des Iles Vierges « demain matin ». Et ce matin était en train de naître sous les rayons de plus en plus audacieux de l'astre diurne. Victoria voulut prendre une douche, puis se rappela que des caméras étaient susceptibles d'immortaliser pour la énième fois son intimité. Vassily lui avait vaguement fait comprendre que certains endroits de la maison n'étaient pas sous vidéosurveillance. Il s'agissait sûrement de ses quartiers privés, ceux qu'il n'utilisait pas pour organiser ses « Expériences ».

Victoria déambula dans les différentes ambiances des pièces de l'étage. Aucune ne semblait être un lieu de vie. Elle palpa le mur qui faisait le cul-de-sac du corridor. Un léger courant d'air passait au travers la plinthe. Elle ne s'y était pas trompée, c'était la porte secrète qui menait dans les « coulisses ». Elle appuya dessus avec fermeté. Le mur bougea s'ouvrant sur une petite pièce ordinaire, entièrement lambrissée de bois clair. Des plantes vertes dans des pots en céramique de diverses dimensions étaient disposées un peu partout. Un cendrier rempli de mégots trônait sur le lit défait. La fenêtre était grande ouverte. Le refuge du maître de maison rassurait par sa banalité.

Une risée de vent matinal ébouriffa les cheveux de Victoria. Elle inspira profondément et se regarda dans le miroir. Il ne s'agissait plus de l'un de ces furtifs coups d'œil qui inspectaient son apparence. Non, à cet instant précis, Victoria n'avait aucune envie de fuir son reflet. Elle se tenait immobile devant la glace et se redécouvrait ou plutôt se découvrait.

Une peau légèrement dorée, des yeux brillants et perçants, des lèvres trop pulpeuses et flamboyantes à cause des blessures, une crinière de cheveux blonds entremêlés. La Victoria pâle, tendre et secrète avait disparu. Ses traits s'étaient métamorphosés dans l'épreuve, la rendant méconnaissable.

« Il faut d'abord… que l'on soit entièrement balayé en tant qu'être humain, pour renaître en tant qu'individu », la phrase de Henry Miller resurgit de sa mémoire.

Lorsqu'elle l'avait lu dans « Tropique du Capricorne », elle avait été interpellée par sa véracité. À présent, elle saisissait sa terrifiante réalité. Un cœur estropié ne brouille plus l'intellect par des ouragans émotionnels. Il laisse sagement le cerveau accomplir son travail d'analyse.

L'inconscience fraternelle qui nous liait aux autres se dissipe et on acquiert la froide conscience de notre solitude. Et cette solitude devient, dans notre compréhension, une qualité, celle qui caractérise tout être qui pense par lui-même.

Victoria s'arracha à son reflet individualiste et alla dans la salle de bains. Ses gestes furent précis et rapides. Elle ne pouvait pas se permettre le luxe de la détente. Les vêtements prêtés par Dracula quelques jours auparavant étaient sales, mais elle les renfila après sa douche, peigna sa tignasse de sauvageonne et descendit au rez-de-chaussée.

En bas des marches, elle s'arrêta, hésitante. L'image du cadavre du gardien était trop vive dans ses souvenirs. Le monstre avait été si réel. Vassily avait réussi avec brio à toucher tous ses sens. La peur n'avait pas complètement disparu et s'insinua de nouveau en son sein. La suite de l'Expérience l'attendait, peut-être, tapie dans le salon océanique. Victoria frissonna. Revoir les trois hommes, qui avaient transformé son espace psychologique en terrain de jeu, allait être éprouvant. Elle s'avança lentement jusqu'au salon, tira la poignée…

La porte s'ouvrit avec fracas, Victoria l'esquiva en sautant en arrière. Un homme plaqua Louis contre le battant. Louis repoussa son assaillant et tenta de lui empoigner la gorge avec les deux mains.

Victoria se pétrifia reconnaissant Sasha. Ce dernier rugit, jetant de nouveau Louis contre le battant. La jambe de Louis vola vers le ventre de Sasha qui para le coup en attrapant le pied de Louis et en le culbutant. Louis amortit sa chute en s'agrippant à la poignée de la porte, se remit debout et essaya de planter ses doigts dans les narines de son adversaire. Sasha intercepta son bras gauche, le tourna violemment et obligea le jeune homme à se courber. Louis hurla comme une bête enragée.

Vassily et Dracula, qui observaient la scène depuis le salon océanique, décidèrent enfin d'intervenir et séparèrent les deux combattants. Vassily éloigna Louis et le contraint de monter à l'étage pendant que le gardien ramenait Sasha vers la cuisine. Personne ne prêta attention à Victoria qui se tenait, muette de stupéfaction, au milieu du couloir.

Chassant sa torpeur, elle entra dans le salon océanique et s'assit sur un coin du canapé, en face du poulpe irisé qui servait de table basse.

Une éternité plus tard, Sasha apparut dans l'embrasure de la porte de la cuisine, une serviette avec des glaçons posée sur une tempe. Son teint était encore rougi et ses muscles gardaient la tension de la lutte. Il esquissa un sourire gêné, surpris, ravi.

Leurs regards s'accrochèrent. Victoria n'osait dire un mot, songeant, heureuse, qu'elle préférait les hommes qui ne soient pas contre la violence.

Sasha ne s'attendait pas à trouver Victoria assise sur le canapé du salon. Elle paraissait si irréelle, si différente. L'Aurore boréale était à son apogée, et flamboyait au-dessus de la Terre. Tout en elle avait changé. Sa beauté était devenue brutale, son regard perçant, son teint doré. Sasha ne savait pas par quoi commencer et restait mutique.

Victoria brûlait de connaître la raison de la présence de Sasha sur l'île. Elle réussit à articuler enfin sa question, livrant un effort surhumain pour se dégager de leur étreinte visuelle.

Lorsque la voix de Victoria résonna, Sasha ne comprit pas de suite le sens de ses mots. « Que faisait-il ici ? » Était-elle mécontente de le voir ?

— Je suis ici parce que je te cherchais. Je peux repartir si tu…

— Non ! Non, non, non ! Excuse-moi, je me suis mal exprimée. Je suis très heureuse que tu sois là. C'est la police qui t'a donné les coordonnées de cette île ?

— La police n'avait aucune piste, j'ai mené ma propre enquête pour te retrouver.

— Une enquête pour me retrouver… ?

Victoria était sidérée, émue, incrédule.

— Oui, pour m'assurer que tu avais quitté la croisière de ton plein gré. À l'évidence, c'est le cas, mais je me devais de le vérifier.

Sasha formula exprès sa phrase sous la forme d'une affirmation, laissant ainsi à Victoria l'occasion d'acquiescer sans se justifier. Les détails ne l'intéressaient pas. Vassily, avec lequel Sasha avait longuement discuté cette nuit, avait semé de nouveaux doutes dans son esprit. Et puis, il y avait ce film, « l'Inavouable », qui montrait Victoria tantôt libre et vaillante, tantôt effrayée et peinée. Louis n'y figurait qu'en tant que personnage secondaire.

— Mais non ! Louis m'a enlevée ! Il a frappé à la porte de ma cabine prétendant que tu étais en train de te noyer et a profité de mon affolement pour me plaquer un tampon imbibé d'anesthésiant sur le nez. Je ne me suis réveillée que deux jours plus tard, allongée dans le campement situé au Nord de l'île. C'était horrible. Si seulement j'avais su que tu me cherchais, tout aurait été… différent.

— Il t'a violentée… ?

— Non…

— J'ai visionné le film de Vassily, je l'ai vu enlever ton string et te sauter dessus à la plage… C'est plutôt passionnel entre vous…

Victoria se cacha le visage avec les mains.

— J'étais inconsciente quand il m'a dénudée et il m'avait poussée sur le sable pour m'empêcher de courir demander de l'aide aux livreurs qu'on entendait au loin. Tu me cherchais, car tu me considérais comme enlevée par Louis et, maintenant que tu m'as trouvée, tu crois que j'avais accepté de m'enfuir avec Louis ! Je perds le fil de ta pensée…

— Je ne te connais que très peu, Victoria. Certaines personnes aiment les rapports de domination. Vassily m'assure que, Louis et toi, vous vous comportiez comme des amis. Je veux simplement savoir la vérité, je ne te juge pas.

— Je n'ai que ma parole, Sasha. Je n'ai pas de film à te montrer, pas de photos. Louis ne m'a pas violée. Il ne m'a frappée qu'une fois, lors la fameuse chute sur la plage immortalisée par ce sadique de Vassily. Cependant, j'ai été privée de ma liberté, de ma dignité, de tout confort et de tout espoir. Cette île était ma prison, Victoria enleva ses mains de son visage et regarda à nouveau Sasha.

Il vint s'asseoir à ses côtés et se rendit soudain compte à quel point elle avait l'air exténuée. Ses vêtements étaient sales, en particulier, le bermuda, dont le treillis militaire, camouflait mal les taches de sang. Sa peau était couverte de bleus, de coupures, de griffures. Sasha se remémora l'impression de désolation qui l'avait saisi à la découverte du campement où Victoria était censée habiter pendant trois ans. Ce lieu désœuvré ne lui appartenait pas, ce n'était pas un espace vital, mais une cage sans barreaux… Le film de Vassily jouait d'ailleurs sur cette sensation de confinement.

— Je te crois, Sasha lui caressa le dos comme à une enfant, j'ai toujours cru que c'était un enlèvement, raison pour laquelle je te cherchais. Mais, j'avais besoin de l'entendre de ta bouche.

— Tu sais, ce n'est qu'hier soir que Vassily a divulgué son canular.

— Oui, il m'a raconté. Il était très perturbé par tes larmes. Il était persuadé que tu apprécierais son Expérience…

— Louis aussi était persuadé que j'adhérerais avec plaisir à son « Expérience » d'immersion dans la nature. Il se considérait comme mon sauveur. Je comprends que tu aies des doutes sur mes rapports avec lui. Mais si à un moment, nos relations ont pu paraître ambiguës, c'est parce que le danger créé par Vassily, nous avait rapprochés.

— Ce matin, j'ai essayé de pousser Louis à s'expliquer sur votre disparition du « Lazy John ». Il a effectivement affirmé que tu étais partante pour t'isoler de la civilisation et qu'il t'avait « sauvée » d'une existence médiocre. Au fait, tu ne m'en veux pas de l'avoir frappé ?

— T'en vouloir ? Bon sang, je te suis reconnaissante ! Merci de m'avoir cherchée, de m'avoir trouvée, d'avoir défendu mon honneur. Cela m'est très précieux.

— C'est normal, Vika.

— En théorie, peut-être. En pratique, peu de gens auraient agi comme toi.

Sasha lui caressa la joue, ramenant les mèches rebelles derrière son oreille.

— Imagine qu'un être humain disparaisse dans des circonstances troublantes. Personne ne se bouge pour le retrouver. Et tu es l'unique personne à considérer avec sérieux l'hypothèse selon laquelle il pourrait être en train de vivre un calvaire. Serais-tu restée les bras croisés ?

— J'espère que non…

— N'espère pas, tu as voulu inviter Louis à dîner avec nous pendant le barbecue sur la plage, car tu avais peur qu'il ne se suicide, le pauvre petit !

— Pitié, pas de sarcasmes, j'ai payé cher mon empathie.

— Vais-je payer cher la mienne ? Je veux dire, vas-tu m'enlever, m'isoler sur une île avec toi ?

Sasha lui tendit ses deux bras joints, prêts à ce qu'on lui passe les menottes.

— Je laisse le suspens intact. Il faut d'abord qu'on en termine avec cette affaire. Je rêve de récupérer ma vie, ma liberté. Comment se fait-il que la police n'ait envoyé personne pour conduire Louis en détention ?

—… Ils n'ont aucune preuve permettant de l'inculper. Ils n'avaient jamais privilégié cette piste.

— Il n'y a pas de témoin ? Et l'homme qui nous a déposés sur cette île ? On l'aperçoit sur les photos de Vassily.

— À mon avis, Louis l'a payé suffisamment cher pour qu'il tienne sa langue.

— Cela sera donc ma parole et la tienne contre celle de Louis. C'est un peu mince.

— En ce qui me concerne, je ne suis pas un témoin crédible.

— Pourquoi donc ?

— Jusqu'à ce que Vassily appelle l'inspecteur pour lui annoncer que vous étiez sains et saufs, j'ai été suspecté de votre meurtre. Je vous aurais tués, Louis et toi, dans un accès de jalousie. J'ai eu droit à quelques interrogatoires en bonne et due forme.

— C'est pitoyable. Alors, il te fallait absolument nous retrouver pour prouver ton innocence…

— Tu rigoles ? Ils n'avaient rien contre moi. Je n'avais pas besoin de te chercher, Sasha fronça les sourcils, c'était à son tour de se justifier, lorsque j'ai lu la lettre que tu m'avais écrite sans me connaître, j'ai…

— Mais tu étais retourné à Paris entre-temps ?

— Euh… non. Le matin après ta disparition, je t'attendais pour le petit-déjeuner et comme tu ne venais pas, je suis allé frapper à ta porte. Elle n'était pas fermée à clef… En inspectant ta cabine pour comprendre où tu pouvais être partie, je suis tombé sur ton journal intime.

Et je l'ai lu, Sasha baissa les yeux pour la forme, il n'éprouvait aucune culpabilité.

Victoria le sonda du regard. Le dernier bastion de son intimité venait de tomber. Son journal intime ne l'était plus vraiment.

— J'aurais préféré que tu ne me l'avoues pas et que tu remettes discrètement mon carnet dans mes affaires. Mais bon, je ne t'en veux pas...

Elle insuffla autant que possible de naturel dans son intonation ne souhaitant pas trahir sa déception.

— Ouh, j'adore ce revirement !

Vassily se matérialisa dans le salon aquarium

— De quelle lettre s'agit-il ?

L'apollon craqua une carotte crue, étudiant ses deux hôtes avec un air innocent.

— C'est pour mon scénario, précisa-t-il.

— Quel scénario ?

Victoria braqua les yeux sur lui.

— La croisière, le kidnapping de Louis, mon Expérience qui s'était emboîtée dessus, les aventures de Sasha qui voulait te retrouver, le fait qu'il ait été accusé de meurtre. C'est le scénario que j'attendais depuis longtemps. Même votre conversation là, sur le journal intime, c'était super !

Vassily parlait la bouche pleine, mastiquant sa carotte par intermittence. Victoria eut très envie qu'il avale de travers et s'étouffe.

— Aussi super que l'idée de détruire ton couple à l'aide d'une sextape !

— En parlant de mon couple, je te dois une fière chandelle, Vassily redevint sérieux l'espace d'un instant, Ninel m'a appelé après avoir vu « L'inavouable ». Sa paralysie faciale n'a duré que quelques jours...

— Ninel, c'est un prénom peu commun pour notre génération[1] ? s'étonna Sasha.

— C'est en l'honneur d'une femme qui a sauvé sa grand-mère pendant la guerre. Une jolie histoire, ça aussi, mais bon la Deuxième Guerre mondiale ne m'inspire pas vraiment. Oh Victoria, tu veux bien me parler de Blonde Prada et Blonde Lada. J'aimerais…

Victoria s'enfuit au-dehors, en claquant la porte. Avec Vassily, il n'y avait jamais d'entracte. Il projetait de transformer à nouveau sa vie en fiction. Son accord n'était pas nécessaire. Vassily prenait simplement la précaution de la mettre au courant, afin de s'éviter une crise de larmes a posteriori.

Victoria n'était même pas en colère. C'était un luxe que son psychisme trop éreinté n'avait pas les moyens d'assumer. Elle avait juste envie de solitude, de paix. Fuir la maison onirique, son propriétaire qui tissait des rêves avec ses nerfs, échapper aux yeux de Sasha qui s'était emparé de tous ses secrets sans éprouver aucun remords. Maintenant, elle comprenait pourquoi il avait fourni autant d'efforts pour la retrouver. Le devoir moral avait certes un sens pour lui, mais la lecture de son intimité dérobée avait été un appel plus puissant.

Victoria plissait les yeux, éblouie par le soleil matinal. Le portail métallique était fermé. Elle fit un signe à la caméra pour qu'on lui ouvre. La voix de Dracula résonna depuis un petit interphone, installé à l'abri des regards. Il lui donna rendez-vous au débarcadère à huit heures et demie. Victoria n'avait pas de montre, mais elle assura le gardien de sa présence. Le portail s'ouvrit lentement, Victoria se précipita vers la liberté.

---

[1] Ninel est un prénom peu utilisé de nos jours puisqu'il s'agit d'une anagramme du nom de Lénine.

Elle ne savait où aller. Malgré les révélations de Vassily, la forêt l'effrayait toujours. Toutefois, l'envie de revoir leur campement et la crique une dernière fois l'emporta sur la peur. Elle avait besoin d'imprimer ces lieux dans sa mémoire, d'emprisonner dans ses souvenirs le papillon de cette île baignée des eaux cristallines.

Mercredi 3 juillet, nuit

En quittant la salle d'interrogatoire, Victoria était au bord de l'évanouissement. L'inspecteur Waks, en charge de l'enquête aux Iles Vierges, ainsi que son équipe avaient dès le départ traité Victoria avec méfiance et curiosité. Ils avaient visionné le film de Vassily la veille au soir et avaient tous vu Victoria nue. Ils croyaient tous qu'elle jouait la comédie et considéraient ses accusations contre Louis comme purement fantaisistes.

C'est pourquoi Victoria avait été interrogée plusieurs fois par différents policiers. Son premier contact avait été une femme, faussement amicale, dont l'intention n'avait jamais été d'établir les faits. Elle tentait plutôt de la déstabiliser pour l'amener à se contredire. Personne ne souhaitait s'embarrasser d'une enquête pour kidnapping, on voulait juste constater que « la petite actrice » mentait.

En outre, toutes les informations recueillies au sujet de Victoria parlaient en sa défaveur. Les témoignages de ses proches sur son chagrin d'amour ; sa démission sur « un coup de tête » alors qu'elle n'avait pas de nouveau travail, son intention d'être serveuse alors qu'elle était avocate…

Il y avait aussi ses anciens collègues du Cabinet Berglot, qui s'étaient empressés de se réhabiliter à leurs propres yeux, en prêtant à Victoria des troubles psychiques graves comme le délire de persécution et la nymphomanie.

Et pour compléter le tableau, on avait retrouvé à son appartement parisien des médicaments et des somnifères en trop grande quantité. Les trois quarts de ce stock revenaient aux divers amis qui lui avaient passé commande lorsque Victoria s'était rendue à Moscou fin mai. Elle n'avait simplement pas eu le temps de les remettre aux destinataires. La plupart des Russes résidant à Paris s'entraidaient en se passant des colis de Paris à Moscou et vice versa. Victoria n'aurait jamais cru que cela puisse peser contre elle. Étrangement, la femme faussement amicale ne prit pas la peine de noter les noms et les coordonnées des amis concernés.

«…Je vous comprends, Mademoiselle » — disait la femme faussement amicale — « Vous êtes venue en Occident, toute seule, sans votre famille, vous avez étudié et travaillé en même temps, vous avez réussi à rembourser votre prêt étudiant par anticipation. Une vie à la dure, hein ? »

Grand sourire, empathie dans le regard.

« Malheureusement, tout est allé de travers, votre vie professionnelle, votre vie sentimentale, vous avez eu envie de changer d'air, hein ? »

Grand sourire, empathie dans le regard.

« Et c'est là qu'un beau jeune homme d'une famille réputée et héritier d'une grosse fortune, vous propose de faire une Expérience unique, s'enfuir sur une île paradisiaque, vivre d'amour et d'eau fraîche, en abandonnant tout derrière soi, votre identité, vos soucis, les gens qui vous ont blessée. Une chouette opportunité, hein ? »

Grand sourire, empathie dans le regard.

« C'était tout de même irresponsable de faire croire à vos proches que vous vous êtes noyée… »

Dodelinements réprobateurs, grand sourire, empathie dans le regard.

Que pouvait rétorquer Victoria à ça ?

Qu'elle n'était pas une petite Russe, perdue dans le monde capitaliste. Que lorsque sa mère s'était remariée et avait eu un autre enfant, Victoria avait décidé de partir. Partir pour offrir à l'être qui avait tant sacrifié pour elle, l'impression de vivre une seconde jeunesse.

Sa mère s'était doutée, bien sûr, de quelque chose, mais, connaissant la passion de Victoria pour la culture française, elle l'avait laissée s'en aller, les larmes aux yeux.

« C'est tellement, tellement généreux de votre part ! »

Grand sourire, empathie dans le regard.

Non, ce n'était pas généreux, c'était normal.

Les phrases censées acculer Victoria, l'obliger à se justifier, continuaient à fuser.

« Vous savez, il nous arrive de voir de jeunes femmes dans nos locaux, victimes de choses abominables ».

Dodelinements réprobateurs.

« Monsieur de la Dressey ne vous a ni violée, ni frappée, ni attachée. Ah, pardon, il vous a poussé une fois au sol. Souhaitez-vous reconvertir votre plainte ? Violence légère, c'est tout ce que j'ai de concret dans le dossier. Enfin, heureusement que vous n'avez eu que quelques égratignures »

Grand sourire, malice dans le regard.

« Par contre, vous l'aviez bien giflé pour le punir, hein ? »

Plissement des paupières.

« Étrange ravisseur qui se laisse traiter ainsi, hein ? »

Petit sourire, mépris dans le regard.

« Et comment se fait-il que vous ne portiez pas plainte contre Monsieur Vassily Bolinov ? Vous dites qu'il vous a filmée à votre insu, joli petit film d'ailleurs, vous y tenez le rôle principal, une actrice née, hein ? »

Grand sourire, envie dans le regard.

Victoria ne tenait pas à poursuivre Vassily, pour éviter de lui faire de la publicité. Pour ne pas devenir une « victime très connue », selon les propres mots de l'apollon.

Pourtant, ce dernier avait reconnu ses torts et avait offert à Victoria des dommages et intérêts. En compensant son préjudice moral, le réalisateur escomptait se mettre à l'abri de poursuites ultérieures. Rusé, rien à dire. Naturellement, Victoria ne tomba pas dans son piège et lui opposa un refus catégorique.

La femme faussement amicale l'avait gardée une heure, l'abrutissant avec les mêmes questions formulées de façons différentes.

Ensuite, ce fut le tour d'un jeune homme au regard perçant et froid.

Puis, celui de l'inspecteur Waks en personne.

Et, enfin, pour terminer, on procéda à une confrontation entre elle et Louis. C'était sa parole, contre la sienne. Victoria se battit jusqu'au bout. Louis resta stoïque. Le face-à-face dura quarante minutes.

Jeune homme français, grosse fortune, surdoué dans les études, membre d'un mouvement écologiste, généreux donateur de causes humanitaires.

Pas le profil de kid-na-peur.

Contre jeune femme russe, seule à Paris, sans travail, sans argent, « vicieuse petite folle » selon ses collègues et complètement tourmentée selon Louis.

Profil parfait de la manipulatrice.

Affaire classée.

Louis partit d'une démarche nonchalante. Victoria le raccompagna des yeux. L'inspecteur la pria de rester quelques minutes supplémentaires. Elle accepta tout en demeurant debout, près de la porte. L'inspecteur s'approcha d'elle de sorte que ses yeux soient à une vingtaine de centimètres des siens. Il lui demanda de l'écouter sans lui couper la parole, car ce qu'il avait à lui révéler était très important pour sa sécurité. Victoria opina, étonnée.

«… Votre rencontre avec Monsieur Darov n'est pas le fruit du hasard. La police française a établi qu'il vous a suivie jusqu'à l'agence de voyages à Paris. Il est probable qu'il vous espionnait déjà depuis un certain temps…

Il s'était présenté à l'agence peu après votre passage pour acheter la même croisière que vous. Il avait joué la comédie devant les employées, prétendant être votre fiancé. C'est un manipulateur très habile qui a su endormir la vigilance des deux femmes qui l'avaient reçu.

Il avait, en effet, affirmé qu'une dispute avait eu lieu entre vous et lui et qu'il souhaitait se faire pardonner en vous offrant des vacances. Il avait même précisé être tombé sur la plaquette de l'agence de voyages dans la cuisine de votre appartement commun.

Monsieur Darov n'a pas de casier judiciaire, mais cela ne signifie pas qu'il n'ait jamais commis d'actes répréhensibles. Il a refusé d'expliquer comment il était parvenu à localiser l'île de M. Bolinov alors qu'il s'agit d'une propriété privée très éloignée des Iles Vierges. Il a, sans doute, eu recours à un détective un peu particulier, un ancien des services secrets russes par exemple, qui exercerait sans licence. Un tel spécialiste de l'ombre n'est pas facile d'accès, ce qui implique qu'il l'ait utilisé auparavant.

Par ailleurs, Monsieur Darov est capable de violence. Il a frappé Monsieur de la Dressey… »

Victoria écouta en silence. Lorsque l'inspecteur Waks eut enfin achevé son laïus, elle opina de la tête et quitta la salle d'interrogatoire.

Alexandre et Vassily l'attendaient au bout du couloir. Elle leur fit un signe de la main, indiquant qu'elle reviendrait dans quelques minutes. Elle n'avait pas la force de leur parler, pas avant d'avoir mis de l'ordre dans ses pensées.

Les toilettes des femmes étaient vides, Victoria en profita pour enlever son haut et se rafraîchir.

Le classement sans suite de sa plainte contre Louis n'était pas une surprise. L'avocate en elle avait accepté la logique juridique ce qui n'allégeait en rien sa souffrance. Son humiliation, le sentiment d'insécurité qui ne la quittait plus, ne seraient ni reconnus, ni punis.

L'eau froide du robinet coulait sur la figure et la poitrine de Victoria, sans la revigorer pour autant. Les mises en garde de l'inspecteur contre Sasha résonnaient encore dans sa tête.

La désillusion était trop brutale, trop incroyable. Sasha avait tout contrôlé depuis le début, il lui avait menti. Il ne l'avait cherchée que pour la garder sous son emprise… Et, elle, pauvre idiote, qui avait cru à sa profondeur d'âme, à sa véritable gentillesse. Cette déception était le coup de grâce, celui qui écrase, qui asphyxie, qui enlève tout espoir en la nature humaine.

Hélas, il fallait se résoudre à sortir dans le couloir et à parler une dernière fois avec le précieux inconnu.

— Ça va ? Sasha eut un pincement au cœur en voyant le visage décomposé de Victoria. Des cernes s'étaient dessinés sous ses yeux, tels deux nuages orageux.

— Pas vraiment… répondit Victoria en fuyant son regard inquiet. Et vous, ça s'est bien passé ?

— Moi oui, Sonny est déjà reparti sur l'île, Vassily était étrangement sérieux et pensif, viens, t'as besoin d'un bon remontant.

— Oui, allons-y ! Je connais un endroit tranquille dans le coin. On t'a rendu tes affaires ? Je vais t'aider à les porter.

Sasha voulut prendre la main de Victoria qui se tenait immobile devant eux, étudiant les murs d'un air perdu.

— Non merci, je veux rester seule. L'inspecteur m'a dit que mes effets personnels étaient prêts, je dois les récupérer dans le bureau, là-bas, elle tourna la tête vers la gauche, la croisière se termine et je retourne à Paris avec mon billet. Le responsable du voyage a été prévenu.

— Moi, aussi je repars, je n'ai plus rien à faire ici.

Sasha ne savait pas quoi entreprendre pour sortir Victoria de son état de zombi.

— Alexandre... Victoria se força à regarder dans ses yeux verts, l'inspecteur m'a tout raconté, le fait que tu m'aies suivie jusqu'à l'agence de voyages, ta comédie de faux fiancé qui aurait trouvé la plaquette des croisières dans « notre » cuisine... J'ignore tes motivations et je ne souhaite pas les connaître.

Victoria frissonnait, sa voix était tremblante.

— Victoria ! Tu ne vas pas accorder du crédit à l'opinion d'un homme qui considère que Louis est innocent et que toi, tu es une menteuse ? ! Donne-moi au moins une chance de m'expliquer !

Vassily s'éloigna de quelques mètres, les laissant en tête-à-tête.

— D'accord. Je t'écouterai. Mais pas maintenant. Je ne suis pas en état... J'ai besoin de rester seule. Désolée...

— Je n'insiste pas.

Sasha était vexé, mais Victoria n'avait pas tort, il était urgent qu'elle se repose.

— Puis-je au moins te raccompagner jusqu'à un hôtel ?

— Non. On se verra demain, à l'aéroport.

— Tu as mon numéro...

Il s'en fut à pas lents.

Victoria partit récupérer ses affaires.

— Attends Sash, où tu vas ? l'arrêta Vassily

— Elle ne veut pas me voir, l'inspecteur lui a présenté les choses de manière à la monter contre moi. Je comprends, elle est fatiguée, choquée… Mais elle n'est même pas impatiente de connaître ma version des faits. Cela ne lui est pas insupportable de penser que je suis un malade mental.

— Elle ne fait plus la part des choses. Louis est reparti libre comme l'air. Personne ne la croit. Même toi et moi, nous avons toujours un doute.

— Aucun, en ce qui me concerne.

— Je vais me débrouiller pour la déposer à un hôtel. Je t'appelle après, OK ?

— OK, mais ne la force pas trop. Elle risque de s'imaginer que nous complotons quelque chose tous les deux.

— Tu la couves trop, Vassily fit une moue dubitative, ne montre jamais à une femme que tu lui es acquis. Ne dépasse pas la frontière entre le chevalier servant et le mâle protecteur. Le premier se fait toujours consommer, le deuxième se fait aimer. Les femmes auront beau dire qu'elles ne veulent pas dépendre d'un homme, mais elles se précipitent toujours pour poser leurs têtes sur notre épaule virile. C'est à ce moment qu'il faut la jouer subtil, savoir enlever l'épaule dès que la demoiselle entame l'expropriation. Une sorte de manœuvre préventive : « Ma toute douce, au cas où tu n'aurais pas saisi, ce pan de chair est à moi. Je le mets à ton service, mais n'en abuse pas ». Si tu oublies cette règle, mon vieux, ça sera d'abord l'épaule, puis les poumons et lorsque tu seras à bout de souffle, elle t'arrachera le cœur. Normal, puisqu'il lui appartenait. Vika a peut-être des circonstances atténuantes, mais le message qu'elle vient de te délivrer est clair : « Toi et ton épaule, vous pouvez disposer… pour l'instant ». Et tout ça pourquoi ? Parce qu'elle est persuadée de pouvoir te récupérer en un claquement de doigts. Bonjour la gratitude ! Tu t'es démené pour la retrouver. Et il a suffi qu'un gros naze lui raconte une histoire pour qu'elle t'envoie balader. T'as déjà un panneau « propriété privée » planté dans ton muscle. Abandonne-la pendant quelques jours ! Laisse-la macérer dans son jus, pour qu'elle ait le loisir de repenser à ses chagrins d'amour, à ce que toi, tu vaux. Commence dès demain, ignore-la, durant tout le voyage jusqu'à Paris. Barre-toi, sans même la regarder. Elle a ton numéro, tu as le sien. Une fois le délai écoulé, passe-lui un coup de fil, comme si de rien était.

—… Je vais y réfléchir, Vass. On reste en contact.

Sasha serra la main de Vassily. Malgré les instigations de son nouvel ami, il ne put s'empêcher de se retourner pour vérifier si Victoria était encore dans les parages, mais le couloir était vide.

Victoria récupéra les affaires que les enquêteurs avaient emportées du « Lazy John » pour effectuer des analyses. Sentir son passeport et son portable dans ses poches lui procura un intense soulagement. Elle quitta les locaux de la police avec l'intention d'aller dormir à l'aéroport.

Il était presque minuit, son avion décollait à huit heures du matin. S'enfermer dans une chambre d'hôtel lui était insupportable. L'enceinte de l'aérogare, par contre, symbolisait la fin de son cauchemar. Observer les avions prêts à s'élancer dès l'aube vers d'autres continents, se rappeler du fourmillement de la vie, être enfin seule sans pour autant se séparer de ses semblables.

— Vika ! Tu es là, mon héroïne préférée. T'en as mis du temps !

Vassily se glissa, tel un serpent, entre elle et sa valise.

— Que fais-tu ici ? Victoria était au bord de l'implosion. Dégage avant que je ne te massacre !

— Oh, oh, oh ! La peur est mon émotion favorite. Continue ! J'adore !

Vassily prononça le dernier mot en français, imitant une célèbre publicité.

— Ne joue pas au con avec moi, tu t'en fiches de mon sort, c'est Alexandre qui t'a chargé de me surveiller.

— Sasha ? Non, non, non. Il était tellement abasourdi par ton ingratitude que tu n'es pas près de le revoir. Il était furieux, le gars. On ne peut pas le lui reprocher. Je suis ici sur ma propre initiative. Je pensais qu'une suite dans un hôtel cinq étoiles avec toute la panoplie de soins relaxants te ferait le plus grand bien. Ma muse mérite ce qu'il y a de mieux !

Victoria le fixa quelques secondes, interloquée par son aplomb.

— Va te faire foutre, Vassily.

Les mots sortirent de la bouche de Victoria avec un calme et une dureté qui venaient des tréfonds de son âme.

— Ne sois pas grossière, ce n'est pas ton style.

— J'ai eu de mauvaises fréquentations ces derniers temps.

Elle voulut arracher sa valise à Vassily, mais il esquiva son geste.

— Je te raccompagne à l'hôtel et après, j'irais me faire foutre avec grand plaisir.

Il lui fit un clin d'œil.

Elle héla un policier qui passait tout près et lui demanda d'intervenir. Vassily parut sincèrement surpris, il avait visiblement pris le refus de « son héroïne préférée » pour de la fierté mal placée. Le gardien de paix récupéra la valise et escorta Victoria jusqu'à une station de taxis. Une minute plus tard, elle était en route pour l'aéroport.

Chapitre XVII : CHIMÈRE OU FÉERIE

Jeudi 4 juillet – vendredi 5 juillet

Victoria s'installa par terre près de l'enceinte de l'aérogare et s'adossa à un mur. Les aiguilles de la montre annonçaient que le jeudi 4 juillet avait commencé. C'était la date de fin de la croisière, de ce voyage rêvé depuis l'enfance et qui l'avait marquée à vie… Elle appela sa mère. La conversation fut courte, mais émouvante. Elles pleurèrent à l'unisson. Sa mère avait déjà acheté un billet pour Paris, elles allaient être réunies dans un peu plus de vingt-quatre heures.

Ses amis de Paris et de Moscou informés de son « sauvetage » prirent rapidement son téléphone d'assaut. La nuit fila à toute allure. Victoria savourait sa liberté, cette vaste étendue de la vie remplie de nos propres choix et de nos propres erreurs.

L'heure de son vol approchant, son cœur se mit à battre plus fort. Elle appréhendait sa conversation avec Alexandre. Arrivée au guichet de l'enregistrement, Victoria le chercha des yeux. Sans résultat. Apparemment, il était en retard ou bien il avait décidé de prendre un autre vol. Vassily avait dit la veille qu'il était « furieux » contre elle.

Alexandre fit tout de même son apparition en montant à bord de l'appareil au dernier moment. Il passa devant le siège de Victoria sans la regarder. Victoria eut l'impression de recevoir une gifle. Ils n'étaient séparés que de quelques rangées, mais Alexandre ne se donna pas la peine de venir la saluer ou ne serait-ce que lui faire un signe de la main. Elle se sentit tellement blessée que les larmes perlèrent sur ses yeux.

C'était elle qui avait le droit d'être en colère, de l'ignorer ou d'exiger des explications, pas lui ! Elle avait cogité plusieurs heures durant préparant ses questions et anticipant ses réponses afin de trouver la force nécessaire pour soutenir cette discussion difficile. Au fond de son âme, elle désirait qu'il se réhabilite, qu'il retisse le lien de confiance brutalement rompu par les révélations de l'inspecteur.

Alexandre avait toujours fait preuve de finesse et cette démonstration de caractère ne lui correspondait pas. Ou alors, il avait joué un personnage depuis le début. Et maintenant, il dévoilait son vrai visage. Glacial, assombri par le ressentiment, renfermé par un amour-propre maladif... Quelqu'un qui n'a rien à se reprocher irait clamer son innocence. Le silence d'Alexandre sonnait comme un aveu de culpabilité. Un aveu qui écorchait la peau, qui privait d'oxygène, qui déchirait les tympans. Victoria avait mal. Pourquoi bon sang avait-elle si mal ? !

Elle n'eut pas de réponse à son cri de détresse ni à la première, ni à la deuxième des escales. Le vol Miami – Paris touchait à sa fin. Compte tenu du décalage horaire, il était deux heures du matin du vendredi 5 juillet.

Voilà que les passagers ensommeillés quittaient l'avion, qu'ils cheminaient au travers du contrôle des passeports, qu'ils récupéraient leurs bagages et disparaissaient un à un derrière les portes automatiques en verre blanc tamisé. Lorsque Victoria franchit elle-même cette dernière étape du voyage, Alexandre s'était déjà volatilisé. C'était peut-être mieux ainsi…

…Ne prêter aucune attention à Victoria s'avéra être étrangement facile. D'autant qu'elle s'était gardée de rompre la distance que Sasha avait instaurée entre eux.

Et de toute façon, il n'avait rien de très rassurant à lui dire concernant sa comédie à l'agence de voyages. « Réintégrer le mouvement de la vie après une longue période d'abstinence émotionnelle » une explication qui risquait de l'effrayer plus qu'autre chose. « Victoria, tu n'y es pour rien. Tu es juste apparue dans mon champ de vision au bon moment. Le reste, je l'ai fait pour moi, moi seul… »

Sasha trébucha sur cette pensée. Oui, Victoria n'y était pour rien… Elle était juste apparue dans son champ de vision, comme dans celui de Louis, comme dans celui de Vassily… À eux trois et en si peu de temps, ils avaient projeté trois films différents d'illusions masculines sur elle, sans tenir compte d'elle. Elle qui ne demandait qu'à rester seule, dans son coin, à se guérir de celui qui l'avait traitée comme une femme irréelle…

Le dernier regard de Victoria dans les locaux de la police lacérait encore la mémoire de Sasha. Des prunelles dures comme la glace polaire, remplies de peine et de colère.

Sasha avait passé toute la nuit précédant le départ à essayer de mettre par écrit un semblant de justification afin d'éviter à Victoria de se tourmenter à l'idée que Sasha Darov puisse être un dangereux psychopathe qui la suivait partout. Mais à présent qu'il était devant la fente de la boîte postale de l'aéroport, il hésitait à introduire sa lettre.

Était-ce vraiment utile ?

Si Victoria avait voulu connaître la vérité, elle se serait arrangée pour lui parler en douze heures de trajet qu'ils venaient de vivre comme deux parfaits inconnus… Sasha fourra l'enveloppe dans son sac et se dépêcha d'attraper un taxi.

Paris l'accueillit par une convocation à la police dans le cadre de l'enquête sur la disparition de Mademoiselle Victoria Svetlechkova et de Monsieur Louis de La Dressey. Les autorités françaises entendaient procéder à leurs propres auditions avant de classer l'affaire.

Sasha s'acquitta de sa tâche dès le lendemain matin. Fort heureusement, Guéna avait fait du bon boulot. Henri avait tenu secrète sa mésaventure avec « le méchant russe ». Sasha dut seulement répéter, pour la énième fois, sa version des événements. Et personne ne jugea suspect son désir de suivre sur un coup de tête une jolie jeune femme à l'autre bout du monde.

Deux semaines plus tard, vendredi 19 juillet, Ernest

Victoria prit place face à une grande fenêtre. C'était sa première sortie à l'Ernest depuis le retour à Paris. Deux semaines déjà… Deux semaines durant lesquelles, elle avait profité de la présence de sa mère, deux semaines durant lesquelles elle s'était répété pour mieux l'admettre qu'Alexandre s'écrivait au passé.

L'instruction n'était pas terminée en France. Victoria avait eu droit à une nouvelle audition. Néanmoins, elle ne se leurrait pas trop sur l'issue de l'enquête. Sa plainte contre Louis sera classée sans suite. Alexandre avait été, lui aussi, entendu. Sauf qu'à Paris, son comportement n'était pas considéré comme suspect.

Le serveur, un très grand jeune homme au visage poupon, lui apporta sa boisson, elle le remercia d'un sourire.

— Euh… Mademoiselle…

— Oui.

Le serveur la fixait d'un air hésitant.

— Vous avez un petit copain ?

Victoria arqua les sourcils.

— Oh ! Ce n'est pas pour moi ! C'est pour un client que je connais bien. C'est un auteur-compositeur assez connu. Il gribouille souvent des trucs sur les serviettes du café et moi, je les garde. On ne sait jamais, ça peut valoir de l'argent après sa mort.

— Très habile de votre part, le complimenta Victoria.

— Ouais…, le visage poupon se fendit d'un sourire en coin, il y a quelque temps, il vous a vue ici et m'a demandé si vous étiez une habituée, le serveur marqua une pause pour voir si Victoria était intéressée.

— Et ?

Victoria tâcha de ne pas trahir la multitude d'émotions contradictoires que les confidences du garçon de café éveillaient en elle.

— Et je lui ai dit que oui… Sauf que, comme vous n'êtes pas facile d'approche, Monsieur Darov, il n'a pas osé vous aborder. Puis, deux semaines plus tard, il m'a redemandé de vos nouvelles. Mais vous aviez disparu… Monsieur Darov avait l'air triste. J'ai ramassé, comme d'habitude, le truc qu'il avait écrit ce soir-là sur une serviette. Ma copine l'a lu et a dit qu'il fallait absolument vous la montrer. C'est genre « hyper romantique ».

— Avec plaisir… Montrez-la-moi.

— Mais vous me la rendrez après, hein ?

— Au cas où cela pourrait valoir quelque chose après sa mort ?

Victoria hocha la tête d'un air entendu.

Le visage poupon s'illumina à nouveau d'un sourire très

charmeur. Le jeune homme se pencha un peu plus vers elle et murmura :

— Je vous fais confiance. J'ai des clients à servir. À tout à l'heure.

Dès que Victoria prit la serviette, ses yeux avides se ruèrent sur les « gribouillis » :

« Dans les mystères du soir, je voudrais te rencontrer
T'apercevoir dans ce café que j'ai appris à aimer,
À l'instant où ta silhouette apparaît,
La matière s'évanouit sous mes pieds,

Paralysé par la palpitation des sens,
Tu t'approches de moi et mon cœur s'élance,
Prends de la hauteur, arc-en-ciel de bonheur
Et puis la chute, ce n'était qu'une lueur

Dans l'ombre de la nuit, transi de regrets
Je pleure un amour que je ne saurai combler... »

Elle s'empressa de sortir son carnet et de recopier le texte. Elle le lut et relut, de sorte que chaque mot trouve un écho dans son ressenti, que tous les papillons lui ouvrent leurs ailes.

— Euh... Mademoiselle, chuchota le serveur en se penchant au-dessus de la table.

— Oui.

— Il est là Monsieur Darov, assis quelques tables derrière vous, chevelure en bataille, tee-shirt bleu. Ne lui dites rien pour les serviettes, d'accord ?

— D'accord.

— Promis ?

— Juré.

— Vous me raconterez après ? C'est pour ma copine, elle adore les histoires romantiques.
— Je n'y manquerai pas.

Victoria avait peur qu'Alexandre ne se volatilise de nouveau et que, seul, son petit poème reste dans son carnet comme un amour qu'elle n'aurait pas su combler.

Elle tourna la tête lentement, son cœur pulsait contre sa poitrine.Deux grands yeux verts captèrent immédiatement son regard.

Ils restèrent une minute à se fixer, sans oser bouger. Victoria se leva, guidée par un appel muet et le rejoignit à sa table. Alexandre demeurait silencieux, l'étudiant comme s'il la voyait pour la première fois de sa vie.
— Salut.
— Salut.
— Tu vas bien ?
— Et toi ?
Victoria haussa les épaules.
— Remise des « Expériences » ?
— J'essaie… Ma mère est venue passer un mois à Paris.
— C'est exactement ce qu'il te fallait, une maman.
— Tu voulais que j'écoute ton explication…
— Il n'y en a pas vraiment. J'ai agi sur un coup de tête, poussé par mes illusions.
— Tu veux dire que j'étais une illusion ?
— Non, pas toi. J'ai été l'unique auteur de mes illusions.
— Et pourquoi avoir joué mon faux fiancé ?
— Bonne question, Alexandre sourit tristement, après t'avoir vue ici, pour la première fois, j'ai eu envie de te connaître. C'était une envie abstraite, même pas une attraction physique qui m'aurait ôté le sommeil. Un mois et demi plus tard, je t'ai croisée dans le quartier de la Bourse. Tu m'avais coupé la route sans t'en apercevoir. Je devais changer des dollars en euros pour un ami. Une

fois l'opération de change réalisée, je suis allé dans la rue que tu avais empruntée pour éventuellement te retrouver et engager la conversation. Mais tu n'y étais plus. En revenant sur mes pas, je suis entré dans cette agence de voyages, sans savoir pourquoi… Les deux employées parlaient de tes cheveux et je suis intervenu dans leur discussion… et en quittant l'agence, j'avais une croisière en poche. Honnêtement, ne te méprends pas sur mes intentions. Je ne m'étais pas lancé dans ce voyage pour toi. Simplement, j'étais à un tournant de ma vie où j'avais besoin de… Bref, ce n'est pas toi que j'ai suivie, mais une chimère.

— Depuis quand les chimères sont-elles en chair et en os ?

Victoria retint son souffle. Alexandre était le premier homme de sa vie à lui avouer qu'il avait projeté sur elle, sur son physique, la personnalité de la femme qu'il attendait de rencontrer. D'habitude, les hommes l'exprimaient en fin de relation, sous forme de reproches « Je m'étais vraiment fait des illusions à ton sujet, en réalité, tu n'es que… ». Alexandre, au contraire, se savait vulnérable à ce processus et possédait assez de force et de finesse pour comprendre, dès le départ, que Victoria et la femme qu'il attendait de rencontrer n'étaient pas réunies en ce corps que son regard masculin se plaisait à caresser.

— Depuis ce fameux jour…

Alexandre sourit malgré lui, il semblait vouloir maîtriser ses émotions.

— J'ai quelque chose à te montrer.

Victoria lui tendit son carnet.

Surpris, Alexandre lut le texte.

— Où l'as-tu eu ?

— C'est une missive de ta chimère. C'est très beau.

— C'est surtout très con, protesta-t-il en sondant les prunelles de Victoria.

Il n'avait songé qu'à ça durant les deux semaines qui le

séparaient d'elle. Retrouver cette expression vive, curieuse, pudique et désinvolte à la fois.

Vassily l'avait pas mal accaparé avec le scénario de son film. Mais dès que Sasha était livré à lui-même, la douleur sourde et sans apparat l'emprisonnait dans son étreinte froide. Et cet horrible étau lui rappelait les années les plus sombres de sa vie. Il n'était pas prêt à se faire arracher le cœur à nouveau.

— La connerie et la beauté ont, en effet, un point commun.

— ?

— L'une et l'autre se passent de la raison, Victoria glissa ses doigts sous la main de Sasha, je veux bien que tu continues à me… à suivre ta chimère.

Victoria s'enfonçait littéralement dans le regard étonné de Sasha, piétinant toutes ses défenses, arrachant les cloisons, s'imposant avec aplomb dans sa réalité.

— Justement…

Sasha ne termina pas sa phrase. Au moment même où il s'apprêtait à dire une grosse ânerie sur la raison, il capta une onde de lumière secrète, scintillante par endroits, fragile et s'y abandonna tout entier.

— Suis-moi, enfin ta chimère… maintenant… avant qu'un fou ne me kidnappe, Victoria se leva, suis-moi autant que tu veux !

— Toi, suis-moi !

Sasha fut debout en une poussière de seconde. Il effleura les lèvres de Victoria, esquivant le profond baiser dans lequel elles voulaient se lier aux siennes.

— Pars le premier !

Victoria sourit, les paupières légèrement baissées.

— Tu as trois minutes pour prendre de l'avance et gare à toi si je te rattrape !

Sasha se précipita au-dehors, sentant la matière s'évanouir sous ses pieds. Il se faufila parmi les passants et attendit que Victoria se rapproche un peu de lui. Il accéléra, creusant l'écart entre eux, puis ralentit et accéléra de nouveau. Ils jouèrent à la course-poursuite dans les rues de Paris pendant une heure. Sasha se faisait rattraper de temps à autre, se débattant joyeusement contre les tentatives de Victoria de lui arracher un baiser.

Victoria ne comprit pas tout de suite que l'immeuble dans la cour duquel Sasha avait disparu était le sien. Il y occupait un appartement au dernier étage. Elle ne se rendit pas compte non plus de son décor ou de son espace. Son corps était dénué de raison, rempli par la sensation de Sasha. Elle gémit de plaisir, sentant de légères contractions dans le bas de son ventre.

Ils firent enfin connaissance. Le plaisir physique se condensait en une matière vivante de volupté et d'infinie tendresse qui prend tout cœur qui a vécu au dépourvu.

Au petit matin, Victoria glissa hors du lit, trouva son carnet et coucha enfin le papillon du café Ernest sur le papier à la lettre « S » :

« Sensation de toi

Mon cher poème inachevé
De ta Chimère apprivoisée
Dans ma pudeur dénudée
Ma chair, ton souffle entrecoupé
Chasseur chassé, battements rythmés

Instincts aiguisés
L'instant capturé
Te voilà ivre et moi grisée

Oh… délicieuse exploration
Tu pulses dans mon abandon
Toi, Ma Précieuse Sensation… »

Août 2013, Paris

Paris était frais, léger, apaisé. La période des vacances estivales battait son plein. Les rues s'étaient fluidifiées, les véhicules raréfiés, les visages rassérénés, l'air s'était vivifié. La lumière semblait sourdre d'une multitude de sources secrètes, réserves d'éclats scintillants, bains de substance solaire. Victoria savourait sa promenade même si sa destination avait provoqué un vif débat au sein de son entourage.

Elle avait accepté de rencontrer Vassily. Certes, ce dernier s'était arrogé le droit d'être insolent, dérangeant, indélicat. Il acculait les autres aux limites de ce qui leur était supportable. L'apollon ne s'en cachait d'ailleurs pas. Honnête dans sa malhonnêteté. Son extraordinaire capacité à transgresser les normes sans jamais commettre de flagrant délit était innée. Son sex-appeal demeurait brut, vierge de toute analyse. Les gens le recevaient sans l'enveloppe de bienséance sociale, comme une tape sur les fesses et se prosternaient devant l'éclosion érotique que cet homme leur procurait.

Cependant, Victoria ne faisait pas partie de ceux qui étaient tombés en dévotion. L'Expérience de la peur et de la mort orchestrée par Vassily sur l'île l'avait immunisée contre ses décharges de désir. C'était avec une froide lucidité qu'elle consentit à « témoigner ».

«… La police ne t'a pas prise au sérieux, tu n'auras jamais de revanche sur Louis », avec ces mots l'apollon avait entamé son plaidoyer au téléphone quelques semaines auparavant : « Moi, je peux relater les événements dans un long-métrage, rétablir la vérité aux yeux du public ».

« Arrête la démagogie, Vassily ! Dis plutôt que tu meurs d'envie de faire ce film » lui avait-elle rétorqué.

« Et je meurs d’envie de faire ce film », avait-il docilement répété. Honnête dans sa malhonnêteté.

N’empêche que l’idée de voir une nouvelle fois son vécu réinterprété horripilait Victoria. Si l’histoire ne sortait pas de sa bouche, Vassily la remplacerait par une version fictive « basée sur des faits réels ». Alors, au lieu de subir l’expropriation de son vécu par ce réalisateur fou, elle allait à sa rencontre pour lui confier son récit. D’autant que Sasha avait déjà rédigé sa part du scénario contant en détail ses aventures depuis leur première rencontre à l’Ernest. Vassily l’avait habilement persuadé de se livrer durant les deux semaines qui avaient suivi le retour à Paris et au cours desquelles Sasha et Victoria étaient en froid…

L'entourage de Victoria, excepté ses plus proches amis, considérait, en effet, sa démarche comme une manifestation du syndrome de Stockholm.

Victoria ne leur en voulait pas. Ils croyaient encore en une Justice sans trop savoir qui pouvait la dispenser quand la machine judiciaire était défaillante. Du fait de son métier d'avocate, Victoria côtoyait la justice des hommes avec son lot de corruption, d'erreurs et de subjectivité. Elle savait qu'il était vain de compter dessus, quel que soit le pays. L'attente d'une justice divine ne l'inspirait pas non plus. Il restait une justice morale qu'un comportement individuel se devait de respecter. Et la morale de l'histoire commandait à l’inconscient collectif que « Vassily le bourreau » soit châtié.

Mais Victoria ne s'accordait pas le rôle de celle qui châtie. Une telle posture de supériorité revenait à une vengeance. Elle se sentait également à l’étroit dans le rôle de la victime qui sonnait la défaite de ses valeurs humaines. Elle détenait la vérité, elle était la seule à nommer les actes sans nier leur violence. Enlèvement et non Expérience, Captivité et non Immersion dans la nature, Atteinte à son image et Torture psychologique et non Œuvre cinématographique. Elle se devait de rétablir la hiérarchie des normes en replaçant l'intégrité du corps et du psychisme humain au-dessus des désirs individuels. C'était là sa force et non sa revanche. La revanche était une satisfaction personnelle ponctuelle alors que la vérité était une destruction positive universelle. Son entourage finirait par la comprendre…

De façon paradoxale, Vassily avait soif de cette décharge électrique, prêt à tout encaisser pour donner une justesse émotionnelle à son futur long-métrage. Il était en réalité tout aussi prisonnier de sa recherche artistique que Victoria ne l'avait été de sa caméra. De même que Louis était tout aussi prisonnier de ses démons intérieurs qui l'avaient poussé à fuir la civilisation. Et, grâce à ce projet de film, il pourrait enfin les voir ailleurs que dans son âme…

— Salut !

— Hum…

Victoria cilla plusieurs fois avant de reconnaître l'homme qui s'était matérialisé devant elle.

— Comment vas-tu ?

— Bien. Et toi, Théophile ?

Victoria se prépara à subir les lacérations douloureuses de son chagrin, de sentir son cœur imploser, mais n'entendit que le soupir d'un souvenir.

— Je te présente…

La suite de l'échange des politesses se déroula comme dans un rêve étrange que Victoria avait déjà vu, il y a longtemps. Elle salua la compagne de son ancien amoureux. Les pupilles légèrement humides de la dame imploraient la bienveillance, conférant un sentiment de supériorité à tous ceux qui s'y miraient. Victoria sourit à son propre reflet ainsi grandi.

La femme esquissa en retour un rictus. Les commissures de ses lèvres ressemblaient à des guillotines, prêtes à abattre leurs tranchants sur ceux qui croiseraient la route de leur « inoffensive » maîtresse. Finalement, Victoria la trouva parfaitement assortie à l'Esthète.

Les heureux propriétaires des yeux miroirs continuèrent leur chemin. Victoria les raccompagna du regard.

La bulle onirique de l'Esthète flottait toujours au-dessus de sa tête. Soudain, une image s'en échappa et éclata aussitôt, libérant des notes de musique « V…, I…, C…, T… O… R… I.. A…… V..I..C..T… O… R… I.. A…… V..I..C..T… O… R… I.. A……».

Les passants frémirent, les garçons des cafés ralentirent, le brouhaha se dissipa. La foule tout entière fut saisie l'espace d'un instant par les sons de l'amour d'une femme.

« Ne la cherchez pas », pensa Victoria « Elle est irréelle ».

Décembre 2013, Paris

Victoria et Sasha mettaient leurs manteaux dans l'entrée de l'appartement parisien de Vassily. Le scénario était prêt. Vassily venait de montrer à Victoria une vidéo contenant des excuses… Il s'était filmé lui-même s'adressant à Victoria, n'arrivant pas à lui parler de vive voix… Coïncidence troublante ou concertation, mais Louis avait utilisé le même procédé quelques jours auparavant… Victoria avait reçu un message vidéo de sa part avec une demande de pardon… Entendre des mots auxquels elle ne s'attendait pas remettait le Monde à l'endroit.

Sasha et elle sortirent à l'air libre. Le soleil hivernal entamait sa descente étirant de pâles lueurs sur la ville.

Son compagnon n'était pas très bavard. Victoria devina à son regard qu'il s'apprêtait à lui faire une surprise. Son silence était empli d'impatience, ses yeux étincelaient le bonheur de la malicieuse conspiration.

Ils remontèrent le boulevard Sully dans l'excitation mutuelle de l'attente. En arrivant sur l'Ile Saint-Louis, Victoria vit, au loin, l'aérienne dentelle des nuages blancs couronner le dernier niveau de la Tour Eiffel. Elle se rappela le soir où, les yeux brillants de larmes, elle voulait s'envoler avec la construction de métal piégée par les gouttelettes d'eau…

À présent, elle avait la main de Sasha dans la sienne, elle tenait leur monde à eux dans sa paume serrée.

— Tu me caches quelque chose, toi !

Victoria l'enlaça de ses bras pour qu'il ne puisse plus bouger les siens et l'obligea à reculer jusqu'à la bordure du quai.

— Alors, la surprise ?

Ses yeux étaient à vingt centimètres de ceux de Sasha, elle ne voulait rien rater, rien partager avec les autres.

— Quelle surprise ? Sasha sourit et dévia son regard.

— Tu m'as encore piqué mon carnet ce matin, filou !

— Emprunté. Nuance !

Sasha frotta son nez contre celui de Victoria.

— Tu ne t'en sortiras pas comme ça !

— Je ne comptais pas m'en sortir… Viens, je t'amène quelque part.

Le taxi les déposa au pied de la Tour Eiffel.

Il n'y avait pas beaucoup de touristes, ils purent acheter les tickets tout de suite.

L'ascenseur les éleva au-dessus de Paris.

Sur la plateforme d'observation, Sasha lui rendit son carnet.

Victoria tourna frénétiquement les feuilles aux coins usés.

La page à côté de celle où elle avait collé une petite reproduction du tableau de Chagall « Les Mariés de la Tour Eiffel » n'était plus vierge :

Sur la Tour Eiffel nous montâmes pour voir Paris
Pour célébrer la ville où notre amour naquit
Ses lumières berçaient la nuit dans son lit
Les étoiles enviaient nos corps l'un contre l'autre blottis
De la main nous pouvions toucher l'infini,
Nos cœurs unis tout en haut de la vie
Lorsque vint enfin l'instant exquis
Où nous n'étions plus que des poussières de féerie...

Composition : La clé du Livre
Couverture : S Graphic Yohann Saillant
Printed by CreateSpace